Für Freiheit, Kunst und Mayonnaise

Aus dem Englischen von Ingo Herzke

Die Zitate von Ezra Pound auf den Seiten 85f, 113, 125, 195 und 315 werden zitiert nach:
Ezra Pound, *Die Cantos*; übersetzt von Eva Hesse; © Arche Literatur Verlag AG,
Zürich-Hamburg 2012.
Mit freundlicher Genehmigung des Verlages.

CARLSEN-Newsletter: Tolle Lesetipps kostenlos per E-Mail!
Unsere Bücher gibt es überall im Buchhandel und auf carlsen.de.

Alle deutschen Rechte bei CARLSEN Verlag GmbH, Hamburg 2015
Originalverlag: Alfred A. Knopf, an imprint of Random House Children's Books,
a division of Random House LLC, a Penguin Random House Company, New York
Originalcopyright © 2014 by Kate Hattemer
Originaltitel: »The Vigilante Poets of Selwyn Academy«
Umschlagfotografie: shutterstock.com © courtyardpix/Aleks Melnik/
Eric Isselee/Ollyy/Andresr/runzelkorn
Umschlaggestaltung und -typografie: formlabor
Aus dem Englischen von Ingo Herzke
Lektorat: Franziska Leuchtenberger
Satz: Dörlemann Satz, Lemförde
Druck und Bindung: GGP Media GmbH, Pößneck
ISBN: 978-3-551-58330-7
Printed in Germany

Für George

Vorwort/Dementi von Ethan Andrezejczak

Nennt mich einfach Ethan.

Ihr lest das hier als Erstes, aber ich schreibe es als Letztes. Ich sitze an einem Ecktisch in einem schäbigen Starbucks ein paar Straßen von zu Hause. Ich hatte vor, es auf dem Wohnzimmersofa zu schreiben, aber ich habe Drillingsschwestern, die vier Jahre alt sind.

»Ethan«, sagte Olivia, »setz dich auf den Fußboden.«

»Sofort«, sagte Lila.

»Zeit für *Candy Land*«, sagte Tabitha.

»Nein, jetzt wird nicht gespielt. Ich schreibe.« Ich machte ein Gesicht wie mein Vater, wenn er zu Hause arbeitet. »Ich bin *beschäftigt*, Mädels.«

Die Miene half mir ungefähr genauso viel wie ihm. Lila sagte: »Bitte.«

Olivia sagte: »Bitte!«

Tabitha sagte: »Bitte. Oder ich beiße dich.«

Ich sagte: »Ich nehme Blau.«

Starbucks bot mir zwar Zuflucht, aber ich muss sagen, ich finde es nicht allzu schade, dass meine Zeit hier zu Ende geht. Leb wohl, Barista mit dem Mango-Tattoo. Ciao, doppelter Mocha Frappuccino mit Extra-Schlagsahne. Mach's gut, tägliches Grinsen, wann immer ich bei Ersterem Letzteren bestelle. Heute ist Labor Day, Anfang September, und morgen beginnt unser letztes Schuljahr an der Selwyn Academy in Minneapolis, Minnesota.

Wir sind übrigens meine Freunde und ich. Jackson, Elizabeth, Luke. Jackson und ich sind schon am längsten befreundet. In der Mittelschule waren wir das perfekte Paar. Mein Wachstumsschub hatte noch nicht eingesetzt (ich konnte ja nicht ahnen, dass er nie einsetzen würde), und er hatte gerade seine Leidenschaft für Informatik entdeckt. Zusammen bildeten wir die Speerspitze vorpubertärer Unbeholfenheit. Wir wurden mangels Alternative beste Freunde.

Luke hingegen war der beliebteste Siebtklässler der Welt. Es war unmöglich, ihn nicht zu mögen. Das ist nicht übertrieben: Ich habe es versucht. Ich habe den strikten Grundsatz, auf alle Menschen sauer zu sein, die jeder mag. Aber Luke hatte eine Riesenzahnspange und sagte ständig »Wahnsinn«, und er war total authentisch. Er mochte alle und nahm einfach an, dass ihn darum auch alle mögen würden.

Wie wurde er unser Freund? Er hat sich uns ausgesucht. Und zwar samstagmorgens bei einem Mathewettbewerb namens »MinneMATHolis«. Jackson und ich waren in einem Team mit Luke und diesem Jungen, der Miki Dicki Reagler hieß. (Okay, den *ich* Miki Dicki Reagler *nannte*.) Als wir fertig waren, gingen wir raus in den Flur.

»Hey, wir sind als Einzige schon fertig«, sagte Luke. Das passierte oft, wenn man Jackson im Team hatte. »Jetzt kommt das Beste an der Sache ...«

»GENAU!«, sagte Miki D. R. »Wir haben so viel nachzuholen, Luke. Ich muss dir so viel erzählen ...«

»... schließlich sind die Erwachsenen alle anderweitig beschäftigt ...«

»... von dieser unglaublich komischen Sache bei Jennas Party ...«

»... und wir ganz uns selbst überlassen ...«

»... mit den Hosenträgern und einer Kiste Brause ...«

»... allein in einem Universitätskorridor ...«

»... und wollen wir bisschen unten beim Wasserspender abhängen?«

»... und wann bietet sich schon mal so eine Wahnsinnsgelegenheit?«

»Ich kann einen Überschlag übers Treppengeländer«, nutzte ich die kurze Pause.

»Niemals«, sagte Luke.

Konnte ich, machte ich auch. Einer der Vorteile, wenn man mit dreizehn keine vierzig Kilo wiegt.

»Ist ja Wahnsinn.«

»Kann ich auch«, sagte Miki D. R. War aber offensichtlich nicht so einfach, selbst wenn man in Ballett, Jazztanz, Hiphop und zeitgenössischem Tanz ausgebildet war. Er stieß sich den Kopf und ging in der Ecke schmollen.

Luke, Jackson und ich vollführten verschiedene Geländersprünge, Kopfstände und Bleistiftwürfe. Außerdem erzählten wir uns grauenhafte Mathewitze. »Ich hab einen«, sagte Luke. »Was sagt die Null zur Acht?«

»Lass mal Luft ab«, sagte Jackson.

»Äh, was?«

»Oder bist du bei den *Eight Watchers*?«

Luke und ich lachten Tränen. Jackson wirkte viel witziger, wenn Luke dabei war.

»Meiner ging eigentlich anders«, brachte Luke schließlich heraus.

»Nämlich?«

»Hübscher Gürtel.«

Als ich nach Hause ging, wollte ich nur eins: mit Luke befreundet sein. Und dann stellte sich raus, dass ich *tatsächlich* mit Luke befreundet war. Ein Wunder.

Vier Jahre vergingen, und wir hingen ständig zusammen ab. Jacksons Cousine Elizabeth, die bei ihm nebenan wohnt, kam auch meistens dazu. Wir vier waren unzertrennlich. Wir gingen alle auf die Selwyn, eine anspruchsvolle Highschool mit Kunstschwerpunkt, wo ich zur Kaste der Untalentierten gehörte.

Dann kam das Junior Year, unser vorletztes Schuljahr.

Anfang dieses Sommers wusste ich noch nicht, wo ich mit der Geschichte hier anfangen sollte. Das Leben ist keine Fernsehserie, wo die Staffeln und die Episoden alle Anfang und Ende haben. Wo fing das alles an? Ich konnte mich nicht entscheiden.

Und jetzt: Auftritt Trikolon. Ich bin irgendwie total besessen vom Trikolon.

Das ist eine rhetorische Figur. Es bedeutet »ein Gefüge aus drei Teilen«. Ich kam, ich sah, ich siegte. Regierung des Volkes durch das Volk für das Volk. Kapiert?

Wenn ihr ein bisschen unreif seid, so wie alle männlichen Schüler in BradLees Englischkurs, dann kann ich euch verraten, dass *kolon* im Griechischen tatsächlich »Dickdarm« bedeutet. Wir kicherten alle, und dann fragte Jake Wall: »Es geht also so, *plopp, plopp, plopp*?« BradLee musste lachen. Dann setzte er sich auf den Lehrertisch und fasste sich an die Stirn, nachdem er das »aufsteigende Trikolon« erklärt hatte. Dabei werden die Bestandteile immer länger oder stärker. Plopp. PLOPP. *PLOPP.*

Ich habe in meiner Erzählung hier einige Trikolons fallenlassen. Das könnte ich meiner Unentschlossenheit in die Schuhe schieben. Ich könnte euch auch einen auf Wikipedia basierenden Aufsatz über die Bedeutung der drei in der Literaturgeschichte schreiben. Oder ich könnte euch erzählen, dass die

Erinnerung an diese drei Plopps, als BradLee noch einfach nur unser ernsthafter und verlegener Lehrer war und Luke lachend neben mir saß und Maura Heldsman bei dem Geräusch zusammenzuckte und ihre Gedanken in Pirouetten davonkreisten – also, ich könnte euch sagen, dass es Tage gab, da war diese Erinnerung alles, was mir blieb.

Denkt dran: Das hier ist kein Roman, keine Autobiografie, kein künstlerisch wertvoller Text. Es geht bloß darum, was im letzten Jahr passiert ist. Es geht um Reality-Shows, das verzweifelte Schwärmen für eine Ballerina und um eine heldenhafte Wüstenrennmaus namens Mayonnaise. Aber vor allem geht es um meine Freunde. Also bitte nicht vergessen: keine Kunst, bloß Leben.

Ein möglicher Anfang

Ich saß in einem Spind fest.

Vielleicht habt ihr ja ein paar Fragen an mich.

Wo stand der Spind?

Im Matheflur. In diesem Flur befanden sich außerdem Fernsehkameras und Soapstars und die Liebe meines Lebens.

War der Spind verschlossen?

Dazu kommen wir noch.

Ach ja, und übrigens, WARUM? Warum, in Gottes/Buddhas/Zeus' Namen, im Namen von allem, was heilig ist, WARUM, warum warum warum? *WARUM* saßest du *IN EINEM SPIND* fest?

Tja. Das ging mir auch durch den Kopf.

Es fing damit an, dass ich den ganzen Nachmittag in der Schule festhing. Normalerweise nimmt mich der Appelvan mit nach Hause – das Pädophilen-Vehikel (weißer Van, getönte Scheiben), gesteuert von meinem Freund Jackson Appelman. Aber Jackson konnte mich nicht mitnehmen, weil er zu einer Notfallsitzung an der University of Minnesota sausen musste: Die Schachspieler versuchten sich vom Brettspielclub abzuspalten, und es mussten schwere Unruhen eingedämmt werden. Der Schulbus ging auch nicht, weil ich wegen der Bio-Nachhilfe länger bleiben musste. Meine Mutter war meine letzte Zuflucht gewesen.

»Könntest du mich um halb vier abholen?«, hatte ich sie morgens gefragt, bevor ich aus dem Haus ging. Da stand der Appelvan schon in unserer Einfahrt. Entweder Jackson oder Elizabeth hupte den Rhythmus von »Glory, Glory, Hallelujah«.

»Ethan, wir haben *Januar*. Das Schuljahr ist schon halb rum. Und du schaffst es immer noch nicht, mir solche Sachen am Abend vorher zu sagen.«

»Du könntest mir auch einfach ein Auto beschaffen.«

»Wie kann ich einem Jungen, der es nicht mal fertigkriegt, sich um eine Mitfahrgelegenheit zu kümmern, ein Auto anvertrauen?«

Ein Auto würde das Problem natürlich aus der Welt schaffen, aber das war jetzt kein guter Zeitpunkt, darauf hinzuweisen.

»Die Drillinge haben heute Nachmittag Zahnarzttermine. Ich kann dich erst danach abholen.«

Wenn sie schlachtmüde und verwundet war. Das Hupen wechselte zu Beethovens Fünfter, der schicksalhaften. Tut-tut-tut *TUUT*. »Um wie viel Uhr ist das?«

»Fünf? Halb sechs? Sechs?«

»Kacke. Gut. Tschüs.«

Die Bio-Nachhilfe, die mir kein bisschen half, ging nur bis halb vier. Ich musste reichlich Zeit totschlagen, also dachte ich mir, ich setze mich vor meinen Spind im Matheflur und mache ein paar Hausaufgaben. Daran seht ihr schon, wie langweilig mir war. Stille hatte sich über die Schule gesenkt, Luke war nach Hause gegangen, Jackson war an der Uni und verteidigte Fort Sumter gegen die Schachrebellen, und es gab nichts anderes zu tun.

Die Flure waren verlassen, so staubig und schummrig, als hätte ich irgendeine apokalyptische Zombie-Invasion verpasst. Das könnte mir durchaus passieren. Ich würde mit Mayonnaise, meinem Rennmauskumpel, spielen, und erst wenn die verwesenden untoten Hände sich über die Fensterbänke schoben, würde ich merken, dass es mit der Welt, wie wir sie kannten, zu Ende ging. Ich hätte schon die Gelegenheit verpasst, Konservendosen zu horten, aber das wäre egal, weil ich im Rennen so scheiße bin, dass die Zombies mich sofort schnappen würden. Aber vielleicht würden sie mich wieder wegwerfen wie einen zu kleinen Fisch. Denn die fressen doch Hirne, oder? Und über die Größe meines Gehirns herrscht noch Uneinigkeit. Meine Mutter zum Beispiel schätzt es wohlwollender ein als meine Lehrer.

Glaube ich jedenfalls.

Ich verstieg mich so in meine Zombiefantasie, dass ich gar nicht merkte, wo ich hinging. Ich landete bei den Englischräumen und dachte, ich sage BradLee Hallo, aber seine Tür war abgeschlossen, sein Zimmer dunkel. Also doch Hausaufgaben. Würg. Eigentlich mache ich meine Hausaufgaben am liebsten in den Sechsminutenpausen zwischen den Stunden. Ich bin abhängig vom Adrenalinschub.

Aber ich ergab mich meinem Schicksal, ließ mich im Matheflur auf den Boden sinken und nahm mein Handy aus der hinteren Hosentasche, damit ich nicht wieder aus Versehen meine Großmutter anrief. Ich vertiefte mich total in ein paar historische Lerngrafiken. Dann hörte ich Schritte. Nicht nur Schritte, sondern auch Räder, Rollen, laute Erwachsenenstimmen, schrille Teenagerstimmen, einen wirren Lärm, eine näher kommende Horde.

War heute Donnerstag? Heute war Donnerstag. Kacke. Katzenpisse. Stachelschweine. Ich war ein Trottel. Zombies, dieses Hirn ist unter der Messgrenze.

Donnerstag war, wie jeder Schüler an der Selwyn wusste, der Tag, an dem *For Art's Sake* gedreht wurde. Das ist die Reality-

Show von kTV. Sie hatten eine Schule ausgesucht (unsere), und sie hatten Kandidaten ausgesucht (nicht mich). In jeder Folge wurde irgendeine künstlerische Aufgabe gestellt und irgendjemand flog raus. Wer am Ende übrig blieb, wurde zu Amerikas bestem Teenager-Künstler gekürt. Die Security-Leute von kTV durchkämmen jeden Donnerstag um halb vier die Schule und schmeißen alle nicht Gesalbten raus, aber mich hatten sie wohl übersehen, wie ich so durch die Englischflure schlenderte.

Wieso nicht einfach abhauen? An ihnen vorbeigehen? Ihnen erzählen, ich hätte noch was aus meinem Spind holen müssen und dass ich gerade loswollte ...?

Es folgt ein Trikolon von Rechtfertigungen.

1. Es war Januar. Wir sind hier in MINNESOTA. Wäre ich gegangen, hätte ich auf den Eingangsstufen warten müssen und mir den Arsch abgefroren, und so viel Arsch zum Abfrieren habe ich nicht.

2. Ich hatte Angst vor Trisha Meier, der Moderatorin der Show. Sie war Schauspielerin aus Los Angeles, sehr glamourös, sehr enge Hosen. Egal, welche Gefühlslage gefordert war, sie schaffte es immer, dabei alle zweiunddreißig Zähne zu zeigen.

3. Da war so ein Mädchen dabei. Ein Mädchen namens Maura Heldsman. Eine Kandidatin, Balletttänzerin, eine übernatürlich begabte und außerordentlich süße Ballerina, und ich war seit – Moment – seit zwei Jahren, fünf Monaten und einundzwanzig Tagen in sie verliebt. Ich wollte nicht von Trisha in Stücke gerissen werden, aber vor allem wollte ich nicht vor den Augen von Maura Heldsman in Stücke gerissen werden.

Außerdem ging ich Maura aus dem Weg. In der letzten Folge von *For Art's Sake* hatte sie mit dem Menschen geflirtet, den ich auf der ganzen Welt am meisten hasse, nämlich Miki Dicki Reagler. Das ist so ein Musicaltrottel, der mit Steppschritten nach vorn tanzt, wenn er einen Test abgibt, und sich für die größte kommende Broadwaysensation seit *Cats* hält. Woraus er ständig zitiert. Es gibt so einiges auf der Welt, wovon mir schlecht wird – hinten sitzen, wenn mein Vater fährt, den Drillingen beim Sardinenessen zugucken oder beides gleichzeitig –, aber ganz oben auf der Liste steht Miki D. R.

Ich weiß schon, was ihr sagen wollt: »Was ist das denn für ein Mädchen, dass sie den aufrechten und beliebten Ethan Andrezejczak betrügt?« Ihr müsst wissen, die Sache ist komplett einseitig. Möglicherweise kannte Maura meinen Namen – gezeigt hat sie es noch nie –, aber das war auch alles. Tatsächlich war sie mit Brandon Allster zusammen. Ich redete mir ein, dass Brandon bloß ein Probelauf war. Maura war vom Schicksal für mich bestimmt.

Der Lärm kam näher. Ich kriegte Panik. Ich probierte ein paar Türen, aber die Räume waren alle verschlossen, die Lehrer längst weg, und Trisha Meiers durchdringendes Lachen – *hänk!, hänk!, hänk!* – hallte durch den Gang. Das Filmteam würde den Matheflur bloß durchqueren, nahm ich an. Ich musste nur eine Minute verschwinden.

Ich steckte meine Bücher in einen leeren Spind und sprang in den daneben. Dann zwängte ich die Finger durch die Schlitze und schlug die Tür zu.

Der ganze Tross bog um die Ecke. Ich verdrehte den Hals und linste durch die Schlitze, um etwas zu sehen. Sie kamen direkt vor mir zum Stehen.

»Ich habe einen tollen Opener, Trisha«, sagte eine eifrige Stimme. Ich identifizierte den Sprecher: Damien Hastings. Damien, auch so ein Schauspieler aus Los Angeles, war Trishas Ko-Moderator. Er hatte massig Gel in den Haaren, die Spitzen so gebleicht wie die Backstreet Boys circa 1999 und offenbar genauso viel Schiss vor Trisha Meier wie ich, allerdings zeigte er es, indem er ihr in den Hintern kroch.

Trisha antwortete nicht.

»Willst du hören? Willst du?«

Keine Reaktion.

Damien sprach mit Bühnenstimme. »›Drama gibt's an der Selwyn nicht bloß auf der Theaterbühne.‹ Geschnallt, Trisha? Trish? Kapiert?«

»Brandon«, sagte Trisha. »Maura. Kommt her.« Brandon, der Opernsänger, trabte in mein begrenztes Sichtfeld. Maura löste sich mit ihrem eleganten Ballettgleiten aus der Menge, Zehen immer nach außen. Sie sah kaum weniger verträumt aus als im Englischunterricht.

Sie war mir sehr nah.

»Make-up okay; Haare okay. Sieht gut aus«, sagte Trisha. Selten wahrere Worte gehört. »Ihr beide kennt die grobe Handlungslinie?«

»Ich hintergehe ihn«, sagte Maura.

»Sie macht mit Miki rum, und ich weiß davon«, sagte Brandon.

Gegen meinen Willen war mein Interesse geweckt. Klar, ich war halb in der Hocke eingequetscht, der Kleiderhaken bohrte mir ein Loch ins Rückgrat und mein Luftvorrat roch nach vergammelten braunen Essenstüten. Aber so schlecht war es auch wieder nicht. Ich konnte es kaum erwarten, Luke und Jackson und Elizabeth davon zu erzählen. *Niemand* durfte zuschauen, wie die Folgen gedreht wurden. Ich kam mir vor wie ein Geheimagent.

»Wir richten noch das Licht ein, Trisha«, sagte irgendwer. »Dauert eine Minute.«

»Gut.« Ein beleibter Kameramann tauchte direkt vor meinem Spind auf. Ich sah nur ein halbes Poloshirt und einen haarigen Bizeps. Plötzlich änderte Trisha die Stimmlage. »Oh, *hallo*, na so was.« Ich drückte mein Gesicht so fest gegen die Schlitze, dass es dauerhaft gewellt bleiben würde, aber ich konnte einfach nicht erkennen, mit wem sie redete.

»Hey, na?«

»*Zufällig* mal vorbeigeschlendert?« Trisha lachte trällernd.

»Genau.« Die Stimme war ein angenehmer, etwas rauer Tenor.

»Vielleicht Lust, dazubleiben und ein, zwei Szenen anzuschauen?« Ich musste Trisha gar nicht sehen, um zu wissen, dass sie eine Hand in die Hüfte stemmte und den Kopf aufreizend zur Seite legte.

»Ach, ich komme hier bloß vorbei. Ich muss nach Hause; habe tonnenweise zu korrigieren …«

BradLee! Unser Englischlehrer! Er war nicht in seinem Klassenzimmer gewesen, also musste er wohl irgendwo eine Besprechung gehabt haben oder so.

»Wir sind so weit, Trisha«, sagte der Kameramann vor mir. Ich zuckte zusammen und stieß mir den Kopf an der Ablage. Das schepperte. Ich hielt den Atem an.

»Alles klar, Kids«, sagte Trisha so aufgesetzt wie nur möglich. »Bringen wir es hinter uns. Maura, Brandon, Ken zeigt euch eure Position.«

Ken zeigte offenbar direkt auf meinen Spind, denn da gingen

sie hin. Mit Koboldfingern hätte ich durch die Schlitze greifen und Mauras Haar berühren können. Das wurde langsam echt schräg. Schreckliche Vorstellungen gingen mir durch den Kopf. Was, wenn meine Oberschenkelmuskeln schlappmachten und ich durch die Tür krachte? Wenn der Kameramann meine Augen durch die Schlitze funkeln sah? Wenn Brandon anfing, Maura zu küssen, und ich meine wilde männliche Eifersucht nicht zügeln konnte?

»Ein paarmal tief Luft holen«, sagte Trisha. Das machte ich auch. »Denkt dran, es gibt nur einen Sieger! Nur einen Trip nach Los Angeles!«

»Nur eine Doppelseite in *La Teen Mode*!«, sagte Damien.

»Nur ein Stipendium«, murmelte Maura Brandon leise zu. Der Gewinner bekam eine Menge Angeberscheiß, aber auch ein 100.000-Dollar-Stipendium für eine Kunsthochschule seiner Wahl. Darauf waren die meisten hier scharf.

»Das macht die Sache gleich viel echter, oder?«, sagte Brandon.

»Hopp, hopp!«, rief Trisha. »Schluss mit Reden. Wir sind bereit. Und Action.«

»Ehrlich, Brandon«, sagte Maura, auf einmal mit ganz deutlicher Aussprache, »können wir uns nicht später unterhalten? Ich muss ins Atelier. Die Challenge diese Woche ...«

»Es ist aber wichtig. Hör mir zu. Ich habe gerade in einer Probekabine meine Arie geübt, und dann bin ich raus, um Miriam zu fragen, ob sie mich nicht auf dem Klavier begleiten kann.«

»Miriam? Die und irgendwem helfen? Bist du irre?«

»Ja, sie nur so: ›Ich muss meine Finger schonen, ich soll in drei Stunden Bartóks *Allegro Barbaro* vorspielen.‹«

»Typisch.«

»Ja, was für eine Primadonna.«

»Gut, gut«, flüsterte Trisha Meier. »Weiter so. Komm zur Sache, Brandon.«

Brandon holte tief Luft. Mir wurde klar, was da ablief. Sie hatten dieses Gespräch schon woanders geführt, und Trisha ließ es sie hier wiederholen. Wahrscheinlich, weil das Licht besser war.

»Dann habe ich zufällig Miki reden hören. Er prahlte rum. Meinte, er hätte dich abgeschleppt.«

»Er lügt. Wieso sollte ich mich von ihm abschleppen lassen? Ich hasse ihn.«

»Ehrlich?«

»Vertraust du mir?«

»Ich vertraue dir.«

»Und ich vertraue dir. Ich habe *nichts* mit Miki angefangen.«

Trisha unterbrach. »*Lang*-wei-lig.«

»Vielleicht sollte ich sie küssen?«, meinte Brandon. Maura verzog das Gesicht. Ich sah sie jetzt im Profil: Ihr eleganter Schwanenhals, das kleine Kinn und die schmale, gerade Nase strebten alle aufwärts zu dem Haarknoten, der oben auf ihrem Haupt thronte.

»Wo ist der Drehbuchschreiber, wenn man einen braucht?«, sagte Trisha.

Reality-TV hat eben auch seine Schattenseiten.

»Irgendwelche Ideen?«, fragte sie.

Damien hüpfte auf und ab wie ein Welpe. »Wir brauchen was *Visuelles*. Deshalb dachte ich, du kennst doch Brücken?« Er machte eine Pause, als brauchte er tatsächlich die Bestätigung, dass Trisha Meier wusste, was Brücken sind. »Es gibt so einen Brauch, dass Paare Schlösser an Brücken anbringen. Um ihren Liebesbund zu schließen, sozusagen.«

»Überraschenderweise«, sagte Trisha, »hat das wirklich Potenzial. Ken, besorg mir ein Vorhängeschloss.«

»Ist eine europäische Tradition«, sagte Damien leichthin. »Als ich damals in …«

»Erspar uns die Einzelheiten.« Ken kam mit einem Schloss zurückgetrottet, das todsicher vom Spind irgendeines Idioten stammte, der es nicht zugemacht hatte. Trisha reichte es an Brandon weiter. »Wir beenden die Szene dann mit einer Großaufnahme vom Schloss, wie es zuklickt.«

»Ich sehe es schon vor mir«, sagte Damien. »Wir zoomen drauf, es macht klick, es ist zu, ihre Liebe ist ewig. Die Musik wird lauter …«

»Sschh«, sagte Trisha. »Maura, Brandon, improvisiert, so gut ihr könnt. Und Action.«

»Maura«, sagte Brandon und hielt das Schloss hoch. »Du und ich. Wir sind wie aneinandergekettet.«

»Oh, Brandon«, sagte Maura.

»Schau ihm in die Augen«, zischte Trisha.

»Für immer vereint«, sagte Maura. Sie legte ihre Hand auf Brandons, sie schauten einander in die Augen und senkten dann verschämt den Blick, als sie das Vorhängeschloss durch das Loch fädelten. Dann sah sie zu ihm auf und er zu ihr nieder, und Tränen glitzerten in seinen Augen.

»Wir zwei«, flüsterte er. Das Schloss klickte zu.

»Cut«, sagte Trisha. »Nicht übel. Weiter geht's.«

Sie gingen.

Und so kam es, dass ich in einem Spind festsaß.

Das Dumme an Situationen, in denen man Zeit zum Nachdenken hat, ist die Tatsache, dass man in diesen Situationen lieber nicht nachdenken will. Wenn wir zum Beispiel für die Zombie-Invasion trainieren, indem wir in Sport Runden um den Platz laufen. Mein Vater behauptet, Laufen sei meditativ, aber meine persönlichen Laufmeditationen drehen sich alle darum, wie ich mir einen Lungenflügel aus der Brust kotze. Der würde dann auf der Tartanbahn liegen, glibberig und pulsierend, und der Sportlehrer würde rufen: »Andre-, äh, Ethan! Nicht trödeln!« Und ich so: »Und die Lunge? Ich kann das überhaupt nicht ab, meine inneren Organe anzufassen.« Und er dann so …

Egal. Ich saß im Spind fest und hatte eine Menge Zeit zum Nachdenken. Nach einem Halbjahr Englisch bei BradLee hatte ich mir die Frage angewöhnt: »Was ist die tiefere Bedeutung?« Hmm, wollen mal sehen. Junge lernt Mädchen kennen. Junge verknallt sich total in Mädchen. Junge wird von Mädchen in Spind eingesperrt, während Mädchen anderem, süßerem Jungen ewige Liebe gesteht. Wenn man es auf den Punkt brachte, war ich hilflos, passiv und ein Jammerlappen. Außerdem machte es mir zu schaffen, dass man den Ausdruck »wegschließen« normalerweise für Irre oder Straftäter verwendet. Und dann war da noch die Tatsache, dass ich das Ganze von Anfang bis Ende beobachtet hatte, mir aber erst eine geschlagene halbe Stunde später vorstellte, wie ich rausprang und Maura gestand, dass nur ich sie wahrhaft liebte. Wäre mein Leben ein Gedicht gewesen, hätte ich es zu Tode analysieren können.

Vor all diesen deprimierenden Gedanken hatte ich allerdings noch einen Empfänger für meine Rette-mich-SMS ausgewählt. Ich hatte drei Möglichkeiten, die ich hier in der Reihenfolge anordne, wie *ungern* ich sie benachrichtigen wollte.

1. Elizabeth. Elizabeth ist sehr kompetent. Sie hätte das Schloss ruck, zuck pulverisiert. Aber sie würde dabei lachen wie eine Gewitterhexe und Fotos von der Sache ins Netz stellen.
2. Jackson. Jackson würde zunächst unbedingt ausrechnen müssen, wie viele Kombinationsmöglichkeiten es für ein Zahlenschloss der Marke Master Lock gibt. Dann würde er einen Algorithmus dafür schreiben, wie man die Kombination am besten herausfindet. Dann würde er anfangen zu rechnen.
3. Luke. Es musste Luke sein. Luke würde mich nicht verspotten. Luke konnte Mathe genauso wenig ausstehen wie ich, und er würde ein Brecheisen mitbringen.

Ich konnte ihn den Flur entlangkommen hören, bevor ich ihn sah, denn er rasselte wie ein entlaufener Sträfling.

»Marco!«, schrie er.

»Polo«, antwortete ich schwach. Jetzt konnte ich ihn sehen. Er ließ mit lautem Klirren seinen Rucksack fallen.

»Wir haben einen Bolzenschneider, eine Zange, einen Kuhfuß ...«

»Hast du einen Baumarkt überfallen oder was?«

»Aber das Erste, was ich ausprobieren möchte, ist ein guter altmodischer Hammer. Mach dich bereit.«

Ich konnte nur seinen Unterarm sehen. Die drahtigen Muskeln spannten sich an. Ich schloss die Augen. Der Schlag hallte in meinen Zähnen nach, so als würde ich in ein Eis beißen. Ich machte die Augen wieder auf. Luke untersuchte das Schloss.

»Fast«, sagte er. »Zweiter Versuch.« Er schlug noch einmal zu.

»Einen noch.« Es zerbrach. Die Teile fielen mit enttäuschend leisem Klimpern auf den Boden. Ich stolperte ins Licht.

»Soll ich fragen?«, sagte er.

»Ich glaube, ich bin noch nicht bereit, darüber zu sprechen.«

»Die Qualen sind noch zu frisch, was?«

Wir gingen einträchtig zur Pausenhalle. Er drängelte nicht weiter, sondern fing an, von seiner neusten Idee zu erzählen, bei der es um Langgedichte und Zensur ging und darum, gegen das Eindringen von *For Art's Sake* in unsere Schule zu protestieren. (Mehr davon später.) Ich nickte zustimmend. Schritte näherten sich und ich zuckte zusammen, aber es war nur der Hausmeister.

»Mr Miller«, sagte Luke und hob die Hand zum Gruß. »Wie läuft's bei Ihnen?«

»Ach, hallo, Luke.« *Meinen* Namen wusste er natürlich nicht. Zugegeben, ich seinen auch nicht. »Ihr habt wohl nicht zufällig irgendwo Lärm gehört? Ich dachte, die Fernsehtypen wären schon weg, aber …«

»Etwa aus dem Matheflur?«, fragte Luke zurück.

»Dachte ich jedenfalls, ja.«

»Da waren wir gerade. Sah leer aus.«

»Hmm.«

»Na dann, Mr Miller. Locker bleiben.«

»Du auch, Luke.«

Der Minivan meiner Mutter bog gerade in den Kreisel vor der Schule. Sie ließ das Beifahrerfenster herunter und beugte sich ganz weit rüber. »Luke Weston! Wie *geht* es dir, Schätzchen?«

»Hey, Mom«, sagte ich.

»Bist du auf dem Heimweg, Luke? Willst du mitfahren? Vorn ist noch ein Platz frei.«

»Ich bin's, dein Sohn Ethan«, sagte ich.

»Vielen Dank, aber ich laufe lieber. Sind ja nur ein paar Minuten.«

»Ich freue mich auch, dich zu sehen«, sagte ich.

»Bist du sicher? Der Rucksack sieht aber schwer aus.«

Ich setzte mich auf den Beifahrersitz. Luke steckte den Kopf durchs Fenster und schaute nach hinten. »Lila? Olivia? Tabitha?«

»LUKE!«, kreischten sie freudig.

»Wie geht es meinen liebsten Vierjährigen?«

»Ich bin die Älteste«, sagte Olivia.

»Du bist auch nur vier«, sagte Lila.

»Aber größere vier als du.«

»Wir haben gerade die Zähne gereinigt gekriegt.«

»Außer Tabby«, sagte Olivia. »Die hat Dr. Pohlmann gebissen.«

Tabby hatte die ganze Faust im Mund und starrte schmollend aus dem Fenster.

»Tabby kann Dr. Pohlmann nicht leiden«, erklärte Lila.

»Er sie auch nicht«, sagte Olivia. »Er hat gesagt, nur kleine Mädchen mit sauberen Zähnen dürfen sich was aus der Schatztruhe aussuchen.«

»Und dann hat er gesagt, sie wird Löcher kriegen.«

»Nein, er hat gesagt, er *hofft*, sie wird Löcher kriegen.«

Tabby sah so aus, als würde sie gleich Olivia beißen. Das musste Luke auch aufgefallen sein. »Also dann, Mädels, bis bald!«, sagte er hastig. »Wiedersehen, Mrs Andrezejczak. Bis morgen, Ethan. Ruf mich an, wenn du die Rechenaufgaben nicht hinkriegst. Ich weiß jetzt schon, dass ich es nicht schaffe.«

»Danke«, sagte ich.

»Keine Ursache«, sagte er grinsend.

Meine Mutter fuhr kopfschüttelnd los. »Du hast so ein Glück, Luke zum Freund zu haben.«

Sie versuchte nicht mal zu verbergen, dass sie Luke lieber mochte als mich. Ich streckte die steifen Beine aus. »Stimmt«, sagte ich. »Der beste Freund, den ich je hatte.«

Ein anderer möglicher Anfang

Lassen wir das Spind-Debakel einfach im Nebel der Zukunft liegen. Spulen wir zurück, wenn's recht ist, bis zum Anfang jener Woche.

Die Schule hatte nach den Weihnachtsferien gerade wieder angefangen. Das Schuljahr kam mir vor wie ein schlecht gefüllter Burrito: Ein paar Bissen waren interessant, aber das meiste war bloß Reis. Sogar die Kameras von kTV kamen einem ganz normal vor. Klar, es war immer noch erregend, sich Maura Heldsman in *For Art's Sake* anzusehen, aber es war eine gewohnte Erregung. Gehörte einfach dazu. Es machte einen gar nicht mehr verlegen, zu sehen, wie sie auf einem großen landesweiten Sender von *Laguna Beach* zu unserer seltsamen kleinen Schule in Minnesota umschalteten.

Die letzte Stunde an dem Tag war BradLees Englischkurs für Juniors und Seniors. Ich war erst ein paar Minuten im Klassenraum und versuchte mich mit tiefen Atemzügen vom Trauma des Leistungskurses Biologie zu erholen, als Luke aus seinem Journalismuskurs hereingestapft kam.

»Wieder ein Text abgelehnt«, sagte er. Er ließ sich krachend neben mir auf den Stuhl fallen, ohne den Rucksack abzunehmen. Streng genommen haben wir keine festen Plätze, aber ihr wisst ja, wie es läuft. Am ersten Tag pinkelt jeder sein Revier ab. Und vom zweiten Tag bis in alle Ewigkeit sitzen alle auf demselben Platz.

»Schon wieder?«

»Macht drei in zwei Monaten.« Er hatte die langen Beine von sich gestreckt und die Arme verschränkt. Jackson kam aus seinem Mathe-Tutorium und setzte sich hinter mich. Ich drehte mich halb um, damit wir uns anschauen konnten. Es war noch etwas Zeit bis zum Klingeln, aber BradLee hatte die nervige Angewohnheit, mit dem Unterricht anzufangen, sobald alle da waren. Gelegentlich konnte man ihn davon abhalten, aber dann musste man durch klare Körpersprache deutlich machen, dass man total ausrasten würde, wenn er einem die sechs Minuten Freiheit beschneiden wollte.

Jackson wurde auf den Stand gebracht. »Du bist doch Kulturredakteur«, stellte er fest. »Die Nummer zwei der Redaktion. Wer lehnt das denn ab? June?« Sie war Chefredakteurin der Schulzeitung.

»Angeblich«, sagte Luke. »Sie behauptet, es sei kein Platz. Aber ich habe immer weiter nachgehakt, und dann hat sie mir verraten, dass Mr Wyckham das letzte Wort hat.«

»Über den Platz?«

»Über mich.«

»Aha«, sagte Jackson. Er legte seinen Aktenkoffer auf den Tisch, gab die Fibonacci-Folge ein, um das Schloss zu öffnen, und nahm den Stapel zusammengetackerter Zettel heraus, auf die er seine Englisch-Aufzeichnungen schrieb. Jackson kauft aus Prinzip keine Hefte oder Notizbücher. Er verabscheut die Unternehmenslogik, billige Waren einfach umzuverpacken, um damit extreme Profite zu erzielen. Wer in seiner Gegenwart Mineralwasser aus der Flasche trinkt, wird es bereuen.

»Das letzte Wort über dich? Was soll das denn bedeuten?«, fragte ich.

»In diesem Jahr sollen in der *Selwyn Cantos* keine« – Luke machte Anführungszeichen in die Luft – »›kontroversen Inhalte‹ gedruckt werden.«

»In diesem Schuljahr?«

»Das ist doch absurd«, sagte Jackson. »Das ist eine Zeitung. Für Nachrichten. Kontroversen *sind* Nachrichten.«

Beim Klingeln rauschte Elizabeth herein. Ich winkte ihr, aber sie bestand schon lange darauf, dass der Englischkurs ihre Gelegenheit ist, mit anderen Leuten abzuhängen. »Mit meinen *normalen* Freunden«, wie sie meinte. Ich war noch gar nicht darauf gekommen, Luke zu fragen, was eigentlich so kontrovers an seinem Artikel war, als BradLee auch schon mit seinem Aufwärmprogramm loslegte. Wir sollten die rhetorischen Stilmittel in verschiedenen Zitaten identifizieren, die er ans Whiteboard warf.

Für Gott, fürs Vaterland und für Yale. »Trikolon«, schrieb ich. Ich konnte mich gerade noch beherrschen, kein kleines Herz neben das Wort zu malen. Ich liebte das Trikolon. »Worum ging es denn in deinem Artikel?«, schrieb ich auf einen Schmierzettel. Sobald BradLee wie ein Adler die andere Hälfte des Klassenraumes scannte, schnippte ich Luke das Briefchen hin.

Das Summen und Brummen hurtiger Bienen. »Onomatopöie«, schrieb ich. Oder vielmehr versuchte ich zu schreiben. Ich wusste, es fängt mit *O* an.

Luke schob mir seine Antwort zu. »Um *FAS*.« Abkürzung für *For Art's Sake.*

»Eine Rezension?«, schrieb ich zurück.

Als ich das nächste Mal hinüberspähte, hatte Luke das Aufwärmprogramm ganz aufgegeben und kritzelte einen ganzen Roman. Luke ist schlaksig und groß. Er hat braunes Haar, das so aussieht, als wäre es absichtlich braun; diese volle, nussige Farbe wie bei Mädchen, nicht das Jungs-Braun, das bloß die Abwesenheit aller anderen Farben ist. Seine Augenbrauen sind gerade und seine Augen so passend schokoladenbraun, und vom strikten Hetero-Standpunkt aus würde ich sagen, er ist ziemlich süß.

Nicht dass ich im Englischunterricht über Lukes Attraktivität nachdachte. Kein bisschen, ich arbeitete am Aufwärmprogramm. *Er nahm den Hut und Abschied.* Zeugma.

Schließlich gab er mir den Zettel wieder, und dann schaute er mit gespielter Konzentration nach vorn, gerade als BradLee sich zu uns umdrehte. Es ist eine allgemein anerkannte Wahrheit, dass Englischlehrer alle Arten von Vergehen entschuldigen, wenn jemand so schreiben kann wie Luke Weston. BradLee wusste bestimmt, dass irgendwas im Busch war – er ist ja nicht blöd –, aber er stellte uns nicht zur Rede.

»Es kommt als Rezension daher, aber eigentlich geht es sehr viel weiter, wie ein Leitartikel«, hatte Luke geschrieben. »Ich habe versucht, mein Lästermaul im Zaum zu halten. Vielleicht nicht komplett erfolgreich. Ich habe hinterfragt, warum die Schule die Dreharbeiten hier erlaubt, obwohl die Serie bloß eine fette Geldmaschine für kTV ist. Der Anteil, den die Schule abkriegt, kann nur lachhaft sein. Taschengeld. Oder eher Blutgeld.«

BradLee starrte mich an. Ich schob beiläufig den Arm über den Brief und starrte mit einem Ausdruck intellektueller Neugier auf das Whiteboard. Es muss funktioniert haben, denn er fing an, auf Rummica Fitzgerald rumzuhacken.

Ich las weiter. »Ich habe noch nicht mal geschrieben, dass ich mich entrechtet, ausgegrenzt, ausgeschlossen fühle. In dieser Schule ging es früher um die Künste. Dies war die erste Wahl, wenn man es mit dem Lernen und mit den Musen ernst meinte. Und jetzt geht es bloß noch darum, die *FAS*-Kandidaten zu vergöttern und uns selbst auf die Schulter zu klopfen, weil wir landesweit zu sehen sind. *FAS* hat alles verändert.«

Ich warf den Brief über die Schulter zu Jackson. Ich wusste, er hatte schon den Hals danach gereckt. Entweder beobachtete BradLee mich, oder ich war paranoid. *Ihr Zuhause war ein Gefängnis.* Oh Mann: Metapher.

Jackson reichte den Brief zurück. Er hatte ein Diagramm darauf gezeichnet. Die x-Achse war mit *Beknacktheit von FAS* beschriftet; die y-Achse mit mehreren Dollarzeichen. Der Graph war eine Gerade, die exakt diagonal zwischen den Achsen verlief: ein direkt proportionales Verhältnis.

»Ich glaube, es muss *Bekacktheit* heißen«, schrieb ich. Luke seufzte schwer. Ich versuchte, noch mehr Empörung zu heucheln, aber er durchschaute mich.

Denn klar, ich war zwar seiner Meinung. Aber es war mir nicht so wichtig. Jedenfalls nicht im Englischunterricht. Die Schülertische waren in zwei konzentrischen Halbkreisen angeordnet, und mir genau gegenüber saß ein Mädchen. Ein Mädchen namens Maura Heldsman. Vielleicht habt ihr schon von ihr gehört. Normalerweise würde es mich mehr interessieren, wie scheiße *For Art's Sake* für die Selwyn war. Und normalerweise würde mich Lukes Enttäuschung noch *viel* mehr interessieren.

Es war nur schwer, sich zu konzentrieren. In dieser Umgebung.

BradLee verriet uns die Antworten der Aufwärmübung. »Heute fängt eine neue Einheit an, Leute«, sagte er. »Wir starten mit einem kurzen Vortrag über unser neues Thema.« Cool, dachte ich, ein Vortrag. Selwyn ist natürlich viel zu modern, als dass die Lehrer Vorträge halten würden, was bedeutet, dass ich die ganze Zeit Leuten zuhören muss, die keinen Schimmer haben – will sagen meinen Mitschülern. Bei einem richtigen Vortrag spricht derjenige, der Ahnung hat. Eigentlich ganz logisch. Ich gebe allerdings auch zu, dass man sich bei Vorträgen leichter ausklinken kann. Vor allem mit Maura Heldsman in knapp fünf Meter Entfernung.

»Ezra Pound nannte es ›die Stammeserzählung‹«, sagte Brad-Lee mit schwungvoller Geste, »die das Wertesystem und die Geschichte einer ganzen Kultur enthalten kann.«

Ups. Apropos Ausklinken: Ich hatte das Thema komplett verpasst. Ich schrieb trotzdem »Stammeserzählung« auf.

»Langston Hughes nannte seinen Autor ›Träger des Lichtes‹.«

Verdammt, jetzt hatte ich schon wieder verpasst, wessen Autor eigentlich. »Träger des Lichts« wanderte in meine Notizen. Dann gähnte Maura Heldsman. Ihr Gähnen war so elegant wie das einer Katze, so elegant wie jede Bewegung ihres Tänzerinnenkörpers, sehnig und schwebend, in perfekter Haltung, Zehen nach außen.

»Und tatsächlich ist es ein Pseudo-Epos. Das Epos ist die Vision; und dies ist die Revision und die Re-Vision – also ein Überprüfen und ein ›Wieder-Entdecken‹ …«

Ich war nicht so oft in einem Raum mit Maura Heldsman. Ich hatte das Gefühl, ich müsse sie aufsaugen, das meiste aus meiner knapp bemessenen Zeit machen. Maura war ein Sekundärsatellit, der meine Anziehungskraft auf alles verringerte, was sonst meine Aufmerksamkeit verlangte: Luke, Jackson, BradLees Vortrag. Sie wusste nicht, wer ich war. Aber wäre ich eine Zaubertafel, hielte sie den Zauberstift. Wenn sie in der Nähe war, rauschten alle magnetischen Partikel meines Bewusstseins in ihre Richtung.

Außerdem inspirierte sie mich zu richtig schlechten Metaphern.

»Und so ist es in postkolonialer …«

Ich gab es auf, BradLee zu folgen. Ich kriegte den Faden nicht zu fassen und ließ ihn ziehen. Er führte den Rest des Kurses ohne mich durchs Labyrinth. Ich steckte in einer Sackgasse, verzaubert von einem Mädchen.

Plötzlich richtete Luke sich auf und fing hektisch zu schreiben an. Das schreckte mich aus meiner Trance. Er konzentrierte sich vollkommen auf BradLee, schrieb jedes Wort von seinen Lippen mit. Ich versuchte meine Aufmerksamkeit ebenfalls wieder auf BradLee zu richten, aber es war zu spät.

»Und darum, liebe Leute, werden wir uns den Rest des Schuljahres mit dem Langgedicht beschäftigen.«

Ich überschrieb meine halbgaren Notizen mit »Langgedichte« und fügte in Klammern hinzu »(bah)«. Wie lang, überlegte ich, ist wohl lang? Eine Seite? Länger? Ich suchte jemanden, mit dem ich selbstmitleidige Blicke wechseln konnte, aber Luke schrieb immer noch konzentriert mit und Jackson starrte in seinen Schritt und spielte (hoffentlich) heimlich eins der Mathespiele, die er für seinen Grafikrechner geschrieben hat.

»Da ihr nun alle etwas mit dem Begriff ›revisionäre Mythopoeia‹ anfangen könnt«, sagte BradLee, »fangen wir gleich mit unserem Hauptautor an – Mr Ezra Pound.« Er klickte auf seinem Bildschirm herum, bis ein altes Foto am Whiteboard aufschien: ein Mann im Halbprofil mit künstlerisch gequälter Miene, einem sagenhaften Schnauzbart und wilder Frisur. »*Ecce homo*«, sagte BradLee. Ich hatte fünf Jahre Latein gelernt, weshalb ich in seltenen Fällen mal etwas übersetzen konnte. *Siehe, der Mensch.*

»Der wahre *auteur* der revisionären Mythopoeia«, sagte Brad-

Lee. Der Anteil der Wörter, die ich verstand, nahm rapide ab. Ich neigte leicht den Kopf in Richtung von Lukes Aufzeichnungen, aber er hatte schon umgeblättert und schrieb eifrig weiter. Ich hätte es auch bei Jacksons Notizen versucht, aber es gab keine.

»Hier eine Anekdote, die ihn treffend darstellt. 1919 veröffentlichte Pound das Gedicht ›Dem Sextus Propertius zur Huldigung‹ in der Zeitschrift *Poetry*.«

Jake Wall lachte laut.

»Sex*tus* Propertius, Mr Wall.«

Hey, von Propertius hatte ich schon gehört. Vielleicht. Diese lateinischen Namen klangen alle gleich.

»Wer ist übrigens Propertius?«

»Ein römischer Dichter«, sagte ich in der Hoffnung, BradLee würde annehmen, ich hätte die ganze Zeit aufgepasst, und mich nicht nach weiteren Einzelheiten fragen.

»Gut. Daraufhin« – puh! – »schrieb ein Lateinprofessor einen Leserbrief, in dem er Pound ›unfassbare Ignoranz‹ hinsichtlich der lateinischen Sprache vorwarf.«

Jackson pikste mich mit dem Stift in den Rücken. An dem Morgen hatten wir einen unsäglichen Test über Ovid geschrieben. Unfassbare Ignoranz hinsichtlich der lateinischen Sprache lag uns sehr nahe.

»Er behauptete, die ›Huldigung‹ strotze nur so von Fehlern. Irgendwelche Vermutungen, wie Pound darauf reagierte?«

Lukes Hand schoss in die Höhe. »Ich wette, er hat gesagt, es solle ja keine Übersetzung sein.«

»Haargenau«, sagte BradLee erfreut.

»Und dass es ihm nicht besonders gefällt, wenn der Herausgeber der Zeitschrift den Brief eines pingeligen und kleinkarierten Lateinprofessors veröffentlicht.«

»Sie müssen die zeitgenössische Wiedergeburt von Pound sein«, sagte BradLee. »Nagel auf den Kopf. Pound hat eine ganz ähnliche Antwort geschrieben, die aber nicht gedruckt wurde. Womöglich, weil sie mit dem Fluch ›Katzenpisse und Stachelschweine!‹ begann.«

Das schrieb ich auf. Meine Notizen waren sowieso schon ziemlich im Arsch. Katzenpisse und Stachelschweine würden da auch nichts mehr ausmachen.

»Schon 1919 lehnte Pound die künstlerischen Konventionen seiner Zeit ab.«

BradLee redete weiter. Sein richtiger Name lautet Bradley Lee; ich habe mich immer gefragt, wie ein so kluger Typ von so dämlichen Eltern gezeugt worden sein konnte. Anfang des Jahres ist er dreißig geworden, sieht allerdings eher wie zwanzig aus, und wenn er sich seinen rotblonden »Vollbart« (Pfirsichflaum) abrasieren würde, ginge er auch für fünfzehn durch. Seine Lieblingsschuhe waren Keds, aber ironisch getragen. Er war die Sorte Typ, die ein Lieblingssatzzeichen hatte. Es war das Fragerufzeichen, eine Kombination aus Frage- und Ausrufezeichen: ‽ So wie am Ende des Satzes: Kann es was Hirnverbrannteres geben als ein Lieblingssatzzeichen‽

Obwohl ich zugeben muss, dass ich meinerseits das Semikolon ziemlich gerne mag.

Es klingelte. Elizabeth und ihre normalen Freunde schossen nach draußen. Ich hatte gleichzeitig mit Maura rausgehen wollen, aber sie entschwebte, als ich noch auf Luke und Jackson wartete.

»Ich werde ein Langgedicht schreiben«, sagte Luke. Am Ende des Schultages sind die Korridore immer so voll, dass man das Gefühl hat, von der Strömung eines Flusses davongetrieben zu werden. Ein stark befahrener, von Piranhas wimmelnder Fluss; eine unerwartete Bewegung, und man wird von einem Instrumentenkoffer niedergeschlagen.

»Wieso?«

»Hast du BradLee gar nicht zugehört?«

»Nein«, sagten Jackson und ich gleichzeitig.

»Traurig.«

»Ich hab's versucht«, sagte ich, »aber die Umstände hatten sich gegen mich verschworen.«

»Die ›Umstände‹ sind ›der Vorbau einer gewissen Maura Heldsman‹«, sagte Luke.

»Sie hat doch gar keinen Vorbau«, sagte Jackson.

Das war schon häufig Gesprächsthema gewesen. Berufsrisiko, wenn man sich in eine Ballerina verliebte.

»Warum dreht sich eigentlich jede Unterhaltung irgendwann um Maura Heldsman?«, fragte Luke.

»Du hast von ihr angefangen«, sagte Jackson. Er führt im Geist Protokoll über jedes Gespräch, damit er einen mit der Nase auf jede beliebige Ungereimtheit stoßen kann. Sowohl äußerst nützlich als auch äußerst nervig.

»Wir sind die Unterdrückten«, sagte Luke. »Ich werde der Träger des Lichtes sein.« Er redete schneller. »Ich sage nur Postkolonialismus. Ich sage nur minimale kulturelle Hegemonie. Das sind wir. Wir waren eine wunderschöne indigene Gesellschaft, bis kTV hier gelandet ist.« Er wurde immer schneller. »Sie sind wie die Briten in Indien, wie die Belgier im Kongo. Alles nur zu ihrem Profit, und sie rechtfertigen sich mit der selbstzufriedenen Gewissheit, dass ihre Kultur überlegen ist. Das ist Ausbeutung, und sie zahlen uns gerade genug, dass es uns nicht stört. Darum machen wir mit.« Jetzt wusste ich, was er in sein Heft gekritzelt hatte. Luke erarbeitet sich Ideen immer zuerst auf Papier.

»Was hat das denn mit Langgedichten zu tun?«, fragte Jackson.

»Hast du überhaupt nicht *zugehört*?«

»Nein!«

Wir hatten den Anfang des Zeitungsflurs erreicht. »Ich werde unsere Kultur wieder in Besitz nehmen. Bis später, ihr Vollpfosten.« Er navigierte um die Ecke und trieb davon.

»Ein Langgedicht«, sagte ich.

»An Gedichten gefällt mir *einzig und allein*, dass sie kurz sind.«

»Katzenpisse und Stachelschweine.«

Dritter möglicher Anfang, nach dem ich wirklich anfange (versprochen)

Spulen wir das Band noch weiter zurück. Es ist Anfang September. Die erste Woche des Schuljahrs. Am dritten Tag, während der Doppelstunde Freies Üben, gingen die Lautsprecher an.

»Alle Studenten und Lehrkräfte mögen sich augenblicklich zu einer besonderen Bekanntmachung in der Aula einfinden.«

Luke hatte die Theorie, die Sekretärin stehe total darauf, Konjunktive über den Lautsprecher zu verbreiten. Ich hielt das für totalen Quatsch, aber sie half mir nicht gerade dabei, seine Theorie zu widerlegen. Ich setzte meine Trompete ab, wischte mir die Spucke aus den Mundwinkeln und verließ meine Probekabine.

Heute ist das nur noch schwer vorstellbar, aber als ich mich in den Schülerstrom einreihte, war ich, glaube ich, nicht besonders neugierig auf die Bekanntmachung. Ich war bloß froh, dass das morgendliche Freie Üben unterbrochen wurde. Das ist eine Doppelstunde gleich nach dem ersten Klingeln, in der wir alle in unsere jeweiligen Räumlichkeiten eilen und unserem künstlerischen Handwerk nachgehen. Einer der großen Pluspunkte der Selwyn Academy bei der Rekrutierung neuer Schüler, allerdings erwähnen sie den potenziellen neuen Eltern gegenüber nie, wie sich eine Schule anhört, wenn hundert Instrumentalisten auf einmal üben. Manchmal zwinge ich mich, Trompete zu spielen, und manchmal gehe ich zeichnen. Das sind meine beiden Hauptfächer. Ich bin in beiden mittelmäßig.

Unterwegs stieß ich mit Luke zusammen, Jackson und Elizabeth warteten vor der Aula auf uns. Jackson und ich lächelten uns an. Wir empfanden das Freie Üben beide eher als Quälerei. Er hatte an seinem Beleuchtungskonzept für das Ballett *Giselle* gearbeitet, die bevorstehende Aufführung der Tanzkompagnie. Das langweilte ihn bis zur Verstopfung. (Das meint er ganz wörtlich, wie ihr feststellen könnt, wenn ihr ihn fragt. Ich rate davon ab.)

»Ich *fasse* es nicht, dass sie uns unterbrechen«, sagte ein Mädchen, das immer noch seinen bekleckerten Malerkittel trug. »Ich kam gerade voll in den *Flow.*«

Ihre Freundin lutschte lautstark an einem Oboenblättchen. »Ich weiß total, was du meinst!«

»Diese Stunde ist doch irgendwie so total der Kunst geweiht«, sagte Elizabeth, als sie meinen Blick bemerkte. »Wie können sie es wagen, ihren Altar so total zu besudeln?«

»Ich habe meiner Muse ein heiliges Gelübde abgelegt«, sagte ich, »und die wird das irgendwie, äh, gar nicht cool finden.«

Elizabeth nahm wieder einen normalen Tonfall an. »Es ist aber *wirklich* nervig.«

»Du darfst das denken, weil du so gut in deinen Sachen bist.« Tatsächlich ist Elizabeth irre gut. Sie hat künstlerische Hauptfächer, wie ich, aber ihre Spezialität ist Grafikdesign. Nicht viele Absolventen der Selwyn können später ihr Geld in einem künstlerischen Beruf verdienen, aber sie wird mit Sicherheit Buchcover gestalten, oder Poster für Hipster-Bands. »Aber diese Poser, die kann ich echt nicht ausstehen«, fügte ich laut hinzu. Die Oboenlutscherin warf mir einen angewiderten Blick zu.

Wir schlurften in den Saal. Ich konnte mein Glück immer noch kaum fassen. Anstatt mit meiner Trompete in eine Zelle gesperrt zu sein, die mich mit ihren gepolsterten Wänden und dem Geruch der Verzweiflung immer an eine Irrenanstalt erinnerte, durfte ich mit meinen Freunden in diesen erstaunlich weichen, plüschigen Sesseln herumhängen. Selwyn steckte viel Geld in die Aula. Die Beleuchtung und die Tonanlage sind allererste Sahne, vorne hängt ein üppig gefalteter Samtvorhang, und es gibt sogar so kleine Logen für den Adel. Und die Sitze sind ernsthaft bequemer als mein Bett.

Elizabeth zog einen Zettel aus der Tasche. Sie hatte seit kurzem so die Nase voll von unserem ewigen »Das war ja sooo klar«, dass sie uns jetzt immer vorher aufschreiben ließ, was »ganz klar« gleich verkündet werden würde.

Jackson war als Erster dran: *Installation von Computerspielkabinen in den schalldichten Übungsräumen; Anerkennung von Computerspielen als künstlerisches Hauptfach.*

»Träum weiter, Jackson«, sagte Elizabeth, als sie ihm über die Schulter schaute. Jackson kann einen Controller mit der Präzision und Eleganz eines Dirigenten bedienen, doch sein Genie ist wie das Vincent van Goghs zu seinen Lebzeiten unerkannt geblieben.

»Eines Tages werden sie schon noch zur Vernunft kommen.«

Das hoffte ich nicht. Noch eine Kunstform, zu der ich unfähig war.

Luke: *Ein neues Programm, Kindern aus einkommensschwachen Familien Kunst näherzubringen.*

»Gut möglich, gut möglich«, sagte Elizabeth.

»Denn nichts steigert das Wohlbefinden eines Obdachlosen so wie Rachmaninow«, sagte Luke.

Ich war dran: *Neue Spendensammelaktion.*

»Lahm«, sagte Elizabeth.

Luke las es. »Das dürfte gar nicht zählen. Das ist wie die Vorhersage, dass morgen früh irgendwann zwischen fünf und acht ein Feuerball am östlichen Horizont auftauchen wird.«

Die Lehrer fingen an heftig zu applaudieren und uns zur Ruhe zu ermahnen, und irgendwann hatten alle gemerkt, dass Willis Wolfe die Bühne betreten hatte. Den Namen kennt ihr sicher, wenn ihr zufällig ganz besessen von der Achtziger-Fernsehserie *Mind over Matter* und ihrem blonden, kernigen Hauptdarsteller mit den blendend weißen Zähnen seid. Zähne so weiß wie Waschpulver. Das ist unser Direktor.

»Bla, bla, *fantastisch*, bla, *großartig*, bla-di-bla«, sagte Willis Wolfe. Er sagt nie irgendwas, bei dem das Zuhören lohnt. Ich sah seinen schmierigen Stellvertreter Mr Coluber an der Bühnenseite warten. Das war eine so offensichtliche Voraussage, dass sich nicht mal das Aufschreiben lohnte: Vizedirektor Coluber würde die besondere Neuigkeit verkünden.

»Bla, bla, bla-ding-a-ling, *höchst beeindruckend*.«

Elizabeth war offensichtlich auch weggetreten. Sie rollte den Rand des Vorhersagenzettels zwischen zwei Fingern, als wollte sie eine Dreadlock zwirbeln. Elizabeth hat fantastische, großartige, höchst beeindruckende Dreadlocks. Sie ist halb schwarz. Offensichtlich nicht die Hälfte, die mit Jackson »Weißbrot« Appelman verwandt ist.

»Und hier ist Mr Coluber, euer Vizedirektor, die treibende Kraft dieser Initiative, der euch die Neuigkeit verkünden wird«, sagte Willis Wolfe.

»Habe ich doch gesagt«, sagte ich, bevor mir einfiel, dass ich es niemandem gesagt hatte.

»Ich nehme die Idee mit den Einkommensschwachen zurück«, sagte Luke. »Dafür ist Coluber zu schleimig.«

»Ist wohl doch nicht alles sooo klar«, sagte Elizabeth selbstgefällig.

»Spendensammeln, Spendensammeln, Spendensammeln«, sagte ich.

Wir hielten den Mund, als wir den tödlichen Blick von Mrs Garlop bemerkten, der alten Hexe, die außerdem unsere Mathelehrerin ist.

Mr Coluber klopfte ans Mikrofon. Endlich hielten auch die Theaterleute die Klappe, ein seltener Genuss. »Guten Morgen, Selwyn«, sagte er ölig. Coluber ist mager und groß. Er hat einen total stechenden Blick und sein Haar hat sich über der Stirn herzförmig gelichtet, aber das ist auch der einzige Hinweis darauf, dass er ein Herz besitzt. »Was jetzt kommt, könnt ihr unmöglich raten«, sagte er. Wenn er keine Krawatte trägt, lässt er den obersten Knopf seines Hemdes auf, damit ein paar Tentakel seiner Brustbehaarung herauslugen können. »Es ist eines der aufregendsten Dinge, die an der Selwyn Academy je passiert sind.« Er hält sich für die ganz heiße Scheiße, das merkt man.

»Spuck's aus«, sagte Elizabeth.

»Der Sender Kelvin Television Network, euch natürlich besser bekannt als kTV« – es folgte eine dramatische Pause –, »wird« – Pause – »eine neue Reality-Show hier an der Selwyn drehen!«

Ich glaube, Luke war der Einzige von uns, der von Anfang an wusste, was für eine bescheuerte Idee das war. Er fing gleich an, den Kopf zu schütteln, so langsam wie Scheibenwischer, wenn leichter Nieselregen einsetzte, während Coluber uns erzählte, dass es Castings für Kandidaten geben würde, um die Besten, die Selwyn in Tanz und Musik und Theater und Literatur und bildender Kunst zu bieten hatte, herauszusieben.

In jeder Folge würde es eine Challenge geben, und in jeder Folge würde einer der anfangs neunzehn Kandidaten rausgeschmissen werden. Ich meine natürlich, würde aufgefordert werden, sich zurückzuziehen. »Manchmal trifft eine Jury die Entscheidung, manchmal die amerikanische Öffentlichkeit und manchmal *Sie*, meine Damen und Herren. Und der Preis? Oh ja, es gibt einen Preis, und was für einen.«

An dieser Stelle setzten die Tagträume ein. Ich war gerade noch wach genug, um zu sehen, wie alle glasige Augen bekamen, bis ich selber zu fantasieren anfing. Die amerikanische Öffentlichkeit würde mich entdecken. Ich würde der Held einer neuen Teenager-Generation werden, die es künstlerisch zu etwas bringen wollte: der Typ, der schraffieren kann. Oder, wenn ich mich auf dem Weg zum Starruhm doch für die Trompete entschied: der Typ, dessen Lippen summen.

Und natürlich brauchte der Held auch eine Liebesbeziehung. Das war schließlich Reality-TV. Die Produzenten würden sich nach einer schlanken, frechen Brünetten umsehen. Einem Mädchen, das ebenso talentiert war wie ich. Vielleicht eine Tänzerin? Genau. Eine Ballerina. Perfekt.

Dann würde die romantische Spannung steigen, und im Finale der ersten Staffel würde ich Maura Heldsman schließlich in die Arme schließen und nach hinten biegen – ihr Rücken ist äußerst biegsam – und es würde einen Kuss geben, einen langen Kuss, ein Kuss, aus dem die Träume sind ...

Luke stieß mir den Ellbogen in die Rippen.

Ich klappte den Kiefer zu, der irgendwie erschlafft war, und blinzelte.

»Selwyn ist verloren«, sagte er. »Verloren an kTV.«

Das Leben ruckelte sich wieder in Relation.

Ich würde natürlich kein Kandidat werden. Ich war so mager, ich musste Skinny Jeans tragen, um einigermaßen normal auszusehen. Das Zeug auf meinem Kopf ähnelte eher Unterholz als menschlichen Haaren, meine Nase war so groß wie mein Ellbogen und auch ungefähr so geformt. Nein, ich würde nicht ins Fernsehen kommen.

Um ehrlich zu sein, gehörte ich ohnehin nicht so richtig an die Selwyn. Als ich in der achten Klasse war, hatte Lukes Mutter, Mrs Weston, meine Mutter angerufen und ihr von dieser Künstlerschule in ihrer Straße erzählt, deren Lehrangebot *herausragend* war und das musische Angebot *superb*, und, Karrierechancen hin oder her, es könnte das *Leben* verändern, ihm eine *positive* Richtung geben, wenn man sich so *intensiv* mit Kunst und Musik auseinandersetzte, ob sie das nicht auch finde? Und meine Mutter, zweiundvierzig Jahre alt und mit drei Neugeborenen zu Hause, die sie nicht auseinanderhalten konnte, sprach mit meinem Vater und sagte so etwas wie: »Wenn er mit Luke zusammen ist, kann nicht allzu viel schiefgehen, außerdem macht das die Highschool-Auswahl so viel einfacher, und da wir das ganze Haus voll halb verdauter Muttermilch haben, ist das ein wichtiger Aspekt.« Und mein Vater nur so: »Warum nicht.«

Ich war jetzt auch keine totale Dumpfbacke. Ich spielte seit der zweiten Klasse Trompete, und in der Zeit vor den Drillingen hatte meine Mutter mich gezwungen, täglich zu üben. (Nach ihrer Extraktion weckte ich immer irgendein Baby, wenn ich die Trompete in die Hand nahm, und das war eine willkommene Begründung, sie im Koffer zu lassen.) Und gezeichnet habe ich auch schon immer. Niemand hatte geahnt, wie intensiv das alles an der Selwyn werden würde, aber ich habe es überlebt. Jackson auch, denn er war ganz gut in Bühnentechnik. Elizabeth und Luke blühten auf.

Aber ich würde ganz sicher nicht bei kTV auftreten. Und ich wusste auch genau, wer es stattdessen tun würde.

Ich fing an, mich nach diesen Jungs und Mädchen umzuschauen – ich wollte ihre Gesichter sehen, wenn ihr Schicksal sich vor ihnen auffächerte. Die Klavierwunderkinder, allesamt Zimtzicken und Arschlöcher, funkelten einander eifersüchtig an. Dann war da Kyle Kimball, ein ernsthafter Schauspieler, der auf Shakespeare steht und, wie mir aufgefallen ist, Shakespeare tatsächlich *versteht*. Er versuchte gleichgültig zu wirken. Und weil er ein guter Schauspieler ist, wirkte er gleichgültig. Aber Miki Dicki Reagler hüpfte auf seinem Polstersitz auf und ab und grinste mit offenem Mund wie sonst nur bei den letzten Zeilen von »All That Jazz«, wenn er abwechselnd an den Daumen leckt und die Congas schlägt.

Er würde dabei sein. Sie würden ihn lieben.

Ich wusste, wo Maura Heldsman saß. Sie hatte eine ausdruckslose Miene aufgesetzt, was nicht ungewöhnlich war, aber ihre Freundinnen kicherten aufgeregt. Dann ging es mir auf: Sie würde ins Fernsehen kommen. Ich könnte sie mir anschauen. Und es wäre nicht pervers oder so, weil alle anderen sie auch anschauen würden.

Ich fand die ganze Sache ziemlich aufregend.

So fing alles an. Noch stand nichts fest, aber zu dem Zeitpunkt, als ich durch die Spindschlitze linste, um Maura Heldsman beim Dreh für eine landesweite Fernsehshow zu beobachten, kam es mir zumindest so vor.

Nach der Versammlung schimpfte Luke eine Weile: Ausverkauf der Selwyn Academy, Reality-TV war Mist und so weiter.

»Und wirst du dich bewerben?«, fragte Jackson.

»*Ich?*«, fragte Luke.

»Du bist mit Abstand der beste Autor an der Schule.«

Er runzelte die Stirn. Ich saß auf glühenden Kohlen. Ich klinge jetzt wie ein ganz schlechter Freund, aber ich wollte nicht, dass Luke Kandidat wurde. Ich wäre so neidisch.

»Der Preis klingt echt cool«, sagte Jackson. »So ein fettes Stipendium.«

»Stimmt«, sagte Luke.

»Und ein Agent.«

»Ja.«

»Und landesweiter Ruhm. Du wärst ein Promi. Du hättest coole Freunde.«

Luke schüttelte kurz den Kopf, wie ein Hund, der aus dem Teich klettert. »Mein Gott«, sagte er. »Wofür haltet ihr mich? Natürlich werde ich mich nicht bewerben. Das widerspräche allem, was mir wichtig ist.«

Puh.

»Ich hasse diese Sendung jetzt schon«, sagte er und fing wieder an zu schimpfen. Ich versuchte zustimmend zu nicken, aber ich hatte schon beschlossen, dass ich nichts dagegen hatte. Warum?

1. Ich würde nicht ausgegrenzt werden. Luke wollte nicht vorsprechen. Elizabeth sagte, sie sei nicht interessiert. Und Jackson war nicht gerade fernsehtauglich, außer es gäbe einen historischen Umschwung im Publikumsgeschmack: »Wir haben genug Waschbrettbäuche gesehen. Zeigt uns einen Jungen, der HTML kann!«

2. Maura. Bildschirm. Ich. Sofa.

3. Ganz im Ernst? Der wichtigste Grund? Ich dachte, es würde mein Leben nicht verändern. Ich würde weiter alles machen, was ich jetzt machte. Ich würde im Matheflur rumalbern und Magneten an die Decke werfen. Ich würde mich im Englischunterricht von den verschiedenen Gliedmaßen Maura Heldsmans hypnotisieren lassen. Ich würde Latein überleben, vielleicht auch Integralrechnung, und in Geschichte ganz gut klarkommen. Ich würde meine Schwestern quälen bis zur Langeweile und dann zu ignorieren versuchen, worauf sie mich quälen würden. Luke und Jackson und Elizabeth und ich würden im Hobbyraum der Appelmans abhängen, den wir wenig einfallsreich »Appelbau« nannten, wo ich mit Mayonnaise auf der Schulter mein liebstes Videospiel spielen würde, *Sun Tzus Kunst des Krieges*. Ich würde Legionen von Mongolen massakrieren und mit Luke über das reden, worauf er gerade abfuhr, das konnte Kierkegaard sein oder Fight Club oder Baseballstatistiken. Diese Reality-Show wäre irgendwie cool und irgendwie nervig. So wie alle möglichen Sachen im Leben. Sie wäre einfach nicht so wichtig.

Das nennt man *Ironie*, Leute.

1

O Selwyn-Volk! In alter Zeit
gediehn Kunst und Wahrhaftigkeit
in schöpferischer Einsamkeit.
Wir tanzten, sangen, malten Akt ...
Jetzt sehen wir fern. Wir haben verkackt.

DIE CONTRACANTOS

Nach dem Fiasko meiner Einführung in das Langgedicht und die revisionäre Mytho-, äh, Mythodingsda wusste ich genau, dass ich gut aufpassen musste, wenn BradLee am Freitag wieder über Ezra Pound dozierte, musste ich gut aufpassen. Trotz des hinreißenden Grundes, nicht aufzupassen, der am gegenüberliegenden U aus Tischen saß, die Füße dehnte und nach außen drehte.

»Pound und die Imagisten legten drei Grundsätze fest«, sagte BradLee. Ich wurde munter. Mit Leuten, die um die Bedeutung der drei wussten, konnte ich was anfangen.

»Erstens: Das Thema unmittelbar behandeln. Zweitens: Kein Wort gebrauchen, das nichts beiträgt. Und drittens hat mit dem Rhythmus zu tun. Anstatt wie ein Metronom zu schreiben« – BradLee schlug den Takt auf seinem Tisch –, »Die *ganze Welt* ist *Büh*ne und *alle Frau*n und *Män*ner *blo*ße *Spie*ler‹, wollte Pound Rhythmus so einsetzen wie in einer musikalischen Phrase. Kann das jemand erklären?«

Rummica Fitzgerald hob die Hand. Das war klar. Sie spielt Flöte, und sie bindet jedem auf die Nase, dass Musik *ihre Sprache* ist, dass sie *eins* ist mit der Musik, dass ihre *Seele* Melodie ist. Rummica sagte: »Es gibt zwar einen Takt, aber darin könnten zum Beispiel entweder vier Sechzehntel oder eine Viertelnote stehen.«

»Hervorragend«, sagte BradLee. »Es kann also vier schnelle, kurze Silben in einem Takt geben oder eine längere. Muss ich das für irgendwen wiederholen?«

Wir sind natürlich alle ganz schlecht im Mitschreiben, also musste er alles noch mal sagen.

»Pound beschrieb später sein Mittel der ›erhellenden Einzelheiten‹«, fuhr er fort. »An Stelle von Adjektiven und Abstraktionen wählte er entscheidende Details. Vielsagende Details. Präzise geschliffene Bilder. Er wollte keine Kommentare oder Philosophien.«

BradLee kritzelte *erhellende Einzelheiten* an die Tafel.

»Er wollte gute Kunst. Schöne Kunst. ›Schönheit in der Kunst erinnert uns daran, was zählt‹, schrieb er. ›Ich meine Schönheit, kein Geschwafel. Ich meine Schönheit. Man diskutiert nicht über den Aprilwind, man fühlt sich belebt, wenn man ihm begegnet.‹«

BradLee knipste den Projektor an. »Hier ein Beispiel für ein frühes imagistisches Gedicht. Pound stieg in Paris aus der Metro und sah ein schönes Gesicht nach dem anderen. An diesem Gedicht hat er über ein Jahr gearbeitet, Leute.« Da war es:

Die Erscheinung von Gesichtern in der Menge;
Blüten auf nassem, schwarzem Ast.

Schönheit, kein Geschwafel. Erhellende Einzelheiten. Ich mag Gedichte eigentlich überhaupt nicht, aber ich saß da und starrte die Verse an. Alle hatten entweder abgeschaltet oder es hatte sie umgehauen, was im Grunde gleich aussieht, aber ich wusste, Luke gehörte auch zu den Umgehauenen.

Wir wollten uns später im Appelbau treffen, aber erst mal ging ich ein paar Stunden nach Hause. »Ich gehe eine Runde laufen«, verkündete mein Vater.

»Aber nicht draußen«, sagte meine Mutter. »Bei dem Wind ist die gefühlte Temperatur minus zwanzig.«

»Laufband?«, fragte Olivia hoffnungsfroh.

»Muss wohl«, sagte mein Vater.

»ERDBEBENBABY!«, schrien die Drillinge wie aus einem Mund.

»Mitkommen, Ethan«, befahlt Tabitha.

Ich gehorchte. Es war Freitagnachmittag; ich hatte sowieso nichts Besseres zu tun. Und Erdbebenbaby ist ein traditioneller Brauch. Während mein Vater die Bügelwäsche vom Laufband räumte, legten die Mädchen mich auf dem Esszimmerfußboden zurecht.

»Guten Morgen, Baby«, sagte Olivia.

Mein Vater regelte die Geschwindigkeit rauf. Das Zimmer fing an zu beben.

»ERDBEBEN!«, schrien sie.

»Du musst heulen, Baby«, wies mich Olivia an.

»Wääh!«

»Sei still, Baby«, sagte Tabitha. »Ich gebe dir dein Frühstück. Futterluke auf!« Automatisch öffnete ich den Mund in der Annahme, ihr Löffel sei leer, aber dann musste ich würgen.

»Was soll denn … Was *war* das?«

»Babys können nicht sprechen«, sagte Olivia.

»Ist gut, aber was war auf dem Löffel? Muss ich die Vergiftungs-Hotline anrufen?«

»Das war Barbiehaar«, teilte mir Lila mit.

»Nein, es war Frühstück«, verbesserte Tabitha.

»Und außerdem können Babys nicht reden«, sagte Olivia.

Mein Vater hatte inzwischen Reisegeschwindigkeit erreicht. Der Fußboden vibrierte heftig. »ERDBEBEN!«, schrien sie wieder.

»Mama!«, heulte ich. »Will meine Mama!«

»Wir passen jetzt auf dich auf«, sagte Olivia.

»Mama ist verschütt«, sagte Lila. »Sie war im Haus. Die Decke ist ihr auf den Kopf gefallen.«

»Du meinst verschütt*et*.«

»Hab ich doch gesagt. Verschütt.«

Ich wischte mir die Spucke vom Gesicht. »Papa! Will meinen Papa!«

»Papa ist auch verschütt.«

»Hat er nicht vielleicht eher einen Herzinfarkt?«

»Nicht witzig, Ethan«, brachte mein Vater zwischen seinem Gekeuche heraus.

»Und bevor sie verschütt waren«, fuhr Olivia unerbittlich fort, »haben sie gesagt, du musst alles tun, was wir sagen.«

»ERDBEBEN!«

»Vielleicht sollten wir das Gebäude evakuieren.«

»Du bist ein Baby. Du darfst nicht reden.«

Macht euch ruhig ein Eselsohr in diese Seite, wenn ihr zu den Leuten gehört, die sich fragen: »Wieso verbringt Ethan seine ganze Zeit mit Freunden und nicht im Schoß seiner Familie?«

Nach so viel seismischer Aktivität, dass man ganz San Francisco damit hätte plattmachen können, kam ich nur mühsam wieder auf die Beine (»BABYS KÖNNEN NICHT LAUFEN, DOOFI!«) und ging zum Appelbau.

2

Einst waren wir ein Hort der Kunst,
nicht abhängig von Sendergunst.
Wir sahn die Welt mit gleichem Blick,
verhöhnten hohle Trends und Chic –
der Kunst gemeinschaftliches Glück.

DIE CONTRACANTOS

Ihr habt sicher schon gemerkt, dass Jackson Appelman exzentrisch ist. Außerdem ist er hartnäckig. Er nimmt sich etwas vor – zum Beispiel macht er seine Notizen donnerstags immer im Binärcode – und dann bleibt er dabei. Auch wenn sich die Vorsätze als dämlich erweisen. Wisst ihr, wie lang das Wort »Langgedicht« im Binärcode ist? Hier: 0110110001101111011011100110011100 100000011100000110111101100101011011101.

Sowohl seine Exzentrik als auch seine Hartnäckigkeit hat er von seinen Eltern geerbt. Beispiel: Als die Appelmans frisch verheiratet waren, adoptierten sie einen Beagle namens Pickles und beschlossen daraufhin, alle zukünftigen Haustiere nach Dressings und Ähnlichem zu benennen. Und sie stehen *total* auf Haustiere. Fünfundzwanzig Jahre später sind die meisten einigermaßen normalen Soßennamen von toten Tieren verbraucht, und sie sind beim schäbigen Rest gelandet.

Drei Tiernamen, die funktionieren:

1. Chutney, der Segelflosser.
2. Wasabi, das Frettchen.
3. Mayonnaise, die Rennmaus – auf meinen Vorschlag: mein liebstes Dressing für mein liebstes Appeltier.

Drei Tiernamen, die bestenfalls unglücklich sind:

1. Fischsoße, die Katze.
2. Ketchup, die andere Katze.
3. Honigsenf, der Golden Retriever. Klingt eigentlich ganz süß, oder? Aber versucht bitte mal, immer »Honigsenf« zu rufen, wenn er mit euch rausgehen oder sein Abendfutter fressen oder seine Schnauze aus eurem Schritt nehmen soll. Man darf ihn nicht bloß »Honig« und auch nicht bloß »Senf« rufen, denn die liegen beide mit den anderen lieben Verblichenen im Gräberfeld neben dem Basketballkorb, und alle drei Appelmen werden sentimental und tränenblind, wenn man versehentlich ihre Namen erwähnt. Verdammt nervig.

Jackson findet es unerträglich, dass sein Vater Jack heißt (Jack – Jack-son, kapiert?), aber ich finde, er kann froh sein, dass aus ihm kein »Pesto« geworden ist, oder »Melonenschalenkompott«.

An dem Abend im Appelbau lümmelten Luke und ich uns auf den alten Kamelhaarsofas. Ich achtete mehr auf Mayonnaise als die anderen. Er hängt gern an meinem Hals ab, aber wenn ich vergesse, ihn gelegentlich mit dem Finger zu streicheln, verschwindet er in meinem Hemd. Luke tätschelte Honigsenf, der schnurrte wie eine Katze.

Jackson saß vor einem Computermonitor und spielte *Sun Tzus*

Kunst des Krieges mit einem seiner schwächeren Avatare, um seinen endmächtigen Krieger nicht zu verheizen. (Den nimmt er nur, wenn er sich total konzentrieren kann: zwischen Mitternacht und vier Uhr morgens, wenn seine Eltern schlafen und das einzige Licht vom Monitor kommt.)

»Erhellende Einzelheiten!«, sagte Luke. »Von den erhellenden Einzelheiten bin ich ganz besessen. Ich kann es nicht fassen, dass Ezra Pound in der gleichen Welt existiert wie die Leute von kTV.«

»Tut er ja auch nicht«, sagte Jackson. »Pound ist seit vierzig Jahren oder so tot.«

Ich war ganz bei Mayonnaise und brauchte einen Augenblick, mich im Gespräch zurechtzufinden. Ach ja, Englischunterricht. *Blüten auf nassem, schwarzem Ast.*

»Seine Ansichten bleiben bestehen«, sagte Luke. »Er wollte Kunst um der Kunst willen. Die Fernsehleute dagegen nennen ihre Sendung *For Art's Sake*, aber es geht ihnen nur ums Geld. Das ist unmoralisch.«

Mayonnaise, erregt von den Stimmen, drehte schnelle Runden um meinen Hals.

»Es soll doch gar nicht um Kunst gehen«, sagte ich. »Sondern um Unterhaltung.« Jetzt schwadronierte er schon wieder über *For Art's Sake* und Pound.

»Katzenpisse, Ethan. Es geht *immer* um Kunst. Wir gehen auf eine Kunst-Highschool. Das ist doch der Kern der Sendung, dass Jugendliche es im künstlerischen Bereich zu etwas bringen wollen. Aber kTV schert sich einen Dreck um Kunst.«

»Schon kapiert.« Ich gähnte. Ich konnte nichts dagegen machen. Mayonnaise spürte die Anspannung meiner Halsmuskeln und erstarrte wachsam. Ich fuhr ihm mit dem kleinen Finger übers Rückgrat. Er ist die klügste Rennmaus, die ich je gesehen habe.

»Elizabeth will rüberkommen«, sagte Jackson nach einem Blick auf sein Handy.

»Dann lad sie doch ein.«

»Hab ich schon.«

»Warum erzählst du es uns dann?«

»Luke, jetzt komm mal runter«, sagte ich. »Es ist bloß eine dämliche Fernsehshow. Nächstes Jahr sind sie wieder weg.«

»Meinst du, die geben sich mit einer Staffel zufrieden? Das ist doch eine Lizenz zum Gelddrucken.«

»Höchste Zeit, dass du ein paar Kunststücke lernst, Kumpel«, sagte ich zu Mayonnaise. »Tu mal so, als sei mein Finger ein Hochseil.« Er lief ohne Probleme drüber.

»Irgendjemand muss dem ein Ende setzen. Sie ruinieren unsere Schule. Selwyn ist eine kTV-Kolonie geworden. Ein Außenposten in der Wildnis, um für sie Ausschau zu halten und Profit zu erzeugen. Widerwärtig.«

»Hast du mal mit Wyckham über deinen Artikel gesprochen?« Jacksons Finger flogen mit der Schnelligkeit eines Pianisten über die Pfeiltasten. Eine Horde einfallender Mongolen biss ins Gras. Oh Mann, dachte ich. *Darum* regt Luke sich immer noch so auf. Ich kam mir vor wie ein Vollidiot, dass ich das vergessen hatte.

Luke seufzte. Er griff Honigsenf ins Fell und zog daran. »Nein.«

»Warum nicht?«

»Weil Wyckham ein Scharlatan ist.«

»Erklär das noch mal für die Masse.«

»Ein Kurpfuscher.«

»Ähm.«

»Ein Betrüger.«

Elizabeth kam herein und machte mich mit ihrer textmarker-gelben Jogginghose fast blind. Sie ließ sich aufs andere Sofa fallen. »Reden wir über Wyckham?«, fragte sie fröhlich.

»Wie hast du das geraten?«

»Diese typische Mischung aus Abscheu und Ungeduld. Als hätte man Hunger, aber auf der Gabel bloß ein haariges altes Kaugummi.«

»Man kann ihm nicht trauen«, sagte Luke.

»Weil er Colubers Marionette ist«, sagte Elizabeth.

Ich versuchte einen Blick mit Jackson zu wechseln, aber der hatte sich wieder der *Kunst des Krieges* zugewandt.

»Genau!«, sagte Luke.

Mein Blick zu Jackson sollte Folgendes sagen: *Kacke. Elizabeth wird jeden aufrührerischen, paranoiden Verschwörungsquatsch unterstützen, den Luke über die Zensur seines Artikels ablässt. Hier kriegen wir kein vernünftiges Gespräch mehr zu Stande.*

»Genau genommen besteht die Hälfte des Lehrkörpers aus Colubers Marionetten.« Elizabeth ließ sich auf den Rücken fallen, so unelegant wie ein sterbender Fisch, und fuhr sich mit den Händen durch die Haare, so dass die Dreads ausgebreitet um ihren Kopf lagen.

»Nur scheint es bei Wyckham noch schlimmer zu sein.«

»Weil er Coluber die Macht über die *Selwyn Cantos* gibt. Und die Zeitung ist – oder besser wäre – die einzige Plattform freier Meinungsäußerung, die uns noch bleibt.«

»Mann, ich bin echt froh, dass du hier bist«, sagte Luke zu ihr. Darum war er so beliebt. Er dachte solche Sachen nicht nur, er sagte sie auch. Ich stellte mir vor, wie ich Maura Heldsman sagte, was ich dachte. Wenn sie in den Englischraum kommt. *Maura, ich bin echt froh, dass du hier bist. Ich brauche jemanden zum Anstarren, während dieser Sabberfaden den Abstand zwischen meinem Mund und meinem Heft überbrückt.* Mayonnaise kuschelte sich an meinen Adamsapfel, und ich tat mir selber ein bisschen leid. »Es gibt ein ungeschriebenes Gesetz, dass jeder Artikel von einem leitenden Redakteur automatisch gedruckt wird. Außerdem war er gut.«

»Lass mich lesen«, sagte Elizabeth.

Luke hielt ihr den Ausdruck hin. Ich wühlte derweil im Strickkorb der Appelmans herum und fand ein Stück Wollfaden. »Mayonnator«, murmelte ich und grub ihn aus seiner warmen kleinen Kuhle, »Zeit fürs Zirkuscamp.«

»Du musst etwas unternehmen«, sagte Elizabeth ernst. Sie faltete einen Flieger aus dem Artikel und ließ ihn zu Luke zurücksegeln. »Du bist der Einzige, der die Situation klar sieht.«

»Vielen Dank«, sagte Luke.

Jackson erledigte einen finsteren Kommandeur mit zwei Tastentipps. Ich band ein Ende des Wollfadens an das Couchbein, nur ein paar Zentimeter überm Boden. Mayonnaise schwankte, legte aber zehn Zentimeter Strecke zurück. »Nicht übel, nicht übel«, flüsterte ich.

»Ich werde ein Langgedicht schreiben«, sagte Luke zu Elizabeth.

Das hatte ich schon mal gehört. Mayonnaise absolvierte jetzt zwanzig Zentimeter Hochseil ohne Zittern oder Fehltritt.

»Langgedichte sind der beste Weg für die Unterdrückten, ihrer Identität Ausdruck zu verleihen, sich ihre Kultur wieder anzueignen. Und die Unterdrückten sind wir!«

Elizabeth lauschte gespannt.

»Uns wurde die Stimme genommen. Ich will sie mir zurückholen. Ich will *unsere* Kultur, *unser* Milieu, *unsere* Selwyn zeigen. Ich werde die vernachlässigten Figuren in den Mittelpunkt rücken. Alle, die nicht hübsch genug fürs Fernsehen sind.«

Ich schaute vom Fußboden hoch. Luke habe ich ja schon beschrieben. Und was Elizabeth angeht – ich meine, normalerweise betrachte ich sie einfach als eine Freundin, als Jacksons total asexuelle Cousine, und ehrlich gesagt vergesse ich meistens, dass sie überhaupt ein Mädchen ist, aber, mal ganz objektiv gesehen, sie hat strahlende Augen, wilde Haare und nicht zu verachtende Kurven in der Oberkörperregion.

Fehlende Schönheit war es nicht, was Luke und Elizabeth von *For Art's Sake* fernhielt.

»Ich werde denen, die sich verkauft haben, die Luft rauslassen.«

»Bitte, lass die Luft aus Miki Dicki Reagler«, sagte ich. »Steck die Nadel in diesen Heißluftballon. Wenn ich noch einmal in den Bioraum komme und sehen muss, wie er seine Steppschritte probt ...«

»Das wird das Anti-*FAS*.«

»Total cool«, sagte Elizabeth.

»Wo wir gerade beim Thema sind.« Ich zeigte mit dem Kopf zum Fernseher. Die Hände konnte ich nicht bewegen, weil Mayonnaise ein fast ein Meter langes Hochseil überquerte.

»Ächz«, sagte Elizabeth. »Freitagabend. Neun Uhr. Zeit fürs Pflichtprogramm.«

»Muss das sein?«, fragte Luke, zog Honigsenf aber schon die Fernbedienung aus dem Maul.

»Wir stecken bis zum Hals mit drin«, sagte Elizabeth. »So wie die ganze Schule. Man kann es lieben, man kann es hassen – aber gucken tun es alle.«

Erinnert ihr euch an die Szene mit dem Schloss? In der Maura so süß aussah und Brandon so romantisch? Ich konnte es nicht fassen, was sie daraus gemacht hatten. Ich war entsetzt.

Die Folge startete wie alle anderen auch, mit einem langen Zoom auf die drei Jurymitglieder – Trisha Meier, Damien Hastings und unseren Schuldirektor Willis Wolfe, die an einem glänzenden Tisch auf der Bühne der Selwyn saßen. Trisha machte einen nervigen Witz über die Kälte, und Damien versuchte sich mit dem noch dümmeren Witz in den Vordergrund zu spielen, man könne die Schule ja nach Kalifornien verlegen.

Sie priesen die Gewinne. Sie schleimten sich bei ihren Sponsoren ein. »Ihr wisst ja«, sagte Trisha Meier, »diese zehn jungen Künstler kämpfen mit Zähnen und Klauen um eine All-inclusive-Reise mit Amber Airlines ...«

Hier Produktplatzierung einfügen. Trisha gebrauchte den Begriff »buchstäblich« zwei Mal falsch. Willis Wolfe ritt immer wieder auf der Bedeutung musischer Bildung herum. Damien schüttelte den gegelten Kopf wie ein Pony.

»Neben einem garantierten Agenturvertrag erhält der Gewinner eine Reise nach Los Angeles und eine Doppelseite in *La Teen Mode*«, sagte er. »Außerdem ein Stipendium über einhunderttausend Dollar, einzulösen bei jeder Kunsthochschule und bereitgestellt von *Collegiate Assets*, dem idealen Finanzierungsmodell fürs Studium.«

Jede Menge Product-Placement, jede Menge Werbeunterbrechungen.

Jede Woche erklärten sie das Format wieder, weil sie die Zuschauer offensichtlich für Volltrottel hielten. (Zugegeben, wir schauten uns freiwillig *For Art's Sake* an.) Mit neunzehn Kandidaten hatten sie angefangen. Wenn nur noch drei übrig waren, würde die Serie mit einem live ausgestrahlten Finale enden.

Schnitt in den Flur, wo Brandon sich mit Miki Dicki Reagler unterhielt.

»Tut mir leid, Mann«, sagte Miki D. R. »Wenn ich was sehe, was ich haben will, dann nehme ich es mir.«

»Und was ist mit Jungs-Solidarität? Erst die Brüder, dann die Bitches?«, wollte Brandon wissen.

Wenig überraschend fing Miki D. R. an zu singen. »*When you got it, flaunt it* ...«

Ein anderes Mädchen, Kirtse Frumjigger, huschte herbei. Zum Vergleich: Kirtse verhält sich zu Musicals wie die Kakerlake zu Pizzaresten. Sie sang mit. Brandon stürmte davon, als Kirtse und Miki D. R. zweistimmig loslegten.

Luke stellte auf stumm. Ich dankte ihm mit einer Verbeugung.

»Ich dachte, Maura und Brandon hätten ihre Liebe besiegelt«, sagte Elizabeth. Ich hatte ihnen natürlich doch alles erzählt, was ich gesehen hatte, und sehr widerwillig auch, aus welcher Perspektive.

»Kommt wahrscheinlich noch.« Ich zuckte die Achseln.

Jetzt zeigten sie Miki D. R. und Kirtse, die Köpfe zueinandergeneigt, in dieser widerlichen Beste-Freunde-singen-mehrstimmig-a-cappella-Pose, so wie die Geier im *Dschungelbuch*.

»Ton an«, sagte Elizabeth. Die Moderatoren würden gleich die Challenge der Woche verkünden.

»Diese Woche«, sagte Trisha, »müsst ihr künstlerisch eure Wut ausdrücken. Ärger. Rage. Zorn.«

Luke stöhnte. »Können wir bitte ausschalten?«

»Du solltest dir lieber Notizen für dein Gedicht machen«, sagte Elizabeth.

»Gute Idee«, antwortete er.

Kyle Kimball, der Shakespeare-Fan, den ich ganz okay finde, biss sich auf die Unterlippe und nickte nachdenklich. Miki D. R.

schnippte mit den Fingern und hüpfte auf und ab, als könne er es kaum erwarten. Maura Heldsman schaute ausdruckslos.

Luke kritzelte die ganze Werbepause durch. Es setzte vor meinem Spind wieder ein.

»Hey!«, rief ich. »Da bin ich drin! Ich bin im Fernsehen! Mayonnaise! Sieh mal!« Ich kroch zum Bildschirm und hielt ihn dicht davor.

»Beweg deinen Dickkopf da weg, Ethan«, sagte Elizabeth.

Durch die Spindschlitze konnte man sowieso nichts sehen, aber ich wusste, ich steckte da drin. »Mein Fernsehdebüt«, sagte ich zu Mayonnaise.

»Sieht nicht so aus«, meinte Elizabeth. Die Handlung verlegte sich in den schummrigen Backstagebereich. Zwei Menschen waren zu sehen, wenn auch undeutlich. Jetzt beugte sich Elizabeth dicht zum Bildschirm. »Ich glaube, das ist Maura.«

Jackson ließ sich dazu herab, den Blick von seinem Videospiel abzuwenden. »Ist auf jeden Fall mager genug.«

»Schlank«, sagte ich entrüstet. »Grazil. Zierlich.«

»Aber ich kann Brandon nicht betrügen!«, sagte eine der Gestalten.

»Eindeutig Maura«, sagte Jackson.

Ich ließ Mayonnaise fallen.

»Er wird es nie erfahren«, sagte die andere Gestalt.

Dann waren wir wieder am Spind.

»Ich habe *nichts* mit Miki angefangen«, sagte Maura zu Brandon.

Schnitt zurück zu den beiden hinter der Bühne. Sie fingen an, sich zu betatschen. Igitt.

Spind. »Ich vertraue dir«, sagte Brandon. Schnitt. Jetzt hielt er das Vorhängeschloss hoch. »Du und ich. Wir sind wie aneinandergekettet.«

Hinter der Bühne. Die Gesichter lutschten aneinander. Echt heftiges Rumgemache. So schlabberig, wie man es vielleicht von Honigsenf erwarten würde, aber nicht von einem angemessen gehemmten Teenager.

»Oh, Brandon«, sagte Maura.

»Oh, Miki«, sagte die andere Maura.

»Für immer vereint«, sagte Romantik-Maura.

»Erzähl Brandon nichts über uns«, sagte Schlampen-Maura.

»Wir zwei«, flüsterte Brandon, als das Schloss zuschnappte.

Wortlos reichte Elizabeth mir Mayonnaise. Sprachlos und schockiert saß ich auf dem Sofa. Maura Heldsman war doch keine lügende Betrügerin. Oder doch? Was zum Teufel ging hier ab?

Mayonnaise nibbelte an meinem Kinn, während wir den Kandidaten dabei zusahen, wie sie Wut künstlerisch auszudrücken versuchten. Andy entlockte seinem Cello Geräusche wie Fingernägel auf einer alten Schultafel. Adelpha schmiss Farbe auf eine Leinwand und schrie dabei wie ein Pfau. Kyle und Josh tobten sich in Monologen aus, Kirtse und Miki D. R. in Musicalsongs. Miriam hämmerte in die Tasten. Brandon und Scarlett kreischten irgendwelche Arien. Maura tanzte einfach. Dann sagte sie in die Kamera: »Ich bin nicht hier, um Freundschaften zu schließen.«

»Vorhersagen«, forderte Elizabeth nach allen Auftritten. »Wer fliegt raus?«

»Miki D. R.«, sagte ich.

»Was ist bloß los mit euch Kerlen, dass ihr nicht zwischen Vorhersagen und Wunschträumen unterscheiden könnt?«, sagte Elizabeth indigniert. »Komm schon, Ethan.«

»Na gut. Andy. Dieses Cellostück klang wie eine Katze im Müllschlucker.«

»Auf keinen«, sagte Luke. »Andy ist der schärfste Typ von allen.
Sie brauchen ihn als Hingucker. Josh muss dran glauben.«

»Scarlett«, sagte Jackson. »Sie ist ein richtig guter Sopran.«

»Jackson, du Dussel, das bedeutet, dass sie dabeibleibt.« Das
kam von mir.

»Ich werde es dir erläutern«, sagte Jackson. »Sie ist so gut, dass
ihre Stimme irgendwie erschreckend und unmenschlich klingt.
Und außerdem hat sie eine schiefe Nase.«

Das war mir bisher noch nie aufgefallen, war aber sicher
der Grund, wieso meine Zwangsstörung sich immer bemerkbar
machte, wenn ich ihr Gesicht sah.

»Diesen Teil der Sendung mag ich am wenigsten«, sagte Trisha.
Ja, sicher. Sie hatten die Abschusskandidaten bereits auf zwei re-
duziert, und sie konnte das Grinsen kaum noch unterdrücken.

»Josh, dein Monolog war so übertrieben, dass es kaum zum Aus-
halten war. Aber Scarlett, ganz ehrlich, von deiner Arie habe ich
Ohrenschmerzen gekriegt.«

Scarlett fing an zu weinen. Die Kameras fuhren ganz nah an
sie heran.

»Tut mir leid, Scarlett, aber ...«

Trisha schaute Damien und Willis Wolfe an, damit sie gemeinsam ihren Erkennungsspruch bringen konnten.

»DAS WAR KEINE KUNST!«, deklamierten sie im Chor.

Trisha verabschiedete sich von uns. Die Werbespots fingen an.
Wehgeschrei setzte ein.

3

Vor gar nicht allzu langer Zeit
war dieser Ort der Kunst geweiht;
wir schufen für die Ewigkeit.
Der Welt hatten wir viel zu geben:
Lang ist die Kunst und kurz das Leben.

DIE CONTRACANTOS

An der Selwyn gibt es einen rotierenden Stundenplan: jeden Tag
Freies Üben, dazu fünf deiner sieben Fächer. Am folgenden
Montag fiel bei mir Englisch weg und ich sah Luke erst in der
Mathestunde, gleich nach dem Mittagessen.

Ich mochte Mathe. Nein, streicht das. Ich hasste Mathe. Aber
ich mochte die Mathestunden. Das einzige weitere Fach, das Luke
und ich zusammen hatten, war Englisch, wo es wegen BradLee
und Maura Heldsman (aus jeweils ganz unterschiedlichen Gründen) schwerfiel, sich auszuklinken. Aber Luke und ich konnten
Analysis beide nicht ausstehen, und Mrs Garlop war nicht bloß
eine Harpyie, sondern auch eine richtig schlechte Lehrerin. Vor
den Klausuren mussten wir uns von Jackson alles noch einmal
beibringen lassen. Jackson war schon vor der Pubertät mit Analysis durch gewesen, und jetzt forschte er selbstständig mit einem
Tutor. Er benutzte nicht mal mehr Zahlen.

Mrs Garlop hatte ihr Harpyienradar immer auf Luke und mich
gerichtet, darum taten wir normalerweise so, als würden wir auf-

passen. Manchmal meldeten wir uns sogar freiwillig, eine Hausaufgabe an der Tafel vorzurechnen, meistens mit Jacksons eleganten und gar nicht Garlopierenden Ansätzen. Aber für mich war die Integralrechnung bloß Fassade. Eigentliches Unterrichtsthema war das Chillen mit Luke.

Wir ließen Kurvenabschnitte um Achsen rotieren und berechneten das Volumen der dadurch gebildeten Figuren. Luke war mürrisch, ich war todunglücklich.

»Freitagabend habe ich noch eine Rezension geschrieben«, sagte er und schraffierte äußerst sorgfältig seine rotierte Figur.

»Für die *Selwyn Cantos*? Du weißt doch, dass sie die nicht drucken.«

»Als letzten Test. Es ist eine ganz gradlinige Kritik, ohne Meinungsäußerung. Bloß eine Inhaltsangabe, was in der Sendung passiert ist.«

»Wir bestimmen also das Integral von *dem hier*«, sagte ich laut. Mrs Garlop schnüffelte um unsere Tische herum.

»Und dann erheben wir es in die Potenz der Ableitung von *diesem*«, sagte Luke. Sie ging Rummica und Missy helfen.

»Ähm, nein, das tun wir nicht.« (Falls ihr noch keine Analysis habt: Luke redete kompletten Quark. Und, kleiner Tipp: Wählt es ab.)

»Ich bin heute Morgen damit zu Wyckham gegangen. Hab June gleich übersprungen. Und es ihm so schwer wie nur möglich gemacht, den Artikel abzulehnen. Ich habe mehr oder weniger gesagt: ›Hi, ich bin der Kulturredakteur, ich bin hier die Nummer zwei, ich habe das hier geschrieben, ich brauche es für meine Seite, ich wollte es nur kurz von Ihnen absegnen lassen.‹«

»Und?«

»Er hat einen Blick auf die Überschrift geworfen und Nein

gesagt. ›Wenn ihr noch Platz habt‹, meinte er, ›dann sind hier ein paar Werbungsanzeigen. Vielleicht in der nächsten Ausgabe.‹«

»Dann kommt es eben in die nächste Ausgabe.«

»Andrezejczak. Hörst du mir überhaupt zu? Anstatt meine Kritik zu drucken, machen wir in dieser gottverdammten Zeitung Werbung *für Werbung*. Nicht mal richtige Anzeigen. Sondern Anzeigen für Anzeigen. Wie an diesen Haltestellen, wo steht: ›Sehen Sie, Sie schauen hin! Plakatwerbung wirkt!‹«

»Sie wirkt ja auch. Ich gucke immer hin.«

»Ich will gar nicht darauf einsteigen, was für ein Fehlschluss das ist. Also, zehn mal drei ist sieben, wir wechseln dabei natürlich von der Basis vier zur Basis sechs, und wenn man dann den natürlichen Logarithmus von Pi bildet …«

»Du redest totalen Müll.«

»Aber sie kauft es.«

Mrs Garlop war weitergezogen.

»Sie will es bloß nicht noch mal erklären. Sie hält uns für hoffnungslose Fälle.«

Was allerdings für unser Verhältnis zu Mrs Garlop wahrscheinlich gut war. Einmal hat sie Luke nachsitzen lassen; er hatte mit einer Frage ihre Ahnungslosigkeit zu Tage gebracht, was einige Feinheiten der Analysis betraf, weshalb sie ihn »unerträglicher Arroganz« beschuldigte.

»Ich glaube, die Schulleitung will jede sinnvolle Diskussion über *For Art's Sake* vereiteln«, sagte Luke.

»Wahrscheinlich Coluber.«

»Ganz sicher Coluber.«

»Oder vielleicht steht das auch in ihrem Vertrag mit kTV, dass die Schule keine Kritik an der Sendung üben darf.«

»Das wäre ja noch schlimmer!« Luke gestikulierte mit dem

Bleistift. »Die Schulleitung hat immerhin eine *gewisse* Berechtigung zur Zensur. Ihnen gehört die Druckpresse, sie stellen das Papier, zahlen den Beratungslehrer. Aber es verletzt unser Recht auf freie Meinungsäußerung, wenn wir von einem unmoralischen Fernsehsender zensiert werden, der dem amerikanischen Publikum billigste Unterhaltungsbrocken hinwirft, um so den größten Batzen an Werbe-, JA, GENAU, DER SATZ VON L'HOSPITAL, ICH LIEBE DICH, UND WIE GERN FINDE ICH DEN BESTIMMTEN QUOTIENTEN DES GRENZWERTS!«

Er fing an, wahllose mathematische Symbole auf sein Blatt zu kritzeln. Mrs Garlop schenkte uns ein Alligatorenlächeln und wandte sich wieder der armen Rummica und Missy zu.

»-einnahmen einzustreichen«, sagte er.

»Der Satz von L'Hospital spielt hier überhaupt keine Rolle.«

»Wenn ich in Analysis eins gelernt habe – worüber sich streiten lässt –, dann, dass der Satz von L'Hospital immer eine Rolle spielt.«

Nur eins ist noch schlimmer als Analysis: mit Luke über Analysis diskutieren.

»Ethan, ich weiß, du bist auch kein Freund der Sendung.«

Wegen Maura, meinte er.

»Sie machen sie echt fertig«, sagte er.

»Klar.«

»Aber das Perverse ist, dass ihre Siegchancen dadurch steigen könnten. Je mehr Drama sie verursacht, desto weniger können sie sich leisten, sie rauszukicken. Ihretwegen schalten die Leute ja ein.«

»Klar.«

»Trotzdem ist es einfach eklig, was sie mit ihr machen.«

»Und mit Miki D. R.«

»Ich bewundere deine Fairness«, sagte Luke. »Und deinen Feminismus. Klar, Miki wird auch als promiskuitiv dargestellt. Aber mal ehrlich, Miki ist ja auch promiskuitiv. Und er will, dass alle es wissen. Deine Freundin ist da in einer ganz anderen Lage.«

»Sie ist nicht meine Freundin.«

»Deine Liebste.«

»Wenn wir um die x-Achse rotieren, kriegen wir, ähm, einen Donut. Nicht meine Liebste.«

»Unter besten Freunden muss man nicht alles auf die Goldwaage legen. Wir wissen beide, das nichts läuft bei euch.«

»Aber bei *ihr* läuft so einiges.«

»Ethan. Ethan Solomon Andrezejczak. Du hast das alles doch wohl nicht geglaubt, oder?«

»Was da passiert? Natürlich habe ich das. Ich habe es ja gesehen. Es ist passiert.«

»Du bist so naiv.«

Ich hasse es, wenn man mich naiv nennt. Wahrscheinlich, weil es stimmt. Ich sagte: »Sie hat diese Sachen doch gemacht.«

»Sie schneiden das einfach irre gut. Reality-TV ist keine Realität.«

»Integration von eins zu fünf. Wir müssen substituieren.«

»Du weißt doch, dass du alle Erfahrungen durch den Filter deiner persönlichen Wahrnehmung machst? Dass alles, was du wahrnimmst, stimmen kann oder auch nicht, wegen dieses Filters, der vor deine Sinne geschaltet ist?«

»Hey, hey«, protestierte ich.

»Nicht du, Ethan, das kollektive Du. Alle haben so einen Filter, jeder einen anderen. Darum ist es auch so schwer herauszufinden, was die wahre Geschichte ist. Oder ob es überhaupt eine wahre Geschichte gibt.«

»Jetzt komm mir nicht philosophisch. Wir müssen auf *jeden* Fall substituieren.«

»Substituieren? Hat das irgendwas mit Drogen zu tun?«

»Wo ist das unbestimmte Integral? So was Kompliziertes können wir niemals ohne Substitution integrieren.«

»Oder mit Einwechselspielern?«

»Scheiße, Luke. Hilf mir mal, okay?« Wieso lungerte Mrs Garlop immer dann hinter uns herum, wenn ich gerade über Mathe reden musste? Bei mir ergab es immerhin einen Sinn.

»Also, bestimmt oder unbestimmt?«

»Ganz bestimmt bist du leichtgläubig. Den Kram hat kTV sich nämlich ausgedacht. Sie haben unzusammenhängende Aufnahmen zusammengefügt und daraus eine Handlung konstruiert. Eine Handlung *kreiert*. Und genau das machst du auch. Du hast drei Teile eines großen Puzzles in der Hand und glaubst zu wissen, wie das fertige Bild aussieht.«

Ich dachte darüber nach, während Luke ein riesengroßes Unendlich-Symbol malte.

»Woher willst du das wissen? Du hast doch auch bloß drei Teile.«

»Nein, ich habe vier. Weil ich mich über Reality-Formate schlaugemacht habe.«

»Willst du mich verarschen? Du hältst mir Vorträge, weil du letzte Pause im Internet warst?«

»Genau. WibdAk.« (»WibdAk« ist Selwyn-Slang, ein Akronym: *Wikipedia, bis der Arzt kommt.*)

»Uh.«

Wir lösten die Matheaufgabe. Wahrscheinlich falsch.

»Gehen wir zu BradLee und reden mit ihm«, sagte ich.

»Meinst du, so weit ist es gekommen?«

»So weit ist es gekommen.«

»Sagst du das nur, weil Maura Heldsman als Schlampe dargestellt wurde?«

»Natürlich nicht«, sagte ich pikiert. »Weil deine Artikel abgelehnt wurden. Weil wir zensiert werden. Weil wir unterdrückt sind! Wie bei diesem Langgedicht-Zeugs. Wir sind die indignierten, ich meine die indigenen Völker, und der Konzern ...«

»Also ja. Weil du es nicht ertragen kannst, Maura mit anderen Typen zu sehen.«

»Ja.«

Luke und ich trennten uns, um unsere letzten beiden Stunden zu durchleiden: Bio und Amerikanische Geschichte bei mir, Französisch und Kreatives Schreiben bei ihm. Endlich klingelte es zum Schulschluss, und wir trafen uns vor BradLees leerem Unterrichtsraum. Er saß am Schreibtisch und hatte den Kopf in die Hände gestützt, entweder müde oder trübselig. Kaum überraschend, denn er hatte gerade drei Stunden nacheinander Neuntklässler unterrichtet.

»Mr Lee«, sagte Luke.

»Mr Weston«, sagte er.

»Wir müssen etwas Wichtiges mit Ihnen besprechen.«

Luke erklärte Folgendes, während ich beipflichtend nickte:

1. Mr Wyckham hatte seine beiden Artikel für die *Selwyn Cantos* ohne klare Begründung abgelehnt.
2. Wir vermuteten eine Art von Zensur dahinter.
3. Wir machten uns Sorgen, dass kTV die Schule übernahm.

Luke erwähnte dabei nicht, dass mein Interesse an der Sache nur in meiner Schwärmerei für Maura Heldsman begründet lag. So ein Drecksfreund war er nicht. Im Gegenteil, wie er in diesem schummrigen Unterrichtsraum gestikulierte und mit schwierigen Worten um sich warf, so wie ich es von ihm kannte, war er sogar ein ganz hervorragender Freund.

BradLee setzte sich auf seinen Tisch.

»Sie übernehmen die Kontrolle über die Schule«, sagte Luke. »Sie kolonisieren uns, um mit uns Geld zu verdienen. Bildung steht auf verlorenem Posten, Kunst ebenso. Alles ist Reality, nichts ist real.«

Das war Lukes Fazit. Offenbar hatte er das im Französischunterricht aufgeschrieben.

BradLee ging zur Tür und knipste das Licht an. Als er zurückkam, glänzten seine Augen, als würde er gleich losheulen. Er schob ein paar Papiere auf seinem Schreibtisch herum. Luke und ich tauschten einen verstörten Blick.

»Ihr habt Recht«, sagte BradLee schließlich. »Sie übernehmen die Kontrolle. Sie würden alles tun, um mehr Leute vor den Bildschirm zu locken, um die Quote zu steigern. Selwyn ist kaum mehr eine Schule.«

»So schlimm ist es auch wieder nicht«, sagte ich, um ihn aufzuheitern. Ich wollte BradLee nicht weinen sehen. Auf der Skala, wie unerträglich es ist, jemanden weinen zu sehen – ein weit entferntes Baby ist eins und dein eigener Vater zehn –, wäre BradLee ziemlich weit oben, bei acht oder so.

»Das habe ich nicht erwartet«, sagte er. Dann hob er den Kopf, als fielen ihm plötzlich seine Zuhörer wieder ein. »Ihr kennt doch die Geschichte, wie ich an diesen Job gekommen bin, oder?«

Oh Mann, das schon wieder? BradLee war völlig besessen

von dieser Geschichte. »Erzählen Sie«, sagte Luke. Wir würden BradLee reden lassen, damit er sich mit dieser Geschichte beruhigen konnte.

»Nach dem Studium lebte ich in New York und arbeitete in der Finanzbranche. Ich hasste meine Arbeit. Eines Abends bin ich mit meinen Freunden in eine Bar gegangen, die *Pub of America* hieß.«

»Okay.« Das kannten wir schon.

»Furchtbares Essen. Aber sie hatten eine Dartscheibe an der Wand mit den fünfzig Bundesstaaten drauf. Ich jammere also über meinen Job, und mein Kumpel sagt, ›Wirf einen Pfeil. Geh dahin, wo er landet.‹ Bei meinem Wurftalent war es ein Wunder, dass ich überhaupt die Scheibe getroffen habe. Habe ich aber. Voll in die Mitte. Genau hier. Und da habe ich mir gedacht: Ist das ein *Zeichen*?«

»Hervorragend eingesetztes Fragerufzeichen«, sagte Luke.

»Danke«, sagte BradLee. »Erinnert mich dran, dass ich euch nachher noch eine witzige Geschichte über Fragerufzeichen erzählen muss. Wo war ich?«

»An der Dartscheibe«, sagte ich.

»Ich dachte mir, vielleicht bin ich ja der Erste in der Geschichte der Geschichte, der was Sinnvolles mit dem Hauptfach Englisch anstellt. Ich könnte in Minneapolis an der Highschool unterrichten! Und sogar, als ich wieder nüchtern war, schien es mir gar keine so schlechte Idee. Ähm, so betrunken war ich übrigens gar nicht.«

Also, ich bräuchte eine ganze Menge Alkohol, um New York zu verlassen, in den Mittelwesten zu ziehen und Teenagern Kommaregeln beizubringen.

»Und wisst ihr, was, ich habe eine Stelle gefunden. Fünf Jahre später habe ich mich dann richtig in diese Schule verliebt. In die Kunst, die Bildung, das Kollegium, euch Schüler.«

So schließt die witzloseste Geschichte aller Zeiten.

»Und der Witz an der Sache ist« – ich höre? –, »der Witz ist, dass ich damit überhaupt nicht gerechnet habe.«

»Mit der Zensur.«

»Genau. Was kommt als Nächstes? Wollen sie auch zensieren, was wir unterrichten, worüber wir im Unterricht reden dürfen?« Er sah wieder ganz weinerlich aus. »Was haben wir getan?«

»Wir liegen im Staub, aber wir sind noch nicht tot«, verkündete Luke, der offensichtlich die Truppe anfeuern wollte.

»Was haben wir getan?«

»Unterjocht, aber nicht zermalmt.«

Wir, dachte ich. Schräg.

Luke zog einen gammeligen Schreibblock aus seinem Rucksack. »Darf ich den benutzen?« Er zeigte auf den Ersatzkopierer hinten im Regal.

Gute Ablenkung, dachte ich. Als Luke seine Kopie gemacht hatte, gab er sie BradLee.

»Das ist der Anfang meines Langgedichts«, sagte Luke. »Sie wissen schon, revisionäre Mythopoeia?«

Nicht das schon wieder. Nur, weil ich einmal im Englischunterricht nicht aufgepasst hatte. Jetzt war ich zur ewigen Qual verurteilt, die revisionäre Mytho-was-auch-immer nicht zu verstehen.

»Wir müssen uns unsere Gesellschaft, unsere Werte, unsere Kultur zurückholen. Natürlich mit künstlerischen Mitteln.«

BradLee wirkte beeindruckt.

»Sagen Sie mir, was Sie davon halten. Ich meine, wenn Sie es lesen wollen. Es ist nicht besonders gut.«

Das klang genauso falsch wie das Zeug, das man in *For Art's Sake* zu hören bekam.

»Danke, Luke.« BradLees Stimme wurde ein bisschen quäkig. Oh Gott, dachte ich, er fängt wirklich gleich an zu heulen. Trotz seiner hübschen kleinen Selbstfindungsstory. Trotz all unserer Bemühungen.

»Wir sollten langsam mal los«, sagte ich laut. »Jackson hat heute den Appelvan. Er wartet sicher schon.«

»Mr Lee«, sagte Luke. »Sie sind ein einfacher Dorfbewohner wie wir alle. Sie gehören nicht zur Machtelite. Sie haben sich nicht verkauft. Sie sind zwar Lehrer, aber Sie können trotzdem an diesem Volksaufstand teilhaben.«

Ich wusste nicht genau, an welchem Punkt aus dem Verfassen eines Langgedichts ein Volksaufstand geworden war, aber ich hakte auf dem Weg zum Parkplatz auch nicht nach. Es stimmte wahrscheinlich. Wenn Luke Weston einen Volksaufstand wollte, dann kriegte er ihn auch.

Und ich hatte Recht.

4

Eroberer marschieren ein,
und wir sind ganz verwirrt und klein –
das Land soll nicht mehr unser sein.
Wo Leben war, herrscht nun Belieben,
Musik und Tanz sind vorgeschrieben.
DIE CONTRACANTOS

Unsere Freundschaft funktionierte so: Luke stürzte sich auf irgendeine Sache, und kurz darauf folgte ich ihm nach.

Eine Woche später war ich also genau wie Luke ganz scharf
darauf, gegen kTV zu rebellieren. Ich war engagiert, erbost und
energiegeladen. Ich weiß noch, als ich am nächsten Morgen zum
Anatomischen Zeichnen für Fortgeschrittene ging, habe ich gedacht, wir biegen das wieder hin. *Müssen* wir. Alles hängt von
uns ab.

Dr. Fern streifte durch den Zeichenraum, während wir es uns
vor den Zeichenbrettern bequem machten. »Holt eure Männchen heraus«, sagte sie.

»Freie Wahl heute?«, fragte Yvonne Waters. Mir gefiel es immer, wenn wir unsere kleinen hölzernen Gliederpuppen so hin-
biegen konnten, wie wir wollten. Ich hatte eine ganze Serie mit
»Tanzposen von Weißen« gemacht.

»Nein, bald ist Premiere von *Giselle*, wir werden uns also auf
Ballettfiguren beschränken.«

Ein paar Mädchen quietschten begeistert. Schade, dass Elizabeth in einem anderen Kurs saß; ich brauchte jemanden, mit dem ich gemeinsam die Augen verdrehen konnte. Dr. Fern schaltete eine Diashow verschiedener Ballettfiguren auf Repeat, und mein Männchen, das Herbert heißt, stellte sich widerwillig zur Arabesque auf.

»Schaut euch die Figur an und findet eine neue Form«, sagte Dr. Fern in ihrem ruhigen, meditativen Tonfall. »Findet eine andere Gestalt zum Zeichnen. Keinen Torso, kein Bein. Etwas, das außerhalb eurer Begrifflichkeiten liegt.« Ihre Stimme klang nach Yogalehrerin. Zeichnen gehörte zu meinen Lieblingsstunden. Ich bin kein Bronzino, aber ich zeichne gern. Wenn man nicht denken muss, kommen einem die besten Gedanken.

Es war eine verrückte Woche gewesen. Kaum hatte ich Lukes Idee übernommen, dass kTV unsere Schule ruinierte, fand ich überall Indizien dafür. Zum Beispiel, wenn ich die Gespräche meiner Mitschüler belauschte: Die drehten sich nur um *For Art's Sake*. Früher diskutierten die Leute darüber, ob *Aida* oder *Rigoletto* die bessere Oper war. Oder man schlenderte den Flur entlang und hörte jemanden sagen: »Ich weiß, Alter, Prokofjew ist richtig heiße Scheiße.« Aber jetzt? Jede Unterhaltung drehte sich nur noch um Reality-TV.

Dr. Fern tätschelte mir den Nacken und ich kehrte in die Gegenwart zurück.

»Zieh sein Knie weiter zurück.« Sie fummelte an Herbert herum. »Du musst vergessen, dass das ein Körper ist. Konzentriere dich auf den Winkel zwischen Bein und Rücken.«

Ich fing wieder an zu skizzieren. Ich war dankbar, dass meine Kunstlehrerin uns tatsächlich etwas lehrte, im Gegensatz zu Ms Gage beispielsweise, die bloß durch den Raum schwebte, die langen grauen Haare mit zwei Pinseln hochgesteckt, und uns auf-forderte, die Linien zu *fühlen*, die Schattierungen zu *atmen*. Ich war immer noch nicht gut, aber in Dr. Ferns Kurs war ich schon besser geworden.

Das lag auch daran, dass ich derzeit beim morgendlichen Freien Üben immer zeichnete, es sei denn, ich musste noch für eine private Trompetenstunde pauken. Allerdings hatte es in letzter Zeit ohnehin wenig Übungsstunden gegeben. Eigentlich sollten das neunzig Minuten ungestörter künstlerischer Freiheit sein. Aber kTV brauchte Hintergrundbilder, also platzten sie einfach ins Atelier, wenn man gerade in die Trance des Schraffierens tauchte, und Trisha Meier machte ihren Kameramann rund, ohne je das zahnsatte Lächeln abzulegen. Oder sie brauchten Zuschau-eraufnahmen, also wurden wir alle in die Aula gescheucht und mussten uns sechs Mal Miki Dicki Reagler bei einer Tanznum-mer anschauen und auf Befehl jubeln und lachen.

»Sie richten unsere Schule zu Grunde«, flüsterte ich Herbert zu.

Er erwiderte meinen Blick kummervoll.

»Luke hat Recht. Und wenn ich dir erst von der *Selwyn Cantos* erzähle —«

Dr. Fern kam auf mich zu. »Ethan, ich habe eine Frage. Wie willst du es an eine gute Kunsthochschule schaffen, wenn du dich nicht mal eine Schulstunde lang konzentrieren kannst?«

Dr. Fern, ich habe eine Antwort. Ich werde es an keine gute Kunsthochschule schaffen.

»Das hintere Bein muss noch weiter ausgestellt werden. Und *schnell* skizzieren. Das ist eine Übung, kein Meisterwerk.«

Dr. Fern hat netterweise immer so getan, als wäre ich gut im Zeichnen. (Oder aber sie ist eine der sarkastischsten Personen auf diesem Planeten.) Ich glaube, Herbert wusste Bescheid. Jedes Mal, wenn Dr. Fern seine Haltung korrigierte, fühlte ich mich ihm näher verwandt. Er war wie ich: ein unglückseliger Tölpel unter Begnadeten.

Was ich Herbert erzählten wollte: Am vorigen Freitag war eine Ausgabe der *Selwyn Cantos* erschienen, bei deren Lektüre Luke Schaum vorm Mund hatte. Buchstäblich. Er hatte sie beim Mittagessen gelesen und gerade einen großen Schluck Milch genommen, als er auf die nicht namentlich gekennzeichnete Rezension von *For Art's Sake* stieß. Er spuckte Wutblasen.

Nachdem er das Milchproblem unter Kontrolle gebracht hatte, las Luke Schlüsselpassagen vor. »*For Art's Sake* ist gut und packend gemacht. Das Reizvollste sind die Teenager-Protagonisten, die es in der brotlosen Kunst unbedingt zu etwas bringen wollen.‹« Mit jedem Satz wurde seine Miene gefährlicher. »›Mädchenschwarm Miki Reagler stiehlt mit seinen Steppkünsten allen die Show‹ …«

»Mädchenschwarm?«, fragte ich. Ich umklammerte meine Gabel wie einen Speer.

»Jetzt kommt was für dich, Ethan. ›Die verführerische Ballerina Maura Heldsman zieht mit ihrem *pas de deux* auf und hinter der Bühne aller Augen auf sich.‹«

»Verführerisch?«, spuckte ich.

»›Sie ist eine talentierte Tänzerin, die außerdem gekonnt ihre Reize‹ …«

»Was für Reize?«, fragte Jackson dazwischen. »Sie hat doch praktisch keine …«

»Lies weiter«, sagte ich rasch.

»›Gegenüber ihren männlichen Mitschülern einsetzt‹«, sagte

Luke, »die sich ausnahmslos von ihren romantischen Versprechungen locken lassen.«

Jackson nahm Luke die Zeitung aus der Hand, denn der hatte offenbar jegliche Muskelkontrolle verloren. »Das klingt überhaupt nicht wie eine Rezension für die Schülerzeitung«, sagte er. »Ich glaube nicht, dass ein Schüler das geschrieben hat.«

»Die Möglichkeit ist wegen Verwendung des Begriffs ›verführerisch‹ ausgeschlossen«, sagte Elizabeth.

»Doch das Thema der Serie ist die wiederkehrende Erkenntnis, dass Kunst sich um ihrer selbst willen lohnt.‹ Na, das ist ja wohl schlicht falsch«, sagte Jackson. »Bei *FAS* geht es um das zwischenmenschliche Drama. Alles dreht sich um die Künstler und nicht um die Kunst. Kunst um des Lebens willen, nicht um ihrer selbst willen.«

Wir schauten Jackson mit neu gewonnenem Respekt an, was ungefähr alle zwei Wochen passierte.

»Außerdem«, fuhr er fort, »interessiert sich der Autor dieses Artikels ganz offensichtlich mehr für das Drama als für die Kunst. Aber am Ende schreibt er so was wie ›Ach so, stimmt, die Sendung hat ja ein *Thema*‹.«

Luke machte sich Notizen auf einer Serviette.

»Er beruhigt nur sein schlechtes Gewissen«, sagte Elizabeth. »Das ist kein beschissenes hirnloses Reality-Format. Das ist *Kunst*. Im Grunde eine Kultursendung. So als ob man ins Museum geht. Hat Klasse.«

»Wir können mit gutem Gefühl Gastgeber einer Reality-Show sein«, sagte Jackson. »Denn *in Wirklichkeit* ist es gar keine Reality-Show.«

»Genial«, sagte Luke. »Man muss keine Schauspieler engagieren und keine Kulissen bauen. Die können den Mist praktisch kostenfrei drehen und dann als Hochkultur vermarkten. Und alle stehen drauf. Willis Wolfe. Coluber. Unsere Eltern. Die Millionen Zuschauer jeden Freitagabend, darunter jeder Einzelne hier in dieser Schulmensa. Wir machen alle mit.«

»Coluber«, sagte Jackson.

»Der ist eine Schlange«, sagte Luke. »Irgendjemand muss das Ganze initiiert haben.«

»Irgendjemand muss die Selwyn ins Spiel gebracht haben.«

»Ihr verdächtigt ihn nur, weil er so ein fieser Schleimer ist«, sagte ich. »Wahrscheinlich war es Willis Wolfe. Der kennt die Produzenten aus LA aus seiner Zeit bei der Sitcom.«

»Willis Wolfe ist ein Depp«, sagte Luke. »Der hält bloß seine Zähne weiß und sein Haar blond. Der wäre nie auf so was gekommen.«

»Wir müssen was unternehmen«, sagte Jackson.

»*Danke*, Mann.« Luke haute ihm auf die Schulter. »Das sage ich doch die ganze Zeit.«

»Schreib du mal weiter dein Gedicht«, sagte Elizabeth. »Aber wir müssen was Reelles unternehmen.«

»Gedichte sind reell.«

»Ja klar«, sagte Elizabeth. An ihren Ohrringen baumelten riesige rosa Federn, was so aussah, als hätte sie einen Flamingo in der Mauser zur Strecke gebracht. »Aber wir müssen herausfinden, wer dahintersteckt. Und wie sie davon profitieren.«

»Wir müssen recherchieren«, sagte Jackson, und sein Blick wurde glasig. Er zog sein Smartphone aus der Tasche und fing sofort an zu tippen.

»Ethan, ich habe eine Aufgabe für dich«, sagte Luke. »Wir können nicht aktiv werden, ehe wir die Fakten kennen.«

»Was immer Sie wollen, Sergeant. Befehlen Sie, und ich werde gehorchen.« Ich vermutete, »aktiv werden« hieß die nächsten Strophen schreiben.

»Vielleicht wissen die Kandidaten der Show etwas, das wir nicht wissen. Dein Traum wird Wirklichkeit.«

»Was?«

»Sprich mit Maura Heldsman.«

»WAS?«

»Und sag noch was anderes als *Was*.«

»Was?«

»Du bist so berechenbar. Frag Maura Heldsman, wie es so ist als Kandidatin.«

»Ich kann doch nicht einfach ein Gespräch mit ihr anfangen. Sie ist einen Jahrgang über mir.«

»Und sie ist hübsch, und sie ist berühmt, und du bist in sie verknallt. Das musst du alles überwinden, Genosse.«

»Mit dir würde sie viel eher reden als mit mir.« Luke sah gut aus, war beliebt und bekannt für seine schriftstellerischen Fähigkeiten. Künstlerisches Talent verleiht einem an unserer Schule ein gewisses Standing. (Es sei denn, man spielt Harfe, dann verliert man jedes Ansehen – wenn man überhaupt welches hatte, denn man spielt ja Harfe.) Ich hingegen hatte eine Figur wie ein Q-tip: großer Kopf, große Füße, nicht viel dazwischen. Meine Zeichnungen wurden nicht für den Schulkalender ausgewählt und ich spielte nicht mal im B-Orchester. Ich war bestimmt nicht der Richtige, um mit Maura Heldsman zu reden.

»Ich glaube, sie findet dich süß«, sagte Luke zu mir.

»Echt?«

»Nein, das habe ich mir ausgedacht.«

Das stärkte mein Selbstvertrauen nicht gerade, aber ich versprach, mich nach der Schule auf die Suche nach ihr zu machen. Es war Freitag. Ich wusste, ich konnte nur scheitern, aber nicht, weil ich so ein Nerd oder sie so eine überirdische Erscheinung war, sondern weil sie bis um sechs Probe für *Giselle* hatte. Ich machte also einen entspannten Umweg durch den Tanzflur und steuerte dann direkt zum Appelvan. Mein Gott, was für ein gruseliges Gefährt. Wenn einen da jemand mit Süßigkeiten hineinlocken wollte, würde man schreiend wegrennen.

Ich teilte Luke, Jackson und Elizabeth mit, dass ich es am Montag erneut versuchen würde. Wir hingen den ganzen Abend im Appelbau ab.

»Komisch«, sagte ich. Mayonnaise übte wieder seinen Drahtseilakt. »Hast du einen Kieselstein verschluckt, Mayo?«

Als er nach seinem glorreichen Sprung vom Seil in meinen wartenden Händen gelandet war, hatte ich so einen kleinen runden Klumpen in seiner Rumpfgegend gespürt. Er schaute mich verwirrt an, darum rieb ich ihm noch einmal den Bauch, um ihn wiederzufinden.

»Hier. Hast du das schon immer gehabt?«

Er zuckte die Achseln.

»Jackson, hast du schon mal so ein radiergummiartiges Ding in Mayonnaises Bauch bemerkt?«

»Irgendeine Wucherung?«, fragte Elizabeth.

»Rennmäuse fressen doch alles, oder?«, sagte ich. »Wahrscheinlich hat er irgendwas gefressen, was er nicht verdauen kann.«

»Wahrscheinlich«, sagte Jackson sorglos. »Oder er hat Krebs im Endstadium.«

»Das ist nicht witzig.«

»Ich mache auch keine Witze.«

Ich wechselte das Thema, aber ich setzte ihn an dem Abend nicht zurück in seinen Käfig. Während der neuen Folge von *For Art's Sake* saß er auf meinem Schoß und tröstete mich, und ich achtete darauf, die Schwellung nicht zu berühren. Wahrscheinlich war es nichts Schlimmes.

5

Akademie im Ausverkauf:
Um Fernsehsternchen kreist der Lauf,
das eigene Schaffen hörte auf.
Wir harren nur der Götterboten,
die bringen uns die jüngsten Quoten.
DIE CONTRACANTOS

Dieses Mal sollte man per SMS abstimmen. Brandon, Mauras Freund oder Exfreund oder was auch immer, wurde rausgekickt. Das hieß aber nicht, dass Maura jetzt nur noch einen Typen an der Hand hatte. Ständig wurde auf sie und Josh DuBois gezoomt, wie sie unterm Tisch füßelten. Richtig übel. Und dann haute Kirtse Frumjigger ihr eine runter.

»Sie wusste, dass Josh und ich was am Laufen haben«, erklärte Kirtse später Adelpha und Miriam.

»Bloß *was* oder *richtig* was?«, fragte Adelpha.

»So *richtig* richtig was.«

Ich kam nicht mehr hinterher, mit wem Maura eigentlich rummachte. Ich mochte es nicht. *Ich mochte es nicht hier im Haus. Und nicht am Tisch mit einer Maus.* Den Rest des Wochenendes hockte ich mit den Drillingen zu Hause. *Ich mochte es nicht mit einem Fuchs. Nicht in einer Kiste nur aus Jux.* Aber Luke schrieb mir ständig Nachrichten. *Du musst mit ihr reden.* Ich wusste immer noch nicht genau, welche wichtigen Informationen ich ihr entlocken sollte, aber ich war auch nicht direkt abgeneigt. Bis Montagmorgen war ich so weit. Ich hatte auf der Trainingsbank meines Vaters Gewichte gestemmt und jetzt schmerzten meine Deltamuskeln auf angenehm machomäßige Art. Am Morgen hatte ich geduscht und mir sogar ein bisschen Gel durch meine jüdischen Locken gekämmt. Ich hatte mein Lieblings-T-Shirt an, das mit dem *Catcher in the Rye*-Aufdruck

Jackson fuhr uns früher zur Schule. Ich ging direkt zum Tanzflur.

Bingo. Maura Heldsman saß allein auf dem Fußboden, das Rückgrat gerade wie eine Lotschnur. Auf ihrem Schoß lag ein aufgeschlagener Ordner. Die Haare trug sie wie üblich in einem Knoten, sie hatte Leggings und ein Kapuzenshirt an. Mein Herz schlug heftig, und ich weiß nicht, ob das nur an meiner Nervosität lag oder an ihrer Schönheit.

»Hey«, sagte ich.

»Hey, Ethan.«

Sie kannte meinen Namen.

»Wie läuft's?«

»Ich mache grad Englischhausaufgaben. Hast du Frage sechs?«

Sie wusste, dass ich in ihrem Englischkurs bin.

»Welche war das noch mal?«

»Setz dich und schau sie dir an.«

Sie wollte, dass ich mich zu ihr setze.

Nicht im Traum hätte es besser laufen können.

Es war ein Arbeitsblatt zu rhetorischen Figuren in Pounds *Cantos*. Nummer sechs lag auf der Hand.

Habest gefertigt also lichte Art,
Dass Blatt aus Wurzelknoll gezogen ward?

Habest gefunden eine Wolke also licht,
Dass man sie nicht für Dunst noch Schatten hielte?

»Das hat was mit dem ›Habest‹ zu tun«, sagte ich.

»Die, wo man so altmodische Wörter verwendet?«

»Ja, man könnte wohl auch Archaismus nehmen.«

»Gibt es noch eine bessere Lösung?« Sie sah mir direkt in die Augen. Ich vergaß zu antworten. Ich dachte an ein Stück aus demselben *Canto*, das wir im Englischkurs besprochen hatten:

Himmelslicht
Meer der Nacht
Grün des Bergsees

Das dachte ich, als ich in Maura Heldsmans Augen schaute.

»Du musst es mir nicht sagen.«

»Oh.« Ich sah hinunter auf den Zettel. »Ach ja. Die Wiederholung des *Habest*.«

»Oh Mann, wie nennt man das denn?«

»Anapher.«

»Danke.« Sie schrieb es hin. »Fertig mit Englisch. Jetzt, wo *Giselle* in die heiße Phase geht, habe ich so gut wie keine Zeit mehr.«

»Verbringst du nicht auch eine Menge Zeit beim Drehen?«, fragte ich. Schlechter Übergang, aber ich musste irgendwie auf *For Art's Sake* kommen.

»Die Wochenaufgaben sind total langweilig. Aber ansonsten ist es halb so schlimm. Sie rennen mir eben hinterher. Ist echt nichts im Vergleich zu Uni-Bewerbungen und dem ganzen Scheiß.«

Ich konnte es nicht fassen, dass ich mich mit Maura Heldsman unterhielt. Ich schaute ihr immer wieder versehentlich in die Augen, und dann musste ich mich auf den Punkt dazwischen konzentrieren, um überhaupt zusammenhängende Sätze bilden zu können. Sonst wäre mein Hirn einfach vom grünen, grünen Grün überwältigt worden. Da seht ihr schon, wie es um meine Ausdrucksfähigkeit bestellt war. *Himmelslicht/Meer der Nacht.*

»Und wie läuft das? Uni und so?«

Ich hoffte, sie fand mich nicht schräg – so ein Wildfremder, der sie über ihr Leben ausfragte. Ich meine, es war ja auch schräg. Aber das schien ihr gar nicht aufzufallen. Vielleicht war sie einfach daran gewöhnt, dass Leute mit ihr reden wollten. Wenn ich zum Beispiel mit Luke zu Starbucks gehe, erinnern sich die Mädchen hinterm Tresen immer noch vom letzten Mal an seinen Namen. Er glaubt, dass sie sich alle Namen merken. Tun sie aber nicht. Nicht mal, wenn man den ganzen Sommer dort verbringt.

»Uni.« Sie legte den Kopf flach auf die Schienbeine. Sie konnte sich falten wie ein Stück Papier. »Ich bin an der Juilliard angenommen worden.«

»Echt? Wow!« Wenn eine künstlerische Laufbahn für Schüler der Selwyn Academy so was wie der Heilige Gral ist, dann ist die Juilliard School ein Sitz an der Tafelrunde.

»Und am Boston Conservatory und am CalArts, aber ich will unbedingt an die Juilliard. Wer will das nicht?«

»Und, gehst du hin?«

»Noch nicht entschieden. Meine Eltern finden die Vorstellung schrecklich, dass ich Ballettkarriere mache. Vor allem, weil sie sehen, was das für meine Füße bedeutet. Ich hab die hässlichsten Füße der Welt. Hallux valgus, Hammerzehen, Hühneraugen, Überbeine, Nagelpilz. 'tschuldigung, ist das zu eklig?«

Maura, du könntest dir mit deinen verpilzten Nägeln in der Nase bohren, ich fände es immer noch süß.«»Alles gut.«

»Und ganz neu dabei, aktuelle Meldung, Schleimbeutelentzündung an der Ferse. Fühlt sich an wie ein Stich mit einem glühenden Feuerhaken.« Sie zwinkerte hektisch drei- oder viermal. »Meine Eltern glauben, mit vierzig werde ich nicht mehr laufen können, und ich will nicht lügen – sie haben wahrscheinlich Recht. Aber das ist mir egal, wenn ich bis dahin tanzen kann.«

»Dann geh an die Juilliard.«

Sie richtete sich wieder auf und rieb mit den Daumen an den Fingern. »Geld, Geld, Geld. Sie würden mich gehen lassen, wenn es nicht so teuer wäre. Sie würden grummeln und es dann erlauben. Aber die Juilliard kostet so um die fünfzigtausend im Jahr. Nicht gerechnet die Spitzenschuhe, das sind noch mal dreihundert im Monat. Zur Universität Minnesota hier könnte ich fast umsonst. Da könnte ich Tanz als Nebenfach nehmen und ein, ich zitiere, vernünftiges Hauptfach wie Kommunikationswissenschaft.«

»Das ist doch schrecklich.«

»Darum muss ich ja gewinnen.«

»Gewinnen?«

Sie sah mich überrascht an, als wäre ihr gerade erst eingefallen, dass sie mit jemandem von außerhalb ihrer eigenen Welt redete. »*FAS* gewinnen. *For Art's Sake.* Wenn ich das Stipendium gewinne, kann ich hin.«

Ich kam mir vor wie ein Idiot. Ich hatte meinen Auftrag völlig vergessen.

»Ich bin schon die ganze Zeit in Panik, dass sie die Sendung einstellen. Das wäre das Allerschlimmste.«

»Das wäre echt übel.«

»Ohne Scheiß.«

»Ähm.« Ich wusste nicht recht, wie ich das Thema anschneiden sollte, aber ich konnte Luke nicht unter die Augen treten, ohne es versucht zu haben. »Bist du nicht auch irgendwie sauer auf die?«

Sie lachte. »Du meinst, weil ich die Schulschlampe abgeben muss?« Sie bewegte die Füße, strecken und beugen, strecken und beugen.

So plump hatte ich es nicht ausdrücken wollen. Ich wusste nicht, was ich sagen sollte. »So plump wollte ich es nicht ausdrücken.«

»Ist doch egal.« Sie klappte sich wieder in der Mitte zusammen, dann richtete sie sich auf. »Ich habe sowieso keine Zeit für den ganzen Kram.«

»Was, dir Gedanken über die Sendung zu machen?«

»Für Typen.«

»Ach.«

»Alle, die mich kennen, wissen das. Ich mache nichts als Tanzen. Und ab und zu mal Hausaufgaben, damit ich nicht von der Schule fliege. Und manchmal schreibe ich die Hausaufgaben von süßen Juniors ab.«

Ich brachte kein Wort heraus.

»Es ist mir also eigentlich ziemlich egal. Ich will das Ding einfach nur gewinnen. Jawohl, mein Lebensziel ist es, eine Talentshow im Fernsehen zu gewinnen. Traurig, aber wahr. Und wenn sie mich dabei zur Schlampe machen wollen, dann sollen sie doch.«

»Ich kann nicht glauben, dass dir das egal ist.«

»Ethan Andrezejczak.«

Sie kannte meinen Nachnamen. Sie konnte meinen Nachnamen *aussprechen*. Fast.

»In deinem Universum legen die Menschen Wert auf ihren Ruf. Es ist ihnen wichtig, dass es in der Welt gerecht zugeht. Mir nicht. Kein Stück.« Sie machte eine Geste, die ihren ganzen Körper umfasste – vom Haarknoten über die sehnigen Beine bis zu den dicken, flauschigen Socken. Diese Geste sagte alles. Sie beinhaltete mehr als meine allerschönste Zeichnung, mehr als die lyrischste Passage, die ich je gespielt hatte. »Ich möchte Tänzerin werden. Richtige Tänzerin. Ich will an der Juilliard studieren und beim New York City Ballet tanzen. Peter Martins. Lincoln Center. Das ist alles. Punkt. Was anderes will ich nicht.«

»Oh.«

»Also, du hast Recht, sie stellen mich als Schlampe dar, und ich bin keine. Ich *kenne* diese Typen überhaupt nicht. Weder im biblischen Sinn noch sonst wie. Das wird alles irgendwie zusammengeschnitten. Es gibt sogar einen Fachausdruck dafür, habe ich gelesen, als ich das letzte Mal im Netz war, vor zwei Wochen oder so, habe ich aber wieder vergessen. Denn ich mache. Nichts. Als. Das hier.«

»Oh.«

Sie lächelte mich an. »Du bist süß.«

»Danke?«

»Es klingelt gleich.«

»Hast du keinen Unterricht?« Ich schaute mich um. Ich hatte nicht mal bemerkt, dass sich der Korridor im Lauf unseres Gesprächs mit Schülern gefüllt hatte.

»Ich komme zu spät. Mathe.« Sie lachte. »Hast du nicht zugehört? Es ist mir egal.«

»Stimmt.«

»Ich wünsche dir einen tollen Tag, Ethan Andrezejczak.« Ich war entlassen. Ich schnappte mir meinen Rucksack, winkte ihr zum Abschied und ging durch den Flur davon.

Herberts Arabesque würde immer noch nicht für eine Aufnahme an der Juilliard reichen, aber ich versuchte mich auf das Licht und die Linien zu konzentrieren. Meine Gedanken kreisten trübe und verschwommen vor sich hin wie die Mischung in einem geschüttelten Becherglas. Doch nach einer halben Stunde Zeichnen lagerten sich die Sedimente ab:

1. Mauras Ehrgeiz war bewundernswert. Ich konnte mir überhaupt nicht vorstellen, irgendetwas so sehr zu wollen. Nicht mal sie.
2. Mauras Lage hingegen war verkorkst. Sie meinte, sie müsse alles mit sich machen lassen, was *die* von ihr wollten, damit sie kriegte, was *sie* wollte. Und noch verkorkster: Sie hatte Recht. Das ganze Drama um ihre Affären trieb die Quoten hoch, steigerte die Gewinne, hielt die Show auf Sendung, erhöhte ihre Chancen auf den Sieg.
3. Wir mussten etwas unternehmen. Aber es war kompliziert. Ich glaube, Lukes Plan war, den Eltern und Ehemaligen die unmoralischen Abgründe von *For Art's Sake* zu enthüllen, so dass die einen empörten Aufstand machen und die Sendung zum Aufhören zwingen würden. Aber ich wusste jetzt, dass Mauras ganzes Leben davon abhing. Wenn die Show abgesetzt würde, musste sie an der Universität Minnesota studieren. Wir würden ihren Traum zerstören. Sie würde nie wieder was mit mir zu tun haben wollen.

Ich stellte Herbert zurück ins Regal, in dem er wohnte, nickte ihm zum Abschied zu und hoffte, dass ich ihn vor seinen Kollegen nicht zu sehr bloßgestellt hatte. Dr. Fern klopfte mir auf den Rücken. »Hast dich gut auf deine Zeichnung konzentriert, Ethan.«

Jetzt war Englisch dran. Und das hieß, ich würde sie zum ersten Mal seit heute Morgen sehen. Würde es komisch sein? Würde sie *Hi* sagen? Sollte ich *Hi* sagen? Ich hasste solche lebenswichtigen Entscheidungen.

Ich ging hinein. Von gegenüber rief Elizabeth *Hallo*. Ich winkte ihr abwesend zu und setzte mich neben Luke.

»Und?«, fragte er.

»Geschafft.«

»UND?«

»Später.«

Erst als ich mich gesetzt hatte, gestattete ich mir, nach Maura zu schauen. Sie saß kerzengerade wie immer an ihrem Platz. Ich holte mein Englischheft heraus. Ich sah sie noch einmal an. Und an dieser Stelle lief es ein klein wenig anders als sonst, gerade anders genug. Sie lächelte mich an. Kein breites Lächeln. Sie öffnete nicht einmal die Lippen. Es war eigentlich weniger ein Lächeln als nur eine kurze Anspannung der Wangenmuskeln. Aber es galt mir und niemandem sonst, und es sagte mir, dass unser Gespräch tatsächlich stattgefunden hatte, dass sich etwas verändert hatte. Und auch wenn ich dachte, tiefer könnte ich mich nicht mehr in sie verlieben, fand ich jetzt doch noch eine weitere Ebene. Es war wie bei einer Achterbahnfahrt, wo man mit einigen Abfahrten gerechnet hat, aber plötzlich kommt ein freier Fall, ganz frisch und herrlich. Man hört seine Organe fragen: Was treibst du da, und warum lässt du uns hier hängen? So schnell fiel ich jetzt. So tief ging es.

»Ein Langgedicht«, sagte BradLee, »ist so lang, so allumfassend und weit gespannt, dass es sämtliche Werte und Traditionen, die ganze Geschichte einer Kultur enthalten kann. Es kann Unmengen, es kann Vielheit aufnehmen. Und der Dichter – oder natürlich die Dichterin – muss sich selbst als Wegweiser durch dies kulturelle Labyrinth betrachten. Er oder sie kann Dinge sehen, die sonst niemand sehen kann. Er kann etwas verändern, und er kann sich selbst verändern.«

6

Welches Reptil der Unterwelt,
die Zunge scharf, die Schuppen Geld,
hat unsere Träume kaltgestellt?
Der Vize weit das Maul aufreißt,
Kaninchen Kunst wird roh verspeist.

DIE CONTRACANTOS

Während wir eine weitere Schulwoche durchleiden, sollt ihr mehr über das Schulgelände der Selwyn Academy erfahren.

Vor fünfzig Jahren ist die *Minneapolis Sun-Gazette* eingegangen und hat ein Gebäude hinterlassen, in dem der gesamte Prozess der Zeitungsherstellung unter einem Dach vereint war. Die Gründer der Selwyn Academy konnten es spottbillig erwerben und bauten es, so gut es ging, zu einer Schule um. Trotz der Renovierungen blieb manches eigenwillig. Der Matheflur zum Beispiel, wo früher die Zeitungen gefaltet und abgepackt wurden, sieht immer noch sehr industriell aus: Die Metalldecke ist zehn Meter hoch, die Rohrleitungen liegen offen.

Auch die Druckerpressen stehen noch im Keller. Warum sollte man funktionierende Maschinen wegwerfen? Sie werden zum Druck der *Selwyn Cantos* und des Literaturmagazins der Schule verwendet. Sie sind zwar inzwischen antiquiert, aber sie laufen.

Am folgenden Montag lungerten ein paar von uns vor dem Unterricht in BradLees Klassenraum herum, weil die Flure in letzter Zeit von einigen geltungssüchtigen Hausmeistern unsicher gemacht wurden. Ich saß auf dem Fußboden und spielte mit Luke, Jackson und Elizabeth Karten. Die anderen stiegen über uns hinweg, manche halb abwesend, andere sehr demonstrativ, mit einem Ballettsprung oder dergleichen. BradLee rannte rein und raus, kopierte in letzter Minute und sah verstört aus. Valerie Menchen hatte die Geige ausgepackt und spielte Klezmer, und weil wir hier an der Selwyn sind, wurden gleich ein paar Tänze dazu improvisiert. Es war Viertel nach sieben am Montagmorgen, aber es fühlte sich an wie eine Party.

Klinge ich jetzt wie ein schrecklicher Langweiler?

So gut war es mir jedenfalls seit Freitagabend nicht mehr gegangen. Die Folge war genau so gelaufen wie die vorigen. Da Brandon jetzt aus dem Spiel war, stellten Josh Schleimbeutel DuBois und Miki Dicki Reagler Maura noch heftiger nach. Sie hatte mir gesagt, es sei nicht echt. Und ich vertraute ihr, das schwöre ich. Ich konnte auch sehen, wie das mit dem Schneiden funktionierte, dass sie aus ganz unterschiedlichen Szenen eine Collage aus Flirt und Intrige und Drama bauten. Aber das Schlimme war, beim Zuschauen habe ich es geglaubt. Es war so gut gemacht. Die Sendung zog einen in ihren Bann.

Als wir vor der Sendung im Appelbau chillten, brachte ich Mayonnaise die Farben bei. Oder jedenfalls brachte ich ihn mit Hilfe einiger Leckerbissen dazu, immer zum grünen Faden zu gehen. Er war so schlau. Ich hatte gar nicht gewusst, dass nachtaktive Tiere überhaupt Farben sehen. (Vielleicht können es die meisten auch nicht. Ich hatte immer schon den Verdacht, dass Mayonnaise eine hoch entwickelte, geniale Mutantenrennmaus ist.)

Nachdem ich die Verbindung zwischen »Grün« und »Rosine« zweifelsfrei etabliert hatte, rief ich meine Freunde herüber.

»Schaut«, sagte ich. Ich legte die drei verschiedenfarbigen Wollfäden zurecht. »Mayonnaise, bist du so weit?« Ich ließ ihn los. »Such Grün, Mayonnaise, du Rakete!« Ich schnippte mit den Fingern. »Grün!«

Er rannte zum grünen Faden und sah mich erwartungsvoll an. Ich gab ihm die Rosine.

»Lass mich auch mal versuchen«, sagte Luke. »Such den roten, Mayonnaise!«

»Er reagiert nur auf meine Stimme«, sagte ich. »Wir haben eine ganz besondere Verbindung.«

»Ist das Schnipsen wichtig?« Er versuchte es damit. »Rot, Mayonnaise!«

»Ich hab's doch gesagt«, murrte ich. »Nur meine Stimme, sonst keine.«

»Was macht sein Knoten?«, fragte Elizabeth.

Ich hatte ihn zu vergessen versucht, so gut ich konnte. Und ich hatte versucht, Mayonnaise nicht in der Bauchgegend zu berühren. Aber jetzt konnte man ihn sehen, eine sanfte Schwellung unter seinem bleichen Bauchfell.

Elizabeth nahm ihn hoch. Er mochte sie, was mich immer eifersüchtig machte. »Der ist ja *riesig*!«

»Du übertreibst.«

»Letztes Mal hat Ethan gesagt, er sei klein«, sagte Luke zu Elizabeth. »Wächst er?«

Sie reichte mir Mayonnaise. Widerstrebend massierte ich seinen Bauch, bis ich die Stelle fand. »Ist ungefähr gleich geblieben«, sagte ich. Der Klumpen war winzig, aber er war auch ein winziger Kerl. »Vielleicht ein bisschen größer.«

»Ich sage es meiner Mutter«, sagte Jackson.

»Geht mit ihm zum Tierarzt«, sagte ich. Jackson nickte. Meine

Freude über den neuen Trick war verflogen. »Such den grünen, Mayonnaise«, flüsterte ich. Er zögerte. Ich schnipste mit den Fingern. Er rannte direkt zum grünen Faden.

»Tiere haben ständig gutartige kleine Geschwülste«, sagte Elizabeth.

Während der neuen Folge von *FAS* ließ Jackson sich herab, eine Pause in der *Kunst des Krieges* einzulegen, um den Wiki-Artikel zu »Reality-TV« zu lesen. Er las uns in den Werbepausen die Informationen über Schneidetechniken und Pseudo-Reality vor, bis Elizabeth ihm sagte, er solle den Mund halten, sie wolle was mitkriegen. Sie meinte, die Spots wären jede Woche von größeren Marken. Was bedeutete, dass kTV jede Woche mehr Geld verdiente. Was bedeutete, dass *For Art's Sake* weiterlaufen würde. Dank Maura Heldsmans schlechtem Ruf.

Wollt ihr mehr über diese Tricks erfahren?

1. Manchmal spielen sie Tonspuren unverändert, aber in anderem Kontext ein. Wie zum Beispiel – nehme ich an – Mauras »Oh, Miki« über zwei im Dunkeln knutschenden Gestalten hinter der Bühne.

2. Sie können zwei unzusammenhängende Satzteile verbinden. Wie zum Beispiel, nehme ich an, in dieser Folge, als Maura zu Josh sagt: »Miki ist total widerlich. Und er küsst furchtbar.«

3. Sie können ganze Szenen zusammenschnippeln. Maura und Kirtse essen gemeinsam zu Mittag, und Kirtse sagt: »Liegt dir überhaupt *irgendwas* an unserer Freundschaft?« Dann schneiden sie auf Mauras total gleichgültige Miene. »Eigentlich nicht«, sagt sie gedehnt. Jacksons Theorie: Das war Mauras Antwort auf eine ganz andere Frage.

Das Wochenende war auch weiterhin Mist. Es gab ein schreckliches Zusammentreffen von Umständen: Ich hatte eine Riesenmenge Biohausaufgaben und die Drillinge hatten eine neue Raffi-CD bekommen. Würdet *ihr* gern Zellendiagramme beschriften, während in Dauerschleife *Ring, Ring, Ring, Banana Phone* läuft?

Außerdem war ich deprimiert wegen der ganzen Maura-Heldsman-Sache. Und ich kam mir albern vor, weil ich mich über *For Art's Sake* so aufregte. Wir waren alle aufgebracht, aber wir taten nichts. Luke schrieb an seinem Langgedicht, aber was sollte das bringen?

Zwischen zwei Runden beugte BradLee sich über unser Kartenspiel. Wir waren alle außer Atem vom Lachen und von der Bewegung (das ist schließlich eine Kunstschule hier, kein Sportgymnasium). »Wollt ihr nach der Schule mal bei mir vorbeischauen?«, fragte er und sah Luke dabei an.

Luke erstarrte. »Wegen dieser Sache, über die wir geredet haben?«

»Oooh, wollen Sie uns die Geschichte mit dem Fragerufzeichen erzählen?«, fragte ich.

Luke warf mir einen genervten Blick zu. Ich hatte gedacht, das sei irgendwie witzig. »Auf jeden Fall, Mr Lee«, sagte er. »Ich werde da sein.«

Elizabeth beobachtete die beiden scharf. Jackson mischte, aber ich merkte an der Haltung seines Nackens, dass er ebenfalls genau zuhörte.

»Wir alle, okay?«, fügte Luke hinzu.

BradLee zögerte.

»Wir stecken alle mit drin. Wir hegen alle ähnliche Gedanken. Und wir haben ausführlich darüber diskutiert.«

Im Geiste gratulierte ich Luke: Was für ein schönes Trikolon! BradLee wollte offensichtlich nichts mit uns anderen zu tun haben. Mit mir wäre er vielleicht noch einverstanden gewesen, da ich bekanntermaßen Lukes unvermeidlicher Sidekick war. Aber Luke machte keine Kompromisse. Er wollte uns nicht ausschließen.

»Na gut«, sagte BradLee.

So verging ein weiterer Schultag, ein Tag voller langer Unterrichtsstunden, die im Rückblick kurz wirkten, weil man sich nicht erinnern konnte, was darin passiert war. Endlich klingelte es zum letzten Mal, und wir trafen uns in BradLees Raum.

»Ich wollte eigentlich kein Gipfeltreffen einberufen«, sagte BradLee. »Ich habe bloß nachgedacht.«

»Wir haben auch viel nachgedacht«, sagte Luke ernst. »Die Show wird immer schlimmer.«

»Das stimmt.«

Mir gefiel, dass BradLee nicht wie manche anderen Lehrer so tat, als würde er *For Art's Sake* nicht anschauen.

»Und ich habe dein Gedicht gelesen, Luke.«

»Ach?« Er wollte Gleichgültigkeit vortäuschen, aber ich konnte die Anspannung in diesem »Ach?« hören.

»Das ist ein Ruf zu den Waffen, nicht wahr? Ein Aufruf, sich bewusst zu machen, was hier läuft?«

»Das war der Gedanke, ja.«

»Wir wollen nicht, dass die Sendung abgesetzt wird«, schob ich ein. Die anderen drei hatten zugestimmt. Das wäre zu gemein. Diese Jungen und Mädchen hatten alle für die Aussicht auf den Preis ihr normales Leben aufgegeben. Das sagte zumindest Elizabeth. Mir persönlich waren sie völlig egal, bis auf Maura.

»Nein«, sagte BradLee. »Aber es ist schon verstörend, wie sich die Sache entwickelt.«

»Genau«, sagte Luke. »Es ist nicht das, was es zu sein vorgibt. Und es zerstört langfristig den Ruf der Teilnehmer. Den Ruf von Schülern, die zu jung sind, um die Kontrolle über ihr öffentliches Bild zu übernehmen oder überhaupt zu wissen, dass man das muss.«

»Ich will euch ganz bestimmt nicht auf irgendwelche Gedanken bringen«, sagte BradLee. Er schaute zur Tür, die wir beim Reinkommen hinter uns zugemacht hatten. »Aber dieses Gedicht muss unter die Leute.«

»Es ist aber noch nicht fertig«, sagte Luke.

»Und in der *Selwyn Cantos* wird es nicht veröffentlicht werden«, sagte Elizabeth. »Und das Literaturmagazin kommt erst wieder im Mai heraus.«

»Und es ist noch nicht fertig«, wiederholte Luke.

»In Fortsetzungen«, sagte BradLee. »Denkt an Scheherazade. Oder an Dickens.«

»Aber *wo?*«, fragte Elizabeth ungeduldig. »Es wird doch alles zensiert.«

»Denkt mal an alternative Publikationswege«, sagte BradLee.

»So was wie ein Selbstkostenverlag?« Luke sah enttäuscht aus.

»Die *Selwyn Cantos* wird gleich hier im Keller gedruckt«, sagte Jackson leichthin.

»Oh Mann, weiß ich auch«, winkte Luke ab. »Damit spart Selwyn eine Wagenladung Geld. Sie würden die Zeitung niemals alle zwei Wochen erscheinen lassen, wenn wir nicht hier im Haus drucken könnten.«

»Du weißt also, wie die Druckmaschinen funktionieren?«, fragte Jackson.

»Klar.« Dann dämmerte es uns. Ich glaube, Elizabeth, Luke und ich begriffen alle gleichzeitig.

»Ich habe kein Wort von alldem gehört«, sagte BradLee.

»Aber ...« Ich musste meinen Zweifeln Luft machen. »Kann ein Gedicht wirklich irgendwas ändern?«

Luke und BradLee sahen mich an. Zwei wahrhaft Gläubige. Sie glühten förmlich. »Kunst zählt, Ethan«, sagte BradLee. »Das hier ist Kunst.«

BradLee scheuchte uns hinaus. Er sagte, über die technischen Einzelheiten wolle er nichts wissen. Das Ganze bringe ihn auch so schon in eine komische Lage.

»Problem«, sagte Jackson. »Luke, du bist der einzige Mensch in der Schule, der bei dem Wort ›Langgedicht‹ nicht sofort zu stöhnen anfängt. Nicht mal die Leute, die Kreatives Schreiben als Hauptfach haben, lesen Gedichte. Sie schreiben höchstens welche.«

»Weshalb ihre Gedichte auch so scheiße sind«, warf ich ein.

»Das hier ist was anderes«, sagte Luke. »Hier geht es um sie selbst.«

»Aber es ist trotzdem ein langes Gedicht. Niemand kriegt ein Langgedicht vor die Nase und ruft: Oh, hey, das ist die Erzählung meines Stammes! Seht nur, diese sorgsam ausgewählten erhellenden Einzelheiten! Luke ist der Träger des Lichtes!«

»Hast du in Englisch etwa aufgepasst?«

»Ich passe in Englisch immer auf.«

Ich bekam einen Hustenanfall, und Jackson schwang das Bein nach hinten, um mich zu Fall zu bringen. Ich sprang im letzten Moment beiseite.

»Wir müssen es anders präsentieren«, sagte Elizabeth. Sie war so vernünftig. Ohne sie hätten wir nie irgendwas zu Stande gekriegt. »Wir können es nicht einfach abtippen und ausdrucken und in der Schule verteilen.«

»Hast du einen besseren Vorschlag?« Nach Lukes Tonfall zu schließen, war Tippen-Drucken-Verteilen genau sein Plan gewesen.

»Drei Dinge«, sagte Elizabeth. Ich schaute sie scharf an. Sie hatte die Dreadlocks zu einem hohen, mächtigen Klumpen zusammengebunden, was irgendwie süß war, auch wenn es so aussah, als hätte sie zwei Köpfe übereinander. »*Art, Layout, Branding.* Ethan macht die Illustrationen, ich besorge das Layout. Ich möchte das Ding mit der Hand schreiben. Es muss nach Underground aussehen, subversiv.«

»Es *ist* Underground und subversiv«, sagte Jackson. »Du nennst Coluber ein Reptil der Unterwelt. So was käme nie in die verkackte Schulzeitung.«

Luke war nicht mal beleidigt. Er stand mit offenem Mund da.

»Wir könnten es sogar die *Anticantos* nennen«, sagte Elizabeth.

»Die *Contracantos*«, sagte Jackson.

»Perfekt«, sagte Elizabeth. »Luke, bist du einverstanden?«

»Einverstanden«, sagte Luke, immer noch überrascht. »Ich meine, klar. Das ist perfekt.«

Elizabeth zeigte die Zähne. Ich war nicht sicher, ob sie lächelte oder sich zum Kampf bereit machte. Vielleicht beides. Wir gingen jetzt schneller. Wir hatten zu tun.

7

Die Vizeschlange ist entzückt;
ist das nicht, Selwyn, echt verrückt?
Wir werden ungefragt beglückt.
Die Kunst wird billige Kulisse,
doch wollen wir das? Katzenpisse!
Die Contracantos

Wir gingen natürlich in den Appelbau. Das war unser Lager, unser Produktionszentrum; allerdings musste ich Elizabeth zuerst versprechen, mich nicht von Mayonnaise ablenken zu lassen. Mayonnaise? Ablenkung? Er war eine Muse.

Es war ein toller Nachmittag, dann ein toller Abend, dann eine tolle Nacht. Wir fühlten uns als Retter der Schule. Wir unternahmen endlich etwas, nach Wochen des Herumsitzens und Jammerns und Beteuerns, dass wir doch etwas unternehmen sollten.

Es war wirklich großartig. Und das taten wir:

Ich saß über den winzigen Rollschreibtisch gebeugt und zeichnete Karikaturen, welche die Zeilen der *Contracantos* illustrieren sollten. Mayonnaise beäugte die Zeichnungen. Manchmal langweilte er sich und kletterte auf seinem persönlichen Trainingsgerät herum, also auf mir. Der Tierarzt hatte rundweg abgelehnt, ein Tier zu operieren, das nur 75 Gramm wog – er wollte nicht mal Gewebe entnehmen –, aber der Knoten machte Mayonnaise auch nichts aus. Er war frisch und munter wie immer.

Luke saß auf dem Sofa und schrieb konzentriert.

Elizabeth hatte den Esszimmertisch requiriert, auf dem sie vier riesengroße Bogen Pergamentpapier ausgebreitet hatte. Sie machte die ganze Zeit fröhliche Bemerkungen darüber, wie retro das alles war und wie viel Spaß Grafikdesign machte, wenn man dabei nicht auf einen Computerbildschirm glotzen musste. Sie schrieb Lukes Gedicht sorgfältig ab und baute dabei meine Zeichnungen ein, und jedes Mal, wenn ich zu ihr ging, bewunderte ich ihr Talent. Sie konnte richtig schöne Sachen machen, die man gern haben wollte. So viele Schüler malten gruseliges Zeug mit gruseligen Botschaften: blutige Gebärmütter, in denen ihre Eltern und Osama bin Laden steckten, oder Säuglinge, die an Maschinengewehrläufen nuckelten. Elizabeth hingegen schuf schöne, elegante Werke, und die *Contracantos* würden ebenfalls schön und elegant werden.

Und dann war da noch Jackson, unser Allrounder. Er half allen, die Hilfe brauchten. Er posierte für mich, wenn ich mir nicht vorstellen konnte, wie der Arm mit der Schulter verbunden war. Er kompostierte Mayonnaises Kackekügelchen. Er hatte eine Seite mit einem Reimlexikon offen und versorgte Luke mit Reimen, wenn er feststeckte. Er rollte Tesaschlaufen und las das Gedicht Korrektur, bevor Elizabeth es aufs Pergament kopierte.

Wir hörten laut Beatles-Schallplatten, denn die bildeten die Schnittmenge aus akzeptabler Musik und im Haushalt der Appelmen vorhandener Musik. Als wir unsere Arbeit glorreich beendeten, hörten wir deutlich heraus, dass LSD ein integraler Bestandteil ihres kreativen Prozesses geworden war. Ich traute mich nicht, auf die Uhr zu schauen. Wir fielen auf die Sofas und schliefen wie Tote.

Am nächsten Tag gingen uns die logistischen Herausforderungen auf.

Jackson war der Einzige, der nicht mal für einen Moment den Glauben verlor. Stattdessen öffnete er ein neues Dokument. »Ich brauche einen Namen für die Datei«, sagte er. »Welchen Namen hat unser Plan?«

»Was ist ein Plan ohne Namen?«, murmelte Luke.

»Werd nicht philosophisch. Los jetzt.«

»Imagismus«, sagte Luke. »Das war Ezra Pounds erster Plan.«

»Okay«, sagte Jackson. »Aber in Großbuchstaben. Und der ›Ismus‹ gefällt mir nicht. Klingt zu etabliert. IMAGE.«

»Schrei nicht so«, sagte Elizabeth.

Ich unterbrach die Planungen und fragte: »Wieso können wir das Ganze nicht einfach online stellen?«

»Das wäre viel zu einfach«, sagte Jackson verächtlich.

»Außerdem«, fügte Elizabeth hinzu, »finde ich es wichtig, dass wir es den Schweinen direkt vorhalten. Dem Schweinesystem. Will sagen, der Schulverwaltung.«

»Dem Schweineschulverwaltungssystem«, sagte ich.

»Ha. Ha. Halt den Mund. Wir müssen es ihnen buchstäblich unter die Nase reiben.«

Luke nickte zustimmend. »Nur Feiglinge posten Sachen anonym im Netz. Und dann würde auch niemand an der Schule darüber reden. Wir würden niemals Reaktionen zu hören kriegen.«

»Und wir wollen für alle gleichen Zugang«, sagte Elizabeth.

»Stimmt«, sagte ich. »Maura Heldsman geht überhaupt nie ins Netz.«

Elizabeth schnaubte. »Wie schön, dass wir einer Meinung sind.«

»Ezra Pound hätte es auch so gemacht«, sagte Luke.

Aber kurze Zeit später flüsterte ich Jackson zu: »Wir könnten doch einfach in einen Copyshop gehen.«

»Dreihundert Exemplare. Je vier Seiten. Zehn Cent die Seite. Macht hundertzwanzig Tacken. Und das wäre bloß für die erste Ausgabe.«

Vielleicht glaubte er es mit Rechnereien verbergen zu können, aber ich sah die Begeisterung in seinem Gesicht. Er wollte genauso gern in den Keller schleichen wie die anderen.

Also taten wir es. Was IMAGE brauchte und auch bekam:

1. Zugang zu Druckmaschinen

Zwischen seinen Hilfeleistungen spielte Jackson nicht etwa *Kunst des Krieges*, sondern drang ins Verwaltungsnetzwerk der Selwyn Academy ein. Er hackte sich direkt aus dem Appelbau rein. Fragt mich nicht, wie.

Ich wusste allerdings, dass er nur bis zur untersten Ebene gekommen war. Damit hatte er Zugang zu allgemein geteilten Dokumenten, aber nicht zu passwortgeschützten oder privaten Bereichen. Er stieß jedoch auf ein extrem wichtiges Dokument: den Einsatzplan der Verwaltung. Sie mussten einen Praktikanten von kTV abgestellt haben, nur um dieses Ding zu pflegen, denn es war riesig. Man konnte daraus ablesen, wo jeder einzelne Verwaltungsangestellte, Sicherheitsbeamte und kTV-Beschäftigte zu jedem Zeitpunkt zu sein hatte.

Das war eine ziemlich wesentliche Informationsquelle.

Daher wusste Jackson, dass die nächste Challenge für *For Art's Sake* am Donnerstagnachmittag im Baumgarten des Landschaftsparks Minnesota gedreht wurde. Den hatten sie von zwölf Uhr mittags bis zwölf Uhr nachts gemietet, und alle Leute von kTV sowie sämtliche Verwaltungskräfte der Selwyn Academy sollten vor Ort sein, um bei den Dreharbeiten zu assistieren. Damit war die Schule praktisch leer.

Wir hatten unsere Gelegenheit.

Nun mussten wir – und mit wir meine ich natürlich »Jackson, Sohn von Jack« – nur noch einen Weg finden, an die Druckmaschinen heranzukommen, die selbstverständlich unter Verschluss waren. Das waren schließlich gefährliche Maschinen mit lauter Zahnrädern und Metallkolben und so. (Musste ich jedenfalls feststellen. Zuerst hatte ich mir so eine Art riesengroße Laserdrucker vorgestellt.)

Jackson stahl die Schlüssel.

Das machte er im Kurs für Theatertechnik. Er lenkte alle ab, indem er eine Farbfolie in den falschen Schlitz eines Siebentausend-Dollar-Scheinwerfers rammte, dann schlich er sich zum Schlüsselschrank und schnappte sich – oh Gott, ich werde schon ganz nervös und adrenalingeladen, wenn ich nur daran denke. Weiter geht's.

2. Know-how und Material

Am Donnerstagnachmittag stiegen wir hinunter. Die Schule war menschenleer. Wir mussten hinter die Bühne, dann unter die Bühne, durch ein mit Möbeln vollgestopftes Loch, einen langen Flur entlang, eine Treppe hinunter, dann noch eine. Vor jeder verschlossenen Tür standen wir Schmiere, während Jackson einen Schlüssel nach dem anderen ausprobierte. Am Bund hingen sechs mit dem Etikett *Druckerei* und letztlich brauchten wir sie alle.

Luke war natürlich schon oft unten gewesen, und auch Elizabeth einmal bei einem Designprojekt. Aber wir fanden es alle ein bisschen gruselig. Es waren keine Lehrer da, keine Mitschüler, es gab kein Gequatsche, keine Ermahnungen, keine dummen Witze, die alles normaler gemacht hätten. Ich hatte plötzlich das Gefühl, meine Schule überhaupt nicht zu kennen, was mich total beunruhigte. Ich hatte viel Zeit dort verbracht, und ich mochte sie, und ich dachte, ich hätte sie verstanden. Hatte ich aber nicht. Es gab verborgene Tiefen, immer weitere Kellergeschosse und Nebenkeller, Treppen, die ich noch nie gesehen, Türen, die ich noch nie geöffnet hatte. Ich fühlte mich fast hintergangen.

Elizabeth nahm den Rucksack ab und zog die Jacke aus. »Warm hier«, sagte sie.

»Das kommt, weil wir näher am Erdkern sind«, sagte ich.

»Das kommt, weil wir näher am Heizungskeller sind«, sagte Jackson und verdrehte die Augen.

Der Raum war vielleicht so groß wie das Basketballfeld einer Grundschule. Er war auf halber Höhe von einem Laufsteg umgeben, und in der Mitte stand metallisch drohend und kompliziert der Maschinenkomplex, der uns alle überragte. Ich entdeckte rasch, dass er zu knarrendem Leben erwachte, wenn man ihn nur berührte, was mich zu Tode erschreckte.

Luke war schon seit zweieinhalb Jahren in der Redaktion und wusste, wo das leicht grünliche Zeitungspapier gestapelt war, wie man die Druckfarbe einfüllte, welche Hebel man umlegen musste und wann. Jackson fühlte sich jeder Art von Mechanik sofort verwandt, darum passte er gut auf, und Elizabeth bestand darauf, persönlich die Originale einzulegen. Ich folgte bloß Anweisungen. Ich legte Papier nach. Ich bediente irgendeinen Hebel. Ich ging aus dem Weg. Wir waren ein paar Stunden da unten. Dann packten wir, verschwitzt und verschmiert, unsere Rucksäcke voll mit herrlichen *Contracantos*, knipsten das Licht aus und machten uns auf den Weg nach oben.

Jackson zitierte Vergil: »*Der Abstieg in die Hölle ist leicht. Wieder hinauszukommen − das ist die Arbeit, das ist die Aufgabe.*« Ich war aus Prinzip gegen Latein, aber ich musste lächeln. Wir hatten es geschafft. Wir waren wieder herausgekommen.

3. Verteilung

Wegen unseres Rufs als Künstlerschule war die Zeitung *Selwyn Cantos* natürlich enorm wichtig. Überall in der Schule standen Ausgabekörbe, so wie in Coffeeshops welche für die örtlichen Gratisblätter stehen. Die Schulleitung wollte, dass die gesamte Schülerschaft das Blatt las, oder jedenfalls der Anteil, der lesen konnte. Bei manchen von den Tänzern hatte ich so meine Zweifel.

Jackson fuhr uns stinkend früh zur Schule, wir kamen um 6 Uhr 31 an, als die Türen aufgeschlossen wurden. Er hatte das Gebäude in vier Abschnitte aufgeteilt − es gab sogar einen farbig markierten Grundriss − und wir rannten mit unseren vollgestopften Rucksäcken herum und warfen *Contracantos* in die Körbe für die *Selwyn Cantos*. Dann ging Elizabeth in den Orchesterflur zu ihren normalen Freunden. Luke und ich wurden vom Schlafmangel eingeholt, also ließen wir uns neben unseren Spinden auf den Boden fallen und sahen Jackson zu, wie er ein irres Matheproblem löste, bei dem zwei riesige Matrizen miteinander verschmolzen werden sollten. Das war sehr beruhigend.

Analysis in der ersten Stunde machte uns wieder wach. (Dass ich diesen Satz mal schreiben würde, hätte ich auch nie gedacht.)

Ich hatte den Kopf in beide Hände gestützt, hielt mir mit den kleinen Fingern die Augen auf und versuchte zu verstehen, was Mrs Garlop an der Tafel anstellte, als Luke mich pikste.

»Sei still«, sagte ich.

»Ich sage doch gar nichts.«

»Jetzt aber. Sei still.«

»Guck dich um.«

Ich hoffte, dass Mrs Garlop meine plötzliche Aufmerksamkeit nicht bemerkte, denn sie hätte sicherlich sofort vermutet, dass ich nicht an Mathe dachte, und hob den Kopf. Und was erschien vor meinen staunenden Augen? Grünliches Zeitungspapier. Die braveren Schüler hatten die *Contracantos* unter ihren Mathesachen liegen und warfen zwischen den Aufgaben einen Blick darauf. Wem Kegelschnitte scheißegal waren, der hielt sein Mathebuch hoch und hatte ein Exemplar darin versteckt. Alle hatten eins, und alle lasen es.

Es war verrückt, wie ein Rausch. Überall meine Zeichnungen. Elizabeths coole Grafikdesign-Handschrift. Lukes Worte. Der Lohn für die stundenlange Arbeit und den gruseligen Abstieg zur Druckerpresse, für den Schulweg vor Morgengrauen, für das Brechen der Regeln. Unser Plan würde gelingen. Wir würden unsere Kultur zurückerobern. Unsere Stimme war unterdrückt worden, aber jetzt schrien wir zum Himmel hinauf, wer wir waren und was wir wollten. Die Mytho-Dingsda war revidiert. Wir hatten das Steuer wieder in der Hand.

Es war eine der besten Mathestunden meines Lebens.

Okay, das will nicht viel heißen.

Es war einer der besten *Tage* meines Lebens.

Ich saß mit Luke und Jackson beim Mittagessen, als der Lautsprecher losknackte. Wir hatten beschlossen, dass es sehr verräterisch wirkte, wenn wir die *Contracantos* als Einzige nicht hätten, also lasen wir darin, kicherten unfreiwillig, bewunderten die Verse und taten so, als täten wir es nicht.

»Mr Coluber gäbe gern eine kurze Stellungnahme ab«, sagte seine schlaumeierische Sekretärin.

Es wurde still in der Schulmensa.

Colubers gereizt klingende Stimme drang aus den Lautsprechern.

»Wir wurden darauf hingewiesen, dass ein ungenehmigtes Druckerzeugnis in der Schule verteilt wurde. Nach dem Regelwerk der Schule, Abschnitt F Absatz 2, bedarf jede schulweite Publikation der Abzeichnung durch die Schulleitung. Das fragliche Werk ist sowohl in nicht akzeptabler Sprache verfasst als auch unautorisiert und wird hiermit verboten. Besitz und Verbreitung werden Konsequenzen nach sich ziehen. Zerstören Sie Ihre Exemplare auf der Stelle. Vielen Dank.« Er schaltete ab.

Einen Augenblick herrschte Stille, dann fingen alle an zu reden. Alle außer uns. Schließlich versteckte Luke mit langsamen Bewegungen, als sei er gerade erwacht, die *Contracantos* tief in seinem Rucksack.

»Nicht akzeptable Sprache?«, fragte er.

»Katzenpisse«, sagte Jackson.

»Ach ja«, sagte ich. »Das hatte ich vergessen.«

»Aber die Sprache ist nicht das Problem«, sagte Luke. »Und die fehlende Autorisierung auch nicht. Sondern, dass wir ihn angegriffen haben. Dass wir Coluber als Schlange dargestellt haben.«

»Katzenpisse und Stachelschweine«, sagte ich.

»Das ist echt super«, sagte Jackson. Einen Augenblick dachte

111

ich, er meinte es sarkastisch, aber Tatsache ist: Jackson Appelman ist nie sarkastisch. Sein Gehirn ist nicht zur Ironie fähig.

»Hä?«, fragte ich, weil Luke es nicht tat.

»Es gab nur eine einzige Möglichkeit für Coluber, das Gedicht *noch* populärer zu machen.«

»Es zu verbieten«, ergänzte Luke. Seine Augen glänzten wieder. »Bamm.«

Ich begriff. Vor der Durchsage wurde vielleicht an der Hälfte der Mittagstische in den *Contracantos* geblättert. Jetzt waren sie überall Gesprächsthema. Sie waren illegal und deshalb interessant.

Ich stellte mir vor, wie Coluber in seinem Büro schäumte, die *Contracantos* auf dem Schreibtisch. Er war ein Idiot. Was für ein Mangel an Menschenkenntnis, zu glauben, dass man so eine Sache mit einem Verbot vom Tisch bekommen konnte. Wir waren alle Widerspruchsgeister. Jetzt würde jeder die *Contracantos* lesen.

Was für ein Trottel.

In der letzten Stunde hatten wir Englisch, und BradLee schaute uns ganz komisch an, die Lippen schmal, als würde er ein Lächeln unterdrücken. Er trug Jeans, weil Freitag war, und ein gelbes Polohemd.

»Holt eure *Cantos* raus«, forderte er den Kurs auf.

»*Cantos* oder *Contracantos?*«, fragte Paul Jones, ein Witzbold, einer der besten (oder, besser gesagt, wenigen) Sportler der Schule. Ein paar Leute lachten, aber alle warteten auf BradLees Reaktion.

»Mr Jones«, sagte er mit merklichem Zucken um den Mund, »ich habe keine Ahnung, wovon Sie reden. Und ich würde Ihnen empfehlen, dass Sie mich in seliger Unwissenheit lassen.«

Jetzt lachten alle, inklusive Maura Heldsman.

Es klopfte. BradLee öffnete die Tür, vor der ein Sicherheitsmann stand, der Fiese mit dem Wikingerbart. Sein Blick suchte unsere Tische ab.

»Ja, Sir?«, fragte BradLee.

»Suche nach verbotenen Materialien«, sagte der Wachmann. »Anordnung von Mr C.« Er ging außen um unseren Stuhlkreis herum und spähte mit den Händen hinterm Rücken in offene Rucksäcke.

Ich hielt ganz still.

»Lassen Sie mich wissen, wenn Sie etwas entfernt haben wollen.«

»Danke, Sir. Das werde ich.« BradLee hielt ihm die Tür auf. Er ist groß, mindestens eins fünfundachtzig, aber neben diesem Wachmann wirkte er klein und jung. Als die Tür sich schloss, herrschte Schweigen, aber ein anderes Schweigen als die summende Stille in der Mensa nach der Durchsage. Immer noch ungläubig, aber weniger schadenfroh.

»*Cantos*, Leute«, wiederholte BradLee. »Nummer einundachtzig.«

Wir nahmen unseren Gedichtband hervor und fingen an zu analysieren.

Doch dass man tat statt nicht zu tun
dies ist nicht Eitelkeit [...]
Der Fehler liegt im Nicht-Tun
und in dem Kleinmut, der nichts wagte ...

Er sprach zu uns. Ich wusste es.

Ich musste an dem Tag mit dem Schulbus fahren: Jackson hatte Technikdurchlauf von *Giselle*, Elizabeth musste mit ihrer Grafikdesign-Lehrerin ihre Mappe durchgehen, und Luke war bei der Redaktionssitzung der *Selwyn Cantos*. Ich war ganz allein, als ich die Schule verließ, und nach dem Englischkurs kreisten meine Gedanken wild. Und dann sah ich das eigenartigste Phänomen des ganzen Tages.

Oberhalb der Bushaltestelle ist so eine Stelle, wo sich die Crewmitglieder von kTV in den Pausen immer versammeln, um zu rauchen, abzuhängen und dem braun gebrannten Dämon namens Trisha Meier zu entrinnen. Einer der Kameramänner war so eine Art Kumpel von mir geworden. Im Herbst waren wir uns irgendwie ständig über den Weg gelaufen, also hatten wir angefangen, uns beiläufig zu grüßen, bloß ein Nicken, freitags vielleicht ein Lächeln. Als ich dann eines Tages auf meine Mutter wartete, war er der Einzige, der dort stand, und wir unterhielten uns. Er hieß Thomas. Er mochte Reality-TV nicht besonders – er wollte beim Film arbeiten –, aber er glaubte, er müsse sich hocharbeiten. Er kam aus Omaha, und Minneapolis gefiel ihm besser als Los Angeles. Die Kälte machte ihm nichts aus. Trisha Meier hingegen machte ihm was aus. (Ich hatte nachgefragt.)

Wie immer schaute ich, ob ich ihn in der Gruppe der rauchenden kTV-Mitarbeiter entdecken konnte. Da war er, aber er sah mich nicht. Er war sehr beschäftigt mit etwas. Mit etwas Grünlichem. Einem grünlich schimmernden Zeitungsblatt.

Jetzt, wo ich darauf achtete, sah ich das Blatt auch in den Händen aller anderen Kameramänner.

Haltet mich ruhig für ahnungslos, aber ich wusste nicht, was das zu bedeuten hatte. Ich triumphierte, weil wir kTV infiltriert hatten. Ich fragte mich, was Coluber wohl denken würde, wenn er das sähe. Dann überlegte ich, ob die Drillinge wohl meinen Käsecrackervorrat entdeckt hatten, wie viel Hausaufgaben ich übers Wochenende zu erledigen hatte und wie viel davon ich auf Montag vor Schulbeginn verschieben konnte.

Ich kam gar nicht darauf, irgendwem zu erzählen, dass die *Contracantos* Lesestoff für kTV-Kameramänner waren. Ich rief weder Jackson noch Elizabeth noch Luke an.

Stattdessen spielte ich mit meinen Schwestern auf dem Küchenfußboden *Candy Land*. Meine Mutter kochte das Abendessen. Wir trieben sie in den Wahnsinn. Sie hasst das Spiel aus tiefstem Herzen, darum spielen wir es so oft wie möglich in ihrer Nähe.

»Ich bin Queen Frostine«, sagte Lila und hielt sich die Karte an die Stirn.

»Bloß weil du die Karte kriegst, bist du es noch lange nicht«, sang Tabitha.

»Genau«, sagte Olivia und schnappte sich die Karte. »Jetzt bin *ich* Queen Frostine.« Lila nahm sie ihr wieder weg. Die Karte sah aus, als hätte Mayonnaise sie zerkaut.

»Leute«, sagte ich. »Ich meine, Mädels. Wie wär's, wenn ihr alle Queen Frostine seid?«

Sie sahen mich so mitleidig an, wie man sonst nur Hirnamputierte anschaut. »Nein«, sagte Tabitha. »Es gibt nur eine Queen Frostine.«

»Oh Mann«, sagte Lila.

»Oh Mann«, sagte Olivia.

»Na gut. Und was ist mit mir? Vielleicht sollte ich Queen Frostine sein.«

»Du bist zu hässlich.«

»Außerdem bist du ein Junge.«

»Du kannst Plumpy sein.«

»Ich bin nicht Plumpy!«

»Eigentlich«, sagte Olivia, »sieht Ethan aus wie Gramma Nutt.«
Lila und Tabitha kicherten gehässig.

»Mom!«, rief ich. »Sie nennen mich Gramma Nutt!«

Das fanden sie zum Totlachen.

Ich legte mich platt auf den Bauch und schlug mit Armen und
Beinen. »Will nicht Gramma Nutt sein!«

Meine Mutter stieg auf dem Weg vom Herd zur Spüle mit
einem Topf Nudeln über mich hinweg. »Ethan, wenn ich ko-
chendes Wasser auf dich schütte, bist du selbst schuld.«

»Gekochte Gramma Nutt«, sagte Lila. Erneute Heiterkeit.
Manchmal beneide ich die Kleinen. Es muss toll sein, zu einem
lebendigen Trikolon zu gehören.

8

Was treibst du mit uns, Vizeschlange?
Den Spaß verdirbst du uns schon lange.
Welch Teufelei ist da im Gange?
Ist's Dummheit, Droge, zu viel Bier?
Der Schlange Laster heißt schlicht: Gier.
DIE CONTRACANTOS

Ich hatte bisher kaum bemerkt, dass Josh DuBois, Mauras neue
Affäre in *For Art's Sake*, in unserem Lateinkurs saß. Bis zum Montagmorgen nach der nächsten Folge.

»Kinder«, sagte Ms Pederson, »nennt mir bitte ein Beispiel für
den *Dativus possessivus*, den besitzanzeigenden Dativ.«

Ich hätte ihr sagen können, von *wem* ich gerade *besessen* war,
nämlich vom lang auf seinen Stuhl hingestreckten Josh DuBois.
Er war groß, aber nicht so groß, dass er unbedingt die Beine breit
machen und in den Gang strecken musste. Das war eine totale
Pose. Und zwar die Pose eines Typen – Verzeihung, aber es muss
mal gesagt werden –, der sich für so gut bestückt hält, dass er die
Schenkel nicht zusammenkriegt.

»Ethan«, flüsterte Jackson, »du benimmst dich total schräg.«
Hör auf, dich ständig umzugucken.«

»Aber er benimmt sich doch schräg! Hast du gesehen …«

»Haben wir alle gesehen«, sagte Jackson müde.

Ms Pederson richtete ihren strengen schwedischen Blick auf

uns und wir hielten den Mund, ehe sie uns noch zum Übersetzen aufforderte.

Die neue Folge hatte im Landschaftspark gespielt, und alle waren nach und nach ein wenig bläulich vor Kälte geworden. Wenn Trisha nicht gerade alle daran erinnerte, dass es Damiens Idee gewesen war, im Februar draußen zu drehen, trommelte sie für das bevorstehende Live-Finale. Es war so langweilig gewesen, dass ich viel mehr auf Mayonnaise geachtet hatte, der inzwischen ein erstklassiger Hochseilkünstler war.

Bis Elizabeth »Igitt« sagte.

Auf dem Bildschirm sah ich nur einen großen Busch. Aber man hörte Miki Dicki Reaglers Stimme, die »Mmm« machte.

Der Busch bebte. Ich drückte Mayonnaise. »Wer steckt mit ihm da drin?«, wollte ich wissen.

»Ähem«, sagte Jackson vorsichtig, »könnte Maura sein.«

»Falsche Spur!«, rief Elizabeth. »Wisst ihr nicht mehr? Ton und Bild?« Wahrscheinlich sagte sie das, damit ich den armen Mayonnaise nicht totdrückte. Ich war ein wenig angespannt.

»Das war mit Sicherheit gefaked«, sagte sie in der nächsten Werbepause.

»Ja, und noch nicht mal gut«, sagte Luke lässig.

Aber in der nächsten Szene war zunächst Maura groß im Bild, wie sie in Yogahose, Tennisschuhen und Daunenjacke Tanzschritte übte. (Bei den meisten Menschen wäre das ein schlimmer Look. Nicht bei Maura.)

»Hey, Maura«, sagte Josh. »Lass uns von hier verschwinden.«

»Wohin denn?«, fragte Maura.

»Irgendwohin, wo wir … ungestört sind?« Er zog zweideutig die Augenbrauen hoch. Ich hatte gar nicht gewusst, dass dieser Gesichtsausdruck in freier Wildbahn vorkam.

»Mal sehen«, sagte Maura. »Vielleicht hinter einen Busch?«

»WIESO KÖNNEN SIE NICHT EINFACH HINTER DEM BUSCH FILMEN?«, hatte ich durch den Appelbau geschrien.

»Also, die Jugendschutzrichtlinien der FSK …«, fing Jackson an, aber Elizabeth schnitt ihm das Wort ab.

»Streng deine Fantasie an, Ethan.«

Jetzt im Lateinunterricht schaute ich noch einmal verstohlen zu Josh. Seine Hose war viel zu eng, um so breitbeinig dazusitzen. Ich hoffe, die Nähte platzen, dachte ich verbittert. Diese Schwellung. Diese Beule. Sie war wie ein plattgefahrenes Tier: Ich konnte den Blick nicht abwenden. Es war alles Fake, oder? Ich musste einfach daran glauben. Ich glaubte eigentlich, dass ich das *glaubte*. Aber ich hätte trotzdem gern meinen frisch angespitzten Bleistift genommen und ihn wie ein Darts-Profi kraftvoll und gezielt über die Schulter geworfen, mitten in diese Beule hinein, die ein trauriges kleines *Popp!* von sich geben und pfeifend Luft ablassen würde wie …

»Ethan, übersetze bitte Zeile neunundvierzig«, sagte Ms Pederson.

»Wie ein platter Reifen«, sagte ich verträumt.

»Wie bitte?«

Jacksons spitzer Ellbogen fand eine Stelle zwischen zwei Rippen.

»Autsch! Äh, Entschuldigung. Ich habe mich, ähm, verhört. Zeile neunundvierzig? *Wenn du über das Holz einer langen Liebe klagst …*«

Das Holz einer Liebe? Wenn man mich in Latein manchmal so hört, könnte man meinen, ich sei gerade aus dem Koma erwacht.

Was ja auch gar nicht so weit von der Wahrheit entfernt war. »Deine Vokabelkenntnisse sind unterirdisch«, sagte Ms Pederson. »Kann irgendjemand Ethan helfen, bitte?«

»Bitte«, echote ich.

Immerhin war die Welt nicht so ironisch, dass sie jetzt Josh aufrief. Jackson sprang mir bei. Unsere Lateinignoranz ist ungefähr gleich schlimm. Er kann auf Teufel komm raus nicht literarisch interpretieren, hat aber ein ungeheures Vokabular. Außerdem hat er eine App für sein Handy geschrieben, die jede Verbform grammatisch aufgliedert. Während ich stundenlang auf eine grauenhafte Form wie *proficisceremini* starre, die womöglich ganz allein für den Niedergang des Römischen Reiches verantwortlich ist, sagt sein Handy einfach, das ist doch zweite Person Plural Konjunktiv II, du Trottel.

Josh hätte mir wahrscheinlich sowieso nicht weiterhelfen können. Der einzige Trost am Freitagabend war die schiere Dummheit seines Auftritts gewesen. Die Challenge lautete, Kunst und Natur in Einklang zu bringen. Sie hatten sogar zwei Leute vom örtlichen Naturschutzverband dazugeholt, um die Leistungen mit zu bewerten. Josh war die Zeit ausgegangen, seinen Monolog vorzubereiten – kein Kommentar zu den Gründen –, also improvisierte er eine Szene über den Frühling, in der er nacheinander eine Blume, die Sonne und ein Bärenjunges darstellte, das aus dem Winterschlaf erwachte. Es war grauenhaft.

Aber er war dafür nicht mal rausgeschmissen worden. Kirtse war so wütend wegen ihm und Maura, dass sie ihren Auftritt schlicht verweigerte.

»Aber *The Show must go on!*«, kreischte Trisha.

»Nicht hier und nicht jetzt«, sagte Kirtse. Zum ersten Mal empfand ich so etwas wie Respekt für sie. Doch dann zerstörte

sie alles wieder, indem sie beim Abgang »Das Lied des Volkes«
aus *Les Misérables* anstimmte. Aus einer Talentshow fliegen oder
einen Volksaufstand in Paris anführen: Bin ich der Einzige, der
da einen Unterschied erkennt?

Übers Wochenende hatte Jackson sich gründlich mit dem allge-
meinen Server der Selwyn Academy beschäftigt. Er verriet uns,
die nächste Gelegenheit zum Drucken biete sich am kommenden Donnerstag, wenn die Challenge in der Innenstadt gefilmt
werde. Die ganze Woche lang arbeiteten wir an der neuen Ausgabe, und ich dachte an kaum etwas anderes. Es war immer noch
eine ganz große Sache. Jeden Tag hatte ich vier oder fünf Gruppen darüber reden und sich fragen hören, wer wohl die Eier gehabt hatte, das zu veröffentlichen.

Am Donnerstag war Englisch die vorletzte Unterrichtsstunde.
Ich musste Luke und Jackson etwas Wichtiges mitteilen. Aber
Luke war nur an BradLee interessiert und Jackson war völlig ab-
sorbiert von seinen Notizen in Binärcode. Verdammte Donners-
tage.

»Wie war die Rezeption der *Cantos*?«, fragte BradLee. »Hier
ist ein Beispiel.«

Luke war begeistert, ich genervt. Die ganze Biostunde hatte
ich an meiner Zusammenfassung des Geschehens geschrieben.
Er hätte sie in dreißig Sekunden lesen können.

BradLee knipste den Beamer an. »Das ist ein Gedicht von Ba-
sil Bunting.« Merksatz für später: Kinder nie nach alliterierenden
Kräutern benennen. »Es heißt ›Auf dem Vorsatzblatt von Pounds
Cantos‹.« Von BradLee war ich auch genervt, weil er Lukes kom-
plette Aufmerksamkeit beanspruchte, aber ich las das Gedicht
trotzdem.

Das sind die Alpen [...]
Da sind sie, und ihr müsst einen weiten Umweg machen,
wenn ihr ihnen ausweichen wollt.
Man braucht eine Weile, sich an sie zu gewöhnen. Das sind die Alpen,
Narren! Setzt euch und wartet, dass sie bröckeln!

»Interpretation?«, fragte BradLee.

Luke hob den Arm, und BradLee nickte ihm ohne Überraschung zu. »Er sagt, die *Cantos* sind unerschütterlich«, sagte Luke. »Sie sind ewig, jedenfalls nach menschlichen Maßstäben. Sie werden nicht weggehen, also sollten wir uns mit ihnen auseinandersetzen, unsere Weltsicht so ändern, dass sie hineinpassen.«

Kein Wunder, dass die Lehrer Luke gut fanden.

Mir gefiel die Erklärung auch, weil ich dadurch die *Cantos* noch lieber mochte. Die Zeilen, die ich bisher aus dem Zusammenhang gerissen und zitiert habe, könnten bei euch den Eindruck erweckt haben, es handle sich um ein normales Gedicht. Falsch. Es ist vollkommen unergründlich. Hier, ich schlage mal zufällig eine Seite auf – also, auf *einer Seite* meiner 824-seitigen Ausgabe der *Cantos* finden sich die Eigennamen Manes, la Clara, Deiokes, Kiang, Han, Herakles, North Carolina, Luzifer, Odysseus, Sigismondo, Duccio, Zuan Bellin und La Sposa. Und man sieht – auf *einer Seite* – Englisch, Italienisch, transliteriertes Griechisch, originales Griechisch und Chinesisch. Vollkommen unergründlich.

Ganz ähnlich wie die Alpen.

Hmm.

Ich hob die Hand und sagte es.

Zum ersten Mal in dieser Unterrichtsstunde hatte ich Lukes

ungeteilte Aufmerksamkeit. Doch ich konnte sie nicht halten. Er wandte sich sofort wieder BradLee zu, und meine Zusammenfassung blieb ungelesen auf dem Tisch liegen. Doch gestattet mir, liebe Leser, stattdessen *euch* von meinem letzten Gespräch mit Maura Heldsman zu erzählen.

Ich war einfach zu ihr hingegangen. Wo hatte ich bloß den Mumm her? Von den *Contracantos*. Niemand wäre je darauf gekommen, dass ich damit zu tun hatte. Aber ich fühlte mich jedes Mal total beschwingt, wenn jemand fragte: »Wer hatte bloß die *Eier* dazu?« Weil ich denken konnte: *ICH!*

An dem Morgen war ich zu früh und allein in der Schule angekommen. Jackson fiel gerade durch einen Sehtest. (Er macht das absichtlich, damit er eine Brille bekommt, die seine Sehschärfe auf 2,0 steigert. Er sagt, für Adleraugen könne man schon gelegentliche Kopfschmerzen in Kauf nehmen.) Und meine Mutter hatte mich zur Schule bringen wollen, bevor die Drillinge aufwachten. Also hatte ich mir überlegt, wieso spaziere ich nicht mal zum Tanzflur? Und dann – dank der *Contracantos* – war ich zum Tanzflur spaziert.

Und natürlich, da saß Maura Heldsman im Schneidersitz, einen Ordner auf dem Schoß, in dem hoffentlich die Englischaufgaben abgeheftet waren. Ich schlenderte zu ihr. Verdammt lässig.

»Da kommt ja Ethan Andrezejczak«, sagte sie.

»Maura Heldsman«, sagte ich.

»Ich kriege aber mehr Punkte dafür, dass ich deinen Nachnamen weiß, als du für meinen. Willst du dich eigentlich dein ganzes Leben damit herumschlagen?«

»Habe ich denn eine Wahl?«

»Klar. Du könntest den Namen deiner Frau annehmen.« Ethan Heldsman. »Aber Andrezejczak ist irgendwie auch ganz süß.«

Ich merkte, wie ich knallrot wurde. Plötzlich liebte ich meinen Namen. Danke, sagte ich im Stillen voller Inbrunst. Danke, liebe slawische Vorfahren, die ihr so auf Konsonanten standet. Ihr Freunde punktstarker Scrabble-Steinchen. Die ihr kühn *Z*s verstreut habt, wo vorher keine waren. Ich weiß es zu schätzen.

»Und?«, sagte sie.

»Und, wie ist das Leben so?« Verzweifelter Versuch, das Gespräch am Laufen zu halten.

»Wenn du wissen willst, wie das Leben ist, musst du dich hinsetzen.«

Mit Vergnügen.

»Obwohl – wenn ich es mir so überlege, setzt du dich vielleicht ganz umsonst hin.« Niemals. »Ich weiß gar nicht, was ich darauf sagen soll. Leben ist Tanz. Tanz ist Leben. Ich tue nichts als Proben und Drehen und Trainieren. Und wenn nicht, dann esse ich. Gelegentlich schlafe ich. Aber nie mache ich Englischhausaufgaben. Willst du mir helfen?«

Wir mussten eine kurze Analyse einiger Verse von Canto 81 schreiben. Das hatte ich gestern Abend schnell erledigt, aber als ich die Zeilen jetzt noch einmal las, den Zettel in ihrer Hand sah, mit den knotigen Handgelenken, den kurzen, quadratischen, menschlichen und gar nicht schönen Daumennägeln – da bekamen die Verse eine ganz neue Bedeutung. Der Stoff ihres Sweatshirts berührte den Stoff meines Sweatshirts. Ich wäre gern das Sweatshirt gewesen, doch ich war ja schon so froh, ich selbst zu sein. Nie habe ich Pound mehr geliebt.

Was du innig liebst, ist beständig,
der Rest ist Schlacke.
Was du innig liebst, wird dir nicht weggerafft
Was du innig liebst, ist dein wahres Erbe
Wessen Welt? Meine? Ihre?
Oder ist sie von niemand?

Ich sprach es mit ihr durch. Ich erklärte ihr, dass Schlacke Schrott ist, ein Abfallprodukt bei der Erzgewinnung, also der Rest, wenn alles Kostbare weg ist. Ich schwärmte vom Trikolon und vom Rhythmus. Vom letzten Vers sprach ich nicht so viel, denn den verstand ich auch nicht.

Die meiste Zeit schaute ich sie an und dann wieder weg, weil ich dachte: *Was du innig liebst, ist beständig.* Alles andere ist egal. *Was du innig liebst, wird dir nicht weggerafft.*

»Fertig«, sagte sie und schlug knallend den Ordner zu. »Kann das sein? Ich habe nichts zu tun. Acht freie Minuten.«

»Erstaunlich«, sagte ich.

»Im Ernst. Und nur deinetwegen.«

»Wie läuft die Show?«, fragte ich. Ja, ich wollte ihr Informationen entlocken. Ich stellte mir schon vor, wie ich Luke von dem Gespräch erzählte, neues Material für die *Contracantos*. Ich wollte alles: Bestätigung von Maura *und* Luke. *Was du innig liebst, ist dein wahres Erbe.*

»Der übliche Haufen gequirlter Scheiße«, sagte sie fröhlich. »Ich feile an meiner Schlampenrolle. Kann ja noch mal ganz nützlich sein, wenn ich je die Manon Lescaut tanzen darf.«

»Aber du *bist* doch gar keine Schlampe!«

»Nein?« Sie sah mich an und zog eine Augenbraue hoch.

»Hast du gesagt! Du hast gesagt …«

»Beruhige dich. Du hast ja Recht. Bin ich nicht. Ich habe meine Grenzen.« Sie zuckte die Achseln. »Theoretisch.«

»Okay, okay …«

»Obwohl ich manchmal nicht so sicher bin. Ich sage, was ich sagen soll, ich tue, was sie mir vorschreiben …«

In die Richtung wollte ich gar nicht weiter vordringen. »Bist du nicht manchmal sauer auf die?«

»Andrezejczak, haben wir dieses Gespräch nicht erst letzte Woche geführt?«

»Irgendwie schon.«

»Nicht irgendwie. Haargenau. Du hast dich wortwörtlich wiederholt.«

»Tut mir leid.«

»Muss dir nicht leidtun. Ich bin froh, dass sich jemand um meinen Ruf sorgt.« Sie hob ein Bein und klemmte es – so nebenbei wie unsereiner die Arme verschränkt – hinter den Kopf. »Außer dir fragt mich niemand danach.«

»Kann nicht sein.«

»Doch, das stimmt.« Ihr anderes Bein ging nach oben. Sie sprach in Brezelhaltung mit mir. »Und ich rede auch mit niemandem sonst darüber. Meine Eltern schauen sich das nicht an. Sie finden, es ist Schrott, was es ja auch ist. Meine Tanzfreunde sprechen nicht mehr mit mir.«

»Was? Wieso denn das nicht?«

Sie zuckte die Achseln. »Weiß nicht. Ist mir egal. Wahrscheinlich Neid.«

»Aber das waren doch deine Freunde! Freunde sind nicht neidisch. Freunde lassen dich nicht fallen.«

»Ich habe *sie* fallengelassen, als ich bei *For Art's Sake* eingestiegen bin«, stellte sie klar. »Und ich habe keine Sekunde gezögert.

Beim Tanzen geht es nur um dich selbst, Andrezejczak. Ständig beobachtest du dich selbst im Spiegel. Selbst wenn du in der Gruppe tanzt, versuchst du dich herauszuheben, damit du nicht mehr in der Gruppe tanzen *musst*.«

»Oh.«

»Bis du Primaballerina bist, kannst du es dir eigentlich nicht leisten, irgendwen zu mögen.«

»Puh.«

»Schrecklich, oder?« Wie eine Spinne entfaltete sie ein Bein nach dem anderen und legte sie flach auf den Boden. »Meine Kinder werden keine Tänzer.«

»Und auch keine Kandidaten im Reality-TV?«

»Oh Gott, ich hoffe nicht.« Sie streckte die Füße und tappte damit auf den Boden, im Takt mit ihren Worten. »Da ist es genau dasselbe. Falsche Freunde, Miki und Josh und diese Typen. Alle sind neidisch und eifersüchtig aufeinander. Wir sind wie Marionetten.«

Diese Bemerkung blieb mir den ganzen Tag im Kopf, gerann und wurde fest wie die Spuckereste am Mundstück meiner Trompete. Wo wir schon bei meinem vernachlässigten Instrument sind: Die Doppelstunde Freies Üben verbrachte ich im Zeichenatelier. Da ich jetzt Chefillustrator einer schulweiten Publikation war, hielt ich das für meine Pflicht.

Außerdem wollte ich mit Herbert reden.

Ich sprach lange mit ihm über Maura. Natürlich nur im Kopf. Zuerst war er ein bisschen ungehalten, weil ich ihn dahocken ließ, als würde er kacken. (Ich plante eine neue Serie von Zeichnungen mit dem Titel »Die Kunst der Ausscheidung«. Total avantgardistisch.) Aber irgendwann beendete er seine anale Phase –

hehe – und verriet mir, der Satz mit den Marionetten sei wichtig.

Das versuchte ich Luke und Jackson in Englisch zu sagen, aber nein, BradLee und Binärcode waren faszinierender, als ich es je sein würde. Also gab ich auf und quälte mich durch Latein. Jackson und ich stolperten wie gelähmt aus dem Unterricht. Man sollte nicht meinen, dass die Übersetzung eines Gedichtes mit dem Titel *Die Liebeskunst* einen dem Tod so nahe bringen konnte.

Aber jetzt war der Schultag endlich vorbei. Sobald die kTV-Crew in Richtung Innenstadt aufbrach, konnten wir die nächsten *Contracantos* drucken.

Wir trafen uns in BradLees Raum. »Sie hat mit Sicherheit ›Marionetten‹ gesagt«, erzählte ich. »Und das heißt, sie sind Puppen, die an Fäden hängen. Sie werden gelenkt. Dabei soll es doch Realität sein!«

»Vielleicht weiß sie nicht, was eine Marionette ist«, sagte Elizabeth.

»Maura Heldsman hat einen größeren Wortschatz als du«, gab ich zurück.

Luke und Jackson bekamen gleichzeitig einen Hustenanfall.

»Ich hasse euch alle.«

»Wo ist BradLee?«, fragte Jackson.

»In einer Besprechung«, sagte Elizabeth. »Er ist bis halb vier weg.«

Jackson setzte sich an den Lehrertisch und fing an, auf BradLees Computer herumzuklicken.

Lukes Augen zuckten in seine Richtung, aber er stellte keine Fragen. »Wir wissen, dass sie nach dem Dreh im Schneideraum manipulieren«, sagte er. »Vielleicht geben sie ja auch vorher schon Anweisungen. Hast du nicht gesagt, dass Trisha Maura und Brandon bei der Vorhängeschlossnummer gesagt hat, was sie sagen und machen sollen?«

»Sie wollte bloß ein gutes Bild«, erklärte ich. »Sie hatten das Gespräch vorher schon woanders geführt.« Dann fiel mir auf: Das war reine Vermutung. Und wenn – aber Luke war schon drei Schritte weiter.

»Coluber hat ein Interesse daran, die Sendung am Laufen zu halten. Für Selwyn hängt da eine Menge dran.«

»Aber der Vizeschlange ist doch Selwyn egal«, sagte Elizabeth. »Der will nur Nummer eins werden.«

Ich holte meine Lateinhausaufgaben aus der Tasche. Ich war eigentlich gar nicht in Stimmung, die Sache mit der Marionette zu analysieren. Ich wollte bloß über Maura reden. Ich hatte noch gar nicht erzählt, dass sie mich süß genannt hatte. Oder jedenfalls meinen Nachnamen. War praktisch das Gleiche.

»Vielleicht hat er ja ein persönliches Interesse«, sagte Luke. »Vielleicht bezahlt kTV ihn.«

»Das ist *so* hinterhältig.«

»Aber wir haben keine Beweise.«

Sie diskutierten weiter. Ich hörte nur halb zu. Ein weiteres Viertel meines Hirns durchlebte noch einmal die Unterhaltung mit Maura, und das letzte Viertel versuchte zu übersetzen, mit einem Finger auf dem Vers, einem im Glossar und einem in den Anhängen. Einfache Bruchrechnung dürfte euch verraten, dass meine Übersetzung nur ein Viertel so gut war wie üblich. Das verhieß nichts Gutes.

»Ich habe was über Coluber gefunden«, sagte Jackson.

»Moment mal«, sagte Luke. »Wie willst du das BradLee erklären, wenn er sieht, dass jemand auf seinem Computer Coluber gegoogelt hat?«

»Ich sage, dass es für eine Hausaufgabe war«, sagte Jackson wegwerfend. »Hört doch mal zu.«

»Du stalkst den Vizedirektor für eine Hausaufgabe? Total wasserdicht, Alter.«

»Ich werde meine Spuren beseitigen. Hör zu. Ihr wisst doch, dass Coluber mal Fernsehproduzent war?«

»Wie ist er dann bloß Highschool-Lehrer geworden?«, murmelte Elizabeth. Ich glaube, das war ein Witz, aber Jackson sah sie ganz ernst an.

»Das sollten wir recherchieren. Aber guckt mal.« Wir drängten uns um ihn. Bilder von Coluber, umgeben von blonden, gebräunten Menschen. Er hatte einen Drink in der Hand. Die obersten beiden Hemdknöpfe standen offen.

»Das ist er mit den Produzenten von kTV.«

»Ja und?«, sagte ich. »Die muss er doch kennen. So sind sie ja überhaupt auf die Selwyn gekommen.«

»Sie haben gesagt, es seien Willis Wolfes Verbindungen gewesen«, sagte Luke. »Interessant, Sohn von Jack.«

Ich kam nicht mehr mit. Wann hatten sie das gesagt? Wahrscheinlich während eines meiner Tagträume. Ich schaute meine Freunde an. Luke war so konzentriert wie bei BradLees Vorträgen über Ezra Pound. Ich fühlte mich ausgeschlossen.

»Und jetzt«, sagte Jackson, »die eigentliche Offenbarung.« Er tippte so etwas wie eine Internet-Adresse ein, nur dass er gar nicht im Netz war. Er verschaffte sich Zugang zum mysteriösen Innenleben des Computers. Erwartet keine weiteren Einzelheiten.

Auf dem Bildschirm öffnete sich eine PDF-Datei. Sah aus wie ein riesiger Kassenbon.

»Das Budget«, flüsterte Luke.

»Jo«, sagte Jackson. »Selwyn Academy, Gesamthaushalt.« Er scrollte. »Lassen wir die Ausgaben mal beiseite.«

Ich sah Lehrernamen neben fünfstelligen Beträgen vorbeirauschen. »Gehälter!«, jaulte ich. »Mach langsamer.«

»Irrelevant«, sagte Jackson. »Siehe: die Einnahmenseite.«

Der größte Posten war Schulgeld, aufgeteilt nach den vier Jahrgangsstufen. Aber in der nächsten Zeile stand »Kelvin Television« – das war kTV. Die Zahl danebe: $ 180000.

»Das sind zehntausend pro Folge«, sagte Jackson.

»Das ist doch irre«, sagte ich. »Und das liegt einfach im Netz rum, wo jeder es finden kann?«

»Na ja, ich bin …« Jackson legte den Kopf schräg und spielte Lufttastatur. Die allgemein anerkannte Geste für »illegal in gesicherte Netzwerke eingedrungen«.

»Scheiße, Jackson«, sagte Elizabeth.

»Das war gar nichts. Ich war ja sowieso schon im Intranet der Schule. Dann ist es viel leichter, in geschützte Dateien zu schauen. Egal, eins würde ich jetzt jedenfalls gern noch machen.«

Jackson wird nie emotional. Die Übertragung von »würde ich gern noch machen« aus dem Appelsprech in Standardsprache lautete ungefähr »Ich muss das unbedingt machen, sonst wird meine ungestillte Neugier niemals Ruhe geben«.

»Oh-oh«, sagte Elizabeth.

»Coluber hat seine persönlichen Intranet-Dateien mit einer Zwei-Faktor-Authentifizierung blockiert. Außerdem hat er die Verwendung von VPN-Protokollen blockiert, mit denen man seinen Account infiltrieren könnte. Ist wirklich ziemlich raffiniert.«

»Übersetzung?«

»Ich komme nicht rein.«

»Oh.«

»Aber ich glaube, unter den richtigen … Es ist möglich, falls …«
Er hielt inne. »Er kennt Leute von kTV. Er kennt sie gut. Und
die Schule kriegt 10 Riesen pro Folge. Das sind Peanuts. Also,
zählt mal eins und eins zusammen.«

Ich war nicht sicher, wie viel eins und eins war. Aber Luke
stand auf und strich sein Haar zurück. »Das ist *Wahnsinn*. Ich
sehe, worauf du hinauswillst.« Er lief auf und ab.

»Das wäre für ihn ein Kinderspiel«, sagte Jackson.

»Es wäre kinderleicht. Leicht und verführerisch«, sagte Luke.

»Ich schnalle es nicht«, sagte ich. »Erklärt es doch mal für diejenigen mit weniger verkommener Fantasie.«

»Jackson glaubt, dass Coluber für jede Folge bezahlt wird«,
sagte Elizabeth.

»Das ist die eine Hypothese. Würde mich nicht überraschen.«

»Oder er steckt einen Teil des Schulhonorars in die eigene Tasche.« Das war Luke.

»Das wäre zu hoffen«, sagte Jackson. »Wenn kTV ihn direkt
bezahlt, dann geht das sofort auf irgendein geheimes Offshore-
Konto. Das kriegen wir mit unseren beschränkten Mitteln niemals recherchiert.«

Wir, hatte er gesagt. Sehr diplomatisch.

»Apropos recherchieren …«, sagte Luke.

»Genau.« Jackson ließ Luft ab. »Ich brauche seine persönlichen
Daten. Ich muss unbedingt in sein Büro.«

»Dann gehen wir in sein Büro.«

9

Oh Selwyn, sieh die Dunkelheit!
Das Ende ist nun nicht mehr weit.
Der Vizeschlange Eitelkeit
hat sich das Schöne einverleibt,
so dass uns nur Verzweiflung bleibt.

DIE CONTRACANTOS

Die Idee schwebte über uns, während wir die neuen *Contracantos* druckten. Sie war ausgesprochen. Mir war allerdings das Drucken der *Contracantos* genug illegale Aktivität.

Wir wussten, diesmal mussten wir die Ausgabe heimlich unter die Leute bringen. Coluber lauerte auf uns. Jackson hatte tausend Blatt eher blaugraues Zeitungspapier von einem Online-Großhandel gekauft, damit diese Ausgabe eine andere Farbe hatte als die erste, und nachdem die Druckerschwärze getrocknet war, falteten wir sie zu Broschüren.

»Machen wir sechshundert«, sagte Luke.

»Die Academy hat nur fünfhundert Schüler«, wandte Jackson ein.

»Dann fliegen eben reichlich überzählige herum. Für die Lehrer, die Verwaltung und für alle, die mit kTV zu tun haben.«

»Das gefällt dir so richtig, dass sie alle deine Verse lesen, was?«, sagte Elizabeth.

Es gefiel ihm auf ganz unschuldige Weise. Irgendwie staunend, dass sie etwas, das in seinem Kopf entstanden war, nun in Händen hielten. Staunend, dass es ihnen etwas bedeutete.

Das wusste ich, weil es mir genauso ging. Wisst ihr, wie das Leben vor den *Contracantos* war? Nehmt zum Beispiel die jährliche Kunstausstellung der Selwyn Academy. »Ist das zu glauben, dass ein Teenager das geschaffen hat?«, pflegte mein Vater zu sagen.

»Ist das ein Foto?«, entgegnete meine Mutter dann. »Du meine Güte, Schatz, das ist ja gemalt.«

»Booah. Das hat Ethan gemalt.« Das kam von einem Drilling.

»Äh, nein, das war ich nicht. Meine Sachen sind da hinten. In der Ecke. Nein, nicht das, weiter unten.«

Aber jetzt? Alle betrachteten meine kleinen Tuschezeichnungen. Alle versuchten zu erraten, von wem sie wohl stammten. Alle schauten auf meine Arbeit. Das Gefühl machte süchtig.

Und dann brach alles zusammen.

Wir wurden erst kurz vor sieben fertig, und wir wollten nicht alle auf einmal aus dem Keller kommen. Nach dem Einsatzplan sollten zwar die Fernsehleute und der größte Teil der Schulleitung beim Dreh in der Innenstadt sein, aber wir mussten uns vorsehen. Vier Schüler, die gleichzeitig aus dem Nichts auftauchen und vollgestopfte Rucksäcke schleppen: Selbst der dämlichste Wachmann könnte da Verdacht schöpfen. Jackson hatte das überprüft, es war ihnen juristisch gestattet, unsere Taschen zu beschlagnahmen und zu durchsuchen. Nicht gut.

Also schickten wir Luke als Späher voraus. Er sollte uns eine Nachricht schicken, wenn die Luft rein war.

Wir warteten. Mehr als eine halbe Stunde saßen wir neben der Druckmaschine auf dem Boden und wurden immer nervöser. Ich holte meinen Lateintext heraus, nur zur Beruhigung.

Elizabeth lief auf dem Laufsteg um die Maschine herum und schaute abwechselnd ungeduldig auf Jackson und auf ihre Uhr.

»Gehen wir«, sagte sie schließlich.

»Können wir nicht«, sagte ich.

»Er ist jetzt schon ewig weg.«

»Er hätte uns geschrieben.«

»Dann hat er es eben vergessen.«

»Das hätte er nicht vergessen.«

Jackson sprach. »Wir gehen rauf bis zur letzten Tür, der hinter der Bühne. Die Probe für *Giselle* ist ungefähr jetzt zu Ende. Wenn das Orchester geht, gehen wir mit. Wir mischen uns unter die Musiker.«

»Ist gut«, sagte Elizabeth.

Ich rührte mich nicht. Ich wollte auf die Nachricht warten. Es kam mir wie Verrat vor, nicht zu warten.

Elizabeth knipste das Licht aus und wieder an. »Eee-Than. Steh. Auf.«

Ein Augenblick in völliger Finsternis reichte. Ich stand auf und folgte ihnen.

Jacksons Plan ging auf. Ohne Instrumentenkoffer fühlten wir uns zwar total unpassend zwischen den Orchesterleuten, aber der Wachmann, an dem wir in der Eingangshalle vorbeigingen, hielt uns alle bloß für einen Haufen Musiker. Die Orchestertrottel auf dem Heimweg. Wir gingen zum Eingang.

Dann sahen wir Luke.

Er sprach mit Trisha Meier.

Sie hatte ihn an der Wand festgenagelt und gestikulierte dramatisch. Zugegeben, sie gestikulierte immer dramatisch.

Ich starrte ihn an. Jackson und Elizabeth sahen ihn ebenfalls. Die Kraft unseres gemeinsamen Blicks zwang ihn, uns zu bemerken. Seine Augen leuchteten auf. Dann sah er wieder Trisha Meier an, aber ich wusste, er hatte uns gesehen und wir sollten auf seine Miene achten. Seine Augen zuckten wieder in meine Richtung, und er nickte mir fast unmerklich zu, zog kurz die Augenbrauen hoch und hob ganz leicht die rechte Schulter. *Geht weiter*, wollte er sagen. *Tut so, als würdet ihr mich nicht kennen. Ich komme nach, sobald ich kann.*

Ich nickte zurück. Wir gingen weiter. Wir wagten nicht zu reden, bis wir unsere verbotenen *Contracantos* in den Appelvan geworfen und uns in die vertrauten, fleckigen Polster gedrückt hatten. Ich wuchtete die Schiebetür zu.

»Fahren wir jetzt?«, fragte Elizabeth.

»Ich glaube schon«, sagte Jackson. Er drehte den Zündschlüssel. Röcheln, Husten, Stille.

»Wenn er läuft, ist er sowieso schneller«, sagte Elizabeth.

Jackson drehte den Schlüssel erneut, und diesmal sprang der Motor an. »Nicht ganz«, sagte er. »Aber nur neunzig Sekunden langsamer. Maximal hundertzwanzig.« Der Appelvan kam nur schwer Lukes Straße hoch, denn die Steigung ist wie im Himalaja. Einmal mussten wir aussteigen und schieben, während Jackson das Gaspedal durchtrat.

»Ich schreibe ihm.« Ich hatte schon ein besseres Gefühl, seit wir ihn gesehen hatten. Ich griff zum Handy. *Wir sind raus. Was ist da mit Trisha los?!*

»Schreib ihm, wenn er morgen früh mitwill, Abholzeit ist 6 Uhr 47«, sagte Jackson. »6 Uhr 41 für dich, Ethan. Elizabeth, du bist um 6 Uhr 35 fertig.«

»Das morgendliche Grauen«, sagte sie.

»Das ist ganze 35 Minuten vor Sonnenaufgang.«

»Also eher schwarz als grau.«

»Wir müssen die Dinger verteilt kriegen. Ich will sie nicht übers Wochenende im Wagen liegen haben.«

»Klar, ist viel sicherer, wenn sie überall in der Selwyn rumfliegen.«

Ich veranstaltete ein Ringkampfturnier mit den Drillingen (und verlor), spielte ein bisschen *Kunst des Krieges* (und verlor), diskutierte mit meiner Mutter darüber, ob ihr Verbot von Alufolie in der Mikrowelle auf Fakten oder Mythen beruhte (und verlor). Ich machte meine Lateinaufgaben fertig, fing mit Bio an und vergaß Mathe. Ich las in den *Cantos*. Ich putzte mir die Zähne. Ich ging ins Bett. Ich dachte nach.

Ich fand das alles total schräg.

Luke war immer noch unerreichbar. Ich hatte ihm auf dem Heimweg noch eine Nachricht geschrieben und gefragt, ob er zu Fuß gehen oder mitfahren wollte. Keine Antwort. Das war alles komisch. Er war eine halbe Stunde von Trisha festgehalten worden. Das waren mindestens achtundzwanzig Minuten zu viel mit dieser Frau. Und Luke verachtete Trisha Meier. Er war echt, sie war Fake. Niemals hätte er eine halbe Stunde mit ihr geplaudert.

Hatte er aber. Hatte mit ihr gelacht und gescherzt und gestikuliert. Ich hatte es gesehen.

Und er hatte gewusst, dass wir im Druckkeller festsaßen und auf seine Entwarnung warteten.

Und wieso war Trisha überhaupt in der Selwyn? Selbst wenn der Dreh in der Stadt schon beendet war, wieso kam sie zur Schule zurück und plauderte mit einem Schüler? Hatte sie sonst nichts zu tun? Sie hätte doch auch in ihrem Hotelzimmer kTV gucken können oder das Kulturangebot im winterlichen Minneapolis checken oder sich zu einem Hass-Date mit Damien Hastings verabreden. Ich sage es gern noch mal: Es war total schräg.

Es dauerte ewig, bis ich einschlafen konnte.

6:32. Handywecker spielt unerträglich fröhliche Melodie. Ich falle aus dem Bett und reibe mir dreißig Sekunden auf dem Boden die Augen. Keine SMS.

6:33. Duschen.

6:35. Nasses Handtuch über Toilette gehängt. An Mutters jüngsten Wutausbruch wegen nasser Handtücher auf Toilette gedacht. Handtuch über Stange gehängt.

6:36. Jeans angezogen, T-Shirt der »Minnesota Twins« angezogen, darüber ein T-Shirt mit der selbst gemachten Aufschrift *Club der Imagisten.*

6:36. Zähne geputzt und gleichzeitig Bücher in Rucksack gestopft. Weißen Schaum auf Lateinhausaufgabe getropft. Gehofft, dass Ms Pederson es als Zahnpasta erkennt.

6:40. In die Küche gestolpert. Müsliriegel von Mutter entgegengenommen. Schwatzende Drillinge mit einem Blick getötet. Mutters Ermahnung, Jacke anzuziehen, ignoriert.

6:41. Scheinwerfer gesehen. Lunchbox vergessen. Gegangen. Zurückgekommen, Lunchbox geholt. Gegangen.

Jackson und Elizabeth hingen schlaff im Auto. Jeden Morgen stellte Jackson den Fahrersitz so weit zurück, dass er praktisch im Liegen steuerte. Es war bestimmt lebensgefährlich, sich von einem Teenager fahren zu lassen, der noch keine Viertelstunde wach war, aber ich war zu benommen, als dass es mir was ausmachte.

»Ich schätze, Luke läuft«, sagte ich. »Er hat sich überhaupt nicht gemeldet.«

»Seltsam«, sagte Elizabeth. »Jackson? Bist du wach? Fahr bei ihm vorbei, wir checken das.«

»Mrmpf«, grunzte Jackson. Das heißt Ja. Nein klingt eher wie »Nrmpf«.

Aber Luke wartete nicht auf der Veranda, er sprang nicht in den Van, er kurbelte nicht das Fenster runter, um uns mit Kaltluft zu quälen, er sang uns keins seiner unausstehlichen Morgenlieder.

»Wir können hier nicht länger rumlungern«, sagte Elizabeth. »Wir müssen auf unsere Positionen.«

»Heute hatte ich wirklich auf ›Morning Has Broken‹ gehofft«, sagte ich traurig.

»Ethan, du behauptest doch immer, von ›Morning Has Broken‹ müsstest du spucken.«

»Mir wäre sogar ›Rise and Shine‹ recht gewesen.«

»Wir treffen ihn bestimmt in der Schule. Er kennt den Plan.« Aber auch Elizabeth klang angespannt.

Nachdem wir unsere Schulbücher in den Spinden verstaut hatten, begann die Geheimoperation. Ich sollte vielleicht erwähnen, dass alle an der Selwyn ständig irgendwelche Clubs gründen, die sich gut in Bewerbungsschreiben für die Uni machen. Das Problem ist nur, dass eigentlich kein Mensch Zeit hat, beizutreten, weshalb sie alle um Mitglieder betteln müssen. Daher die schöne Tradition, dass Schüler in selbst gemachten Club-T-Shirts am Eingang stehen und Infoblätter verteilen, die alle einstecken, weil oft Gutscheine für einen bevorstehenden Kuchenbasar drin sind. (Dann kommt durch den Kuchenbasar kaum Geld rein, und der Club muss noch mehr Coupons für den nächsten Basar verteilen. Ein Kreislauf, der sich selbst am Laufen hält. Ich habe schon jede Menge Gratis-Muffins vertilgt.)

Wir hatten also diesen von Pound inspirierten Club erfunden und uns Sturmhauben übergezogen. So standen wir an den Türen und verteilten – falls ich euch das noch verraten muss – *Contracantos.*

»Wo ist Luke?«, zischte Jackson, der endlich bei vollem Bewusstsein war.

Er war nicht bei unseren Schränken gewesen. Und jetzt stand er nicht am Eingang.

»Vergiss es«, sagte Elizabeth. »Und halt den Mund, sonst erkennt jemand deine Stimme.«

»Hat wahrscheinlich verschlafen«, warf ich ein, aber ich war sofort still, als ich sah, dass ihre Augen in den Sturmhaubenlöchern schmale Schlitze waren.

Nachdem ich mir eingeredet hatte, Luke schliefe noch, machte die Sache sogar Spaß. Besonders gefiel mir die Maskierung. Es war viel einfacher, den Leuten Flugblätter in die Hand zu drücken, wenn sie nicht wussten, wer ich war. Manche Leute lehnten sie rundweg ab, kamen aber zurück, als sie merkten, was wir verteilten. Eigenartig, wie viele Menschen einen ignorieren, wenn man 1.) maskiert ist und 2.) ihnen etwas Illegales gibt, das sie 3.) unbedingt haben wollen. Ich kam mir vor wie ein Dealer.

Jackson stieß den Ruf des Pappelwaldsängers aus, unser abgesprochenes Signal, dass es in zwei Minuten zur ersten Stunde klingeln würde. Wir legten die paar übrigen Exemplare an den Türen aus, rannten in die Klos, um die Verkleidung abzulegen, dann zu den Schränken, um die Bücher zu holen, und dann in unsere ersten Unterrichtsstunden.

Zehn Sekunden nach dem Klingeln ließ ich mich in Mrs Garlops Mathekurs auf den Stuhl fallen. Sie starrte mich mit missmutig gekräuselten Lippen an. »Bus verpasst«, sagte ich. Ich versuchte so zu tun, als keuchte ich wegen der anstrengenden Parameterdarstellungen und nicht, weil ich vom Eingang hierher gesprintet war, die Adern voller Adrenalin wegen verbotener Aktivitäten. Mir fiel ein, dass ich meine Hausaufgaben nicht gemacht hatte, also nahm ich ein altes Arbeitsblatt, schrieb groß PARAMETERZEUGS obendrüber und hoffte damit durchzukommen. Schließlich entspannte ich mich. Mein Herzschlag verlangsamte sich so weit, dass ich mich umschauen konnte.

Ich sah die verräterischen Ränder blaugrauer Zeitungsseiten unter Papieren, in Büchern, aus Rucksäcken ragen. Ich lächelte. Ich wünschte, Luke und ich könnten uns angrinsen, aber sein Tisch neben meinem war leer. Er muss wirklich verschlafen haben, dachte ich mir. Ich war überrascht, dass seine total verspannte Mutter das zuließ. Vielleicht schlief ja seine ganze Familie noch. Von der Schlafkrankheit niedergestreckt. Obwohl – war das nicht eine Tropenkrankheit? Unser Novemberschnee war immer noch nicht geschmolzen. Aber vielleicht litt er an etwas anderem. Er war auf jeden Fall nicht in der Schule; man kam nur durch den Haupteingang rein, es sei denn, man wurde von der Schulleitung oder von kTV »anderweitig benötigt«.

Er musste krank sein, dachte ich. Er war gestern Abend schon ein bisschen fiebrig gewesen, weshalb er sich auch nicht aus Trisha Meiers Griff hatte befreien können. Und das erklärte auch, warum er mir nicht geantwortet hatte; er wollte sein Handy nicht mit Bakterien vollhusten. Er ärgerte sich bestimmt total, dass er die zweite Ausgabe nicht mit verteilen konnte.

Jawohl. Ich nahm es mir ab. Ich ging mir selbst auf den Leim.

Ich fing an, ihm unterm Tisch eine Nachricht zu schreiben, um ihn auf den neusten Stand zu bringen, aber Garlops Harpyienradar fing an zu piepen und sie stieß auf mich herab.

Also schrieb ich irgendwelchen Quatsch über *dx* und *dy* und *dz* und hoffte, sie würde mich deswegen nicht erst recht nachsitzen lassen.

Freies Üben: Trompete, weil ich allein in einer Zelle sein wollte. Bio: Notizen über Elektrophorese. Latein: Ovid fordert Liebende auf, bleich und mager zu sein (wie ich!). Und die ganze Zeit flogen Gerüchte durch die Luft, von einem Mitschüler zum anderen:

1. Luke Weston ist das Hirn hinter den *Contracantos*.
2. Mr Coluber und kTV haben das herausgefunden.
3. Luke ist vor der eisernen Faust der Coluber-Justiz gerettet worden, weil kTV die *Contracantos* so toll findet: Die Fernsehmacher finden das Gedicht so originell und rebellisch und tiefsinnig; sie können gar nicht fassen, dass ein solches künstlerisches Talent nicht von Anfang an bei *For Art's Sake* mitgemacht hat; kTV hat Luke für die letzten sechs Folgen angeworben; kTV will ihn zu seinem kommenden Star aufbauen; kTV hat ihn heute vom Unterricht befreien lassen, um einführendes Material mit ihm zu drehen; kTV nimmt mir Luke weg, meinen Kumpel, meinen besten Freund.

10

Von wem kauft kTV in bar
die Kunst für den Applausaltar?
Wahrheit ist schön und Schönheit wahr –
doch diese Show ist dekadent,
verscherbelt Jugend und Talent.
DIE CONTRACANTOS

Endlich war Mittagspause. Elizabeth, Jackson und ich besetzten einen Tisch in der Ecke und umgaben uns mit einer abweisenden Bücherpalisade, damit niemand auf die Idee kam, sich zu uns zu setzen. Sie hatten die Gerüchte auch gehört. Ich weiß nicht, bei welcher Phase sie angelangt waren, ich jedenfalls war noch beim standhaften Leugnen. Jackson kam dem wirklichen Geschehen am nächsten. Nicht umsonst war er so ein Mathegenie: Er konnte die vorhandenen Informationen so kombinieren, dass sie ihn zur Wahrheit führten.

»Er ist nicht da, weil er krank ist«, sagte ich. Ich wünschte schon, ich könnte zurück in die Mathestunde, wo ich es noch wirklich geglaubt hatte. »Das sind alles bloß Gerüchte.«

»Wir können das nicht als ›bloße Gerüchte‹ abtun«, sagte Elizabeth. »Es steckt eine erstaunliche Menge Wahrheit darin.«

»Gar nicht.«

»Doch. Heute Morgen wusste noch niemand, dass er etwas mit den *Contracantos* zu tun hat. Jetzt wissen es alle.«

Ich fing an, meinen Corn Dog zu zermalmen. »Er muss total sauer sein. Wenn er wegen kTV den Unterricht versäumt, meine ich. Wir haben gleich Englisch. Und beim Freien Üben und in Kreativem Schreiben wollte er an der dritten Ausgabe arbeiten. Er muss stinkwütend sein. Er hasst die.«

»Sie können ihn nicht zwingen, bei der Show mitzumachen«, sagte Elizabeth.

»Müssen sie aber«, sagte ich. Mir fiel ein, wie glücklich er im Gespräch mit Trisha Meier gewirkt hatte. Die leere Mailbox meines Handys fiel mir ein. »Er ist mit Sicherheit gezwungen worden.«

»Wenn es wahr ist«, sagte Elizabeth, »dann hat er sich selbst dazu entschieden.«

»Sie hat Recht«, sagte Jackson.

»Luke würde sich niemals für kTV entscheiden!«, rief ich. »Er entscheidet sich *immer* richtig. Er hasst kTV mehr als wir alle.«

Immer war ich es, der nichts schnallte, der zu fest glaubte.

»Da ist er«, sagte Jackson resigniert.

Luke erschien mir schon wie eine mythische Gestalt. Die letzten vier Stunden hatte ich wie besessen über ihn nachgegrübelt, über seine Motive, seinen Aufenthaltsort, und dabei fast vergessen, dass er existierte, dass ich ihn einfach fragen konnte. Ich fuhr herum und schaute zum Mensaeingang.

Da war er, der echte Luke, und sah so tröstlich normal aus, so vertraut und entspannt in seiner Jeans und dem Flanellhemd, dass ich aufsprang und die Arme schwenkte, als würde ich einen landenden Jet dirigieren. Ich hatte praktisch eine orangefarbene Warnweste an. »Luke!«

Er sah mich und reagierte mit einem Sparwinken, einem kurzen Handheben. Dann wandte er sich an das Mädchen hinter ihm und sagte etwas. Es war Maura Heldsman. Sie lachte. Sie ließen ihre Taschen auf einen Tisch fallen und stellten sich in die Essensschlange.

Ich setzte mich wieder.

Jackson und Elizabeth starrten einander an und praktizierten Verwandtschaftstelepathie.

Auf meinem Teller lag der zerbröselte Corn Dog.

Ich hob wieder den Kopf. Jackson und Elizabeth sahen sich immer noch an. Ich hatte das Gefühl, nicht mehr auf derselben Ebene zu existieren wie der Rest der Welt. Ich konnte sie sehen, aber sie mich nicht.

»Er hat sich entschieden«, sagte Elizabeth wieder. Ihr Gesicht glühte wütend hinter den Dreadlocks hervor.

Jackson nickte.

Zum ersten Mal dachte ich daran, dass er auch *ihr* Freund war.

Englischunterricht, letzte Stunde. Luke und Maura waren nicht da. Von Cynthia Soso hatte ich gehört, was auf der Webseite von kTV angekündigt wurde: Die heutige Folge wurde auf nächste Woche verschoben, heute Abend würde eine ältere Folge wiederholt.

»Deshalb war Trisha hier«, sagte Jackson. »Sie brauchten noch mehr Drehzeit in der Innenstadt.«

»Oder sie wollten Luke einarbeiten«, sagte ich.

»Vielleicht beides.«

Elizabeth beobachtete uns von gegenüber. Fast hätte ich ihr zugewinkt, damit sie sich auf Lukes leeren Stuhl setzte. Ich weiß nicht, warum ich es nicht tat. Weil ich weder Maura anstarren noch mit Luke quatschen konnte und weil Jackson in sein Taschenrechnerspiel »Quadratwurzeln raten« versunken war, passte ich stattdessen tatsächlich auf. Und ich war in so einem Zustand, wo alle Empfindungen verstärkt sind. Kennt ihr das? Eine deiner kleinen Schwestern fängt leiernd zu singen an, und du willst ihr gleich das Erdnussbutter-Sandwich in den Rachen stopfen. Wenn du es schaffst, einen Vers Ovid zu übersetzen, fühlst du reines Glück. Dann kriegst du in der nächsten Zeile kein Wort raus und bist völlig verzweifelt. Bei einem kitschigen Werbespot steigen dir Tränen in die Augen. (Dann merkst du, es ist eine Tampon-Werbung, und du möchtest wieder losheulen, aber aus anderen Gründen.)

»Heute wollen wir allgemeiner über das Thema Langgedichte sprechen«, sagte BradLee. Er hatte sich freitagslässig angezogen, Jeans und ein Fragerufzeichen-T-Shirt. Wo bekam man wohl T-Shirts mit Satzzeichen drauf? »Beginnen wir mit dem Werk einer Literaturtheoretikerin namens Smaro Kamboureli.«

Normalerweise hatte das Wort »Literaturtheoretikerin« auf mich die gleiche Wirkung wie Strg+Alt+Entfernen beim Computer: sofortiges Herunterfahren. Aber ich dachte mir, wenn ich mich auf BradLee konzentriere, vergesse ich vielleicht Luke.

»Sie beschreibt das Langgedicht als ein *mise en abyme*. Hat irgendwer hier Französisch?« Luke hatte Französisch. »Ja, Vivian?«

»Also, irgendwie, gelegt in, ähm – das Wort kenne ich nicht.«

»Abgrund«, sagte BradLee.

»In den Abgrund gelegt«, sagte Vivian triumphierend.

»Genau. Jetzt alle: Stellt euch vor, ihr steht zwischen zwei Spiegeln.«

»So wie im Einkaufszentrum?« Wenn Vivian erst mal im Rampenlicht steht, will sie nicht wieder raus.

»Warum nicht. Dann sieht man eine unendliche Reihe seiner selbst, nicht wahr?«

»Das hängt vom Winkel ab.«

»Nehmen wir an, der Winkel stimmt. Kapiert? Also, wie kann man das auf ein Langgedicht anwenden?«

Damit waren wir überfragt. Nicht mal Vivian fiel irgendwas Nichtssagendes ein.

»Hier noch ein Tipp. Kamboureli beschreibt das Langgedicht als ›ein Genre ohne Genre‹. Es ist ein Gedicht, ein Epos, ein Roman. Es ist alles zugleich.« Er schaltete den Beamer an. Der Text wurde scharf.

[Das Langgedicht] ist … kein fest umgrenztes Objekt, sondern ein bewegliches Ereignis, der Akt der Erkenntnis seiner eigenen Grenzen, seiner demarkierten Randgebiete, seiner integrierten literarischen Gattungen. Das Langgedicht hört auf, von einer Art zu sein, indem es von anderer Art wird.

Ich kam nicht mehr mit. Ich wusste, was jedes dieser Worte für sich bedeutete, ausgenommen vielleicht »demarkiert«. Das Problem war nur, sie zusammenzufügen. Vielleicht verarschte diese Madame Kamboureli uns alle ja. Machte neue Kleider für den Kaiser.

»Was will sie uns damit sagen?«, fragte BradLee.

Ich überlegte, ob ich meine Hypothese anbringen sollte, dass Literaturtheorie der Quadratwurzel aus −1 ähnelt: Wir tun nur so, als würde sie existieren. Niemand sagte etwas. Vivian holte ihren Handspiegel aus der Tasche, um ihre Frisur zu checken. BradLee warf einen sehnsüchtigen Blick auf Lukes leeren Platz.

Ich hob die Hand.

»Ethan!« Er klang so froh, dass er einem leidtun konnte.

»Okay.« Mein Magen krampfte sich ein bisschen zusammen, dabei war Maura gar nicht da. »Sie sagt, das Langgedicht gehört nicht zu einem Genre. Es steht immer zwischen Genres. Es schlängelt sich immer so herum.«

»Am besten gefällt mir an Ethans Antwort das Wort ›zwischen‹«, sagte BradLee. »Kamboureli schreibt, das Langgedicht sei ›ein textueller Prozess des Dazwischen‹. Warum hat sie wohl das Wort ›Prozess‹ verwendet?«

Wieder hob ich die Hand. »Ohne die Sache mit dem Prozess«, sagte ich, »wäre es bloß ein weiteres Genre, das aus verschiedenen anderen Genres zusammengesetzt ist. Aber Langgedichte stecken nicht in einem Genre fest. Sie verschieben sich.« Dann hatte ich einen genialen Einfall, wenn ich das so sagen darf. »Wie bei den Spiegeln! Das Genre bewegt sich! Es verändert sich!« Ich sah die unendliche Reihe vor mir, all diese Abbilder, welche die kleinste Bewegung spiegelten, flackernd wie Wasser im Sonnenlicht.

»Genau!«, rief BradLee.

Es kam selten vor, dass ich einem Lehrer ein Ausrufezeichen entlockte. Normalerweise sprachen sie eher elliptisch mit mir: *Ja sicher, aber …* oder *Okay …* Elizabeth klatschte mich durch die Luft von gegenüber ab.

»Das Langgedicht ist eine Inszenierung des Dazwischen«, sagte BradLee.

Ich fand »das Dazwischen« einen tollen Ausdruck. Ich schrieb ihn mir auf. Mehrmals.

»Ein Dazwischen der Genres und auch in anderer Hinsicht. Ein Kritiker hat es ›die bebende Verschmelzung von Selbstvertrauen und Selbstzweifel‹ genannt.«

Wenn ihr euch je gefragt habt, wie es ist, ich zu sein, oder überhaupt ein Teenager oder ein Mensch, dann ist das eine ziemlich coole Erklärung. Die bebende Verschmelzung von Selbstvertrauen und Selbstzweifel.

Der Vortrag war zu Ende. Jetzt sollten wir ein Arbeitsblatt zur Interpretation von Pound bearbeiten, aber mir schwirrten diese ganzen Ideen im Kopf herum.

Reality-TV: Das war auch ein *mise en abyme*, ein Genre ohne Genre. Doch ein Langgedicht stellte sein Dazwischensein zur Schau, während eine Reality-Show es zu verbergen suchte. Die Reality-Show behauptete, dass Realität und Fernsehen problemlos koexistieren konnten. Dabei verriet schon der Name das Problem. Realität, Fernsehen: zwei Gegensätze direkt nebeneinander. Ein Oxymoron. Genauso wie »Riesengarnele« oder »Lernspaß«.

Reality-TV konnte nicht gleichzeitig Kunst und Leben sein. Es konnte dazwischen sein, aber niemals beides.

Ich glaube, ich fuhr an dem Tag so auf das Dazwischen ab, weil es all meine Gefühle beschrieb. Zum Beispiel die bebende Verschmelzung von Vertrauen und Zweifel. Ich zweifelte an Luke, aber ich konnte nicht aufhören, ihm zu trauen. Ich war sauer auf ihn. Ich machte mir Sorgen um ihn. Ich kannte die Wahrheit und glaubte sie nicht.

Wie konnte ein Mensch so viele Gefühle gleichzeitig beherbergen? Ich saß auf einem Schulstuhl aus Kunststoff in Minnesota im Englischunterricht, klopfte das Versmaß von Pounds *Cantos* auf den Tisch und trug ein Baseballshirt mit einem kleinen Loch unter der Achsel. Aber in mir brodelte es von Gefühlen und Gedanken und Zweifeln und Vermutungen und Sorgen und mehreren Schichten Komplikationen. Ich schaute mich im Raum um. Elizabeth spielte Galgenraten mit ihren normalen Freunden. Jackson schätzte im Kopf Quadratwurzeln. Vivian korrigierte ihren Lidstrich. Cynthia schrieb unterm Tisch SMS. BradLee versuchte Paul Jones Metonymie zu erklären, während der ihn zum Lachen zu bringen versuchte. Aber das war nur, was ich sehen konnte. Wenn in meinem Kopf so viel passierte, musste ich dann nicht annehmen, dass es allen anderen genauso ging? Ich musste den Blick wieder senken. Die Welt war zu groß.

Zwanzig Minuten später führte ich folgendes Gespräch mit Brad-Lee.

»Hey, Mr Lee, kann ich einen Augenblick mit Ihnen sprechen?«

»Du machst dich sehr gut im Unterricht, Ethan. Ich fand deine Beiträge heute wirklich toll.«

»Nein, ich mache mir Sorgen wegen der *Contracantos*.«

»Warum denn das? Übrigens – nicht dass ich irgendwas über ihre Herkunft wüsste – war die heutige Ausgabe hervorragend. Clever, anspruchsvoll und bissig.«

»Das war Luke. Vor allem Luke. Und um ihn mache ich mir auch Sorgen.«

»Wieso das?«

»Die Leute sagen, dass er – nein, vergessen Sie's. Es klingt bescheuert, wenn man es laut ausspricht. Bis morgen.«

»Sag schon.«

»Ich weiß nicht, ob es stimmt. Es kann eigentlich nicht stimmen. Aber es heißt …«

BradLee übernahm. »Dass er hinter den *Contracantos* steckt. Dass es jemand Coluber gesteckt hat und dass Coluber es kTV erzählt hat.« Sein Ton war ganz sachlich. »Dass sie ihm einen Vertrag über die übrigen sechs Folgen angeboten haben und dass er sehr erfreut ist und begeistert angenommen hat.«

Mir fiel die Kinnlade herunter. »Sie haben es auch gehört?«

»Ethan.« Er schaute zur geschlossenen Tür. »Es ist alles wahr.«

»Alles? Das glaube ich Ihnen nicht.«

»Das solltest du aber.«

»Aber woher wollen Sie das wissen? Nehmen Sie's mir nicht übel, aber ...«

»Glaub mir. Ich weiß es. Und, Ethan, denk ans große Ganze. *For Art's Sake* ist hervorragend für die Selwyn Academy.«

»Luke ist unser *Freund*!«

»Es ist doch gar nicht so dramatisch ...«

Aber ich war schon weg.

»Endlich«, sagte Elizabeth ärgerlich, als ich in den Appelvan stieg.

Jackson drehte den Zündschlüssel. Der Wagen sprang nicht an, und ich reagierte nicht auf Elizabeth.

»Eine Entschuldigung wäre ganz nett. Wir warten hier schon seit einer Viertelstunde.«

Wieder wurde der Schlüssel gedreht. Der Van erschauerte und verstummte wieder.

»Ethan? Hallo?«

Ich hatte aus dem Fenster gestarrt. »Es ist alles wahr«, sagte ich.

Ein hässliches Geräusch war zu hören, wie knirschende Gänge im Getriebe, aber auch das hielt nicht lange an.

»BradLee hat mir erzählt, dass alles wahr ist. Dass sie Luke einen Vertrag angeboten haben und dass er unterschrieben hat.«

»Woher will BradLee das denn wissen?«, fragte Jackson und drehte sich zu mir um.

»Lass du mal dein Auto an«, sagte Elizabeth. »Ich verhöre Ethan. Genau, woher will er das wissen?«

»Da ist er.« Jackson starrte in den Rückspiegel. Ich fuhr herum. BradLee ging über den Parkplatz, ins Gespräch vertieft mit ...

Seltsam.

Mir wurde der Blick versperrt, von fliegenden Leggings in Verkehrshütchenorange. Elizabeth hechtete über die Lehne des Vordersitzes und an mir vorbei nach hinten. Dann kniete sie sich auf die hintere Sitzbank und starrte hinaus.

»Scheiße«, sagte sie. »Heilige Scheiße. Heilige Riesenscheiße.«

BradLee war in Begleitung. In Begleitung von Coluber.

Der Appelvan sprang rumpelnd an. »Sieg!«, rief Jackson.

»Rühr dich nicht vom Fleck«, sagte Elizabeth.

»Die sehen dich doch!«, sagte ich besorgt.

»Getönte Scheiben, Trottel«, sagte sie, ohne sich umzudrehen. »Außerdem sind sie total ins Gespräch vertieft.«

Ich konnte nicht viel erkennen. Am liebsten wäre ich auch über die Sitzlehne gehechtet, aber dabei hätte ich sie bestimmt gegen den Kopf getreten, und wenn ich das tat, würde sie mich wahrscheinlich abstechen.

»Lange bleibt der Motor im Leerlauf nicht an«, sagte Jackson.

»Dreh eine langsame Runde um den Parkplatz«, befahl Elizabeth.

Als Jackson zurückgesetzt hatte, konnte ich besser sehen. Coluber gestikulierte ausladend und lächelte. Als wir an ihnen vorbeifuhren – »*Langsam*, Jackson!« –, sah ich, dass BradLee ebenfalls lächelte.

»Erzähl mir genau, was BradLee gesagt hat«, forderte Jackson.

»Er hat gesagt, es sei doch alles gar nicht so dramatisch. Und ich solle ans große Ganze denken.«

»Hat er das eher zu deiner Beruhigung gesagt? Oder zu seiner Verteidigung?«

»Keine Ahnung. Beides?«

»Sie steigen in ein Auto. Los! Fahr!«

BradLee stieg auf der Fahrerseite in einen prähistorischen zweitürigen VW Käfer. Coluber schlängelte sich auf den Beifahrersitz.

»BradLee!« Ich konnte es nicht fassen. »Er fährt Coluber durch die Gegend! Diesen Drecksack!«

»Hinterher, Jackson«, sagte Elizabeth, als der VW aus der Parkbucht setzte.

»Ich weigere mich. Wir wissen alles, was wir wissen müssen.«

Der Käfer hatte vorn kein Nummernschild, und die Motorhaube war voller Vogeldreck. »Man sollte meinen, mit seinem Bankergehalt hätte BradLee sich ein besseres Auto leisten können«, sagte ich.

»Verfolg ihn.«

»Nein.«

»Dann mach ich es.« Elizabeth sprang mit den Füßen zuerst auf die mittlere Bank und dann mit dem Kopf zuerst nach vorn. Noch in der Luft griff sie nach dem Lenkrad. Der Appelvan schlingerte heftig.

»Was soll denn das, Elizabeth …«

»Rück rüber.«

»Nein!« Noch ein Schleudern. Der rechte Außenspiegel schrammte Zentimeter an einem Verkehrsschild vorbei.

»Brems, verdammt noch mal!«

Wir wurden schneller und hopsten schräg über eine Temposchwelle. Ich hielt mir mein schmerzendes Steißbein.

»Das war nicht die Bremse!«

»Ja, weil du mich schubst und meine Füße von ihrer üblichen Position …«

»Dann rück rüber.«

Jackson stieg auf die Bremse, seufzte laut und frustriert auf und wand sich unter Elizabeth hindurch auf den Beifahrersitz.

»Wollen mal hoffen, dass dein Getrödel uns nicht unsere einzige Chance vermasselt hat«, murmelte sie. »Wo sind sie?«

Sie waren an der Parkplatzausfahrt vorbeigefahren. »Unterwegs zum Kreisel vorm Eingang«, sagte ich.

»Kacke«, sagte Elizabeth. »Ist viel leichter, jemanden auf offener Straße zu beschatten.« Sie streckte die Hand nach unten, um den Sitz gerade zu stellen. Er schoss so weit nach vorn, dass ihre Nase beinahe gegen die Windschutzscheibe knallte.

»Gibt nur zwei Stellungen«, sagte Jackson schadenfroh. »Ist kaputt. Entweder ganz hinten oder ganz vorn.«

»Dieser Wagen besteht aus zwei Prozent Metall und achtundneunzig Prozent Mist. Meine Nase ist eine Handbreit von der Scheibe weg. Ich komme mir vor wie eine alte Schachtel. Na egal, weißt du, wofür SW steht?«

»Ähm, Südwest?«, fragte Jackson vorsichtig.

»Nein. ›Scheißegal, weiterfahren.‹ Mein Motto.« Sie trat das Gaspedal durch, und der Appelvan ruckte vorwärts wie ein Autoscooter. Erst jetzt fiel mir auf, dass ich Jacksons subtile Fahrkünste nie angemessen gewürdigt hatte. Sie fuhr zum Kreisel.

»Dieser Aktion fehlt es völlig an Sinn und Verstand«, sagte Jackson. »Da fahren also ein Lehrer und sein Vizedirektor vor der Schule herum. Ist ja irre. *Oh.*«

Trisha Meier stand auf den Eingangsstufen. Als BradLees Auto anhielt, beendete sie schwungvoll ihr Telefongespräch. Coluber lümmelte auf dem Beifahrersitz, BradLee sprang aus dem Wagen und umarmte sie. Er umarmte sie tatsächlich.

»Übel«, murmelte Elizabeth.

»Diese Aktion ist impulsiv und überhastet«, sagte Jackson. »Sie werden gleich merken, warum wir hier sind. Tu so, als müsstest du noch was aus deinem Spind holen, Ethan.«

»Ich will das nicht verpassen. Geh du.«

»Nein, du.«

»Nein, du.«

Er seufzte aggressiv. »Na gut. Ich tue so, als würde ich die Reifen checken.«

»Halt, halt, halt«, sagte Elizabeth. »Er klappt den Sitz für sie nach vorn! Sie steigt hinten ein. Trisha, Schätzchen, dein Rock ist viel zu kurz – ärgh! Ich werde blind!«

»Verpasst«, sagte Jackson, der interessiert durch die Windschutzscheibe spähte.

»BradLee geht also mit Trisha Meier«, sagte Elizabeth.

»Das stimmt nicht«, sagte ich automatisch.

»Es ist höchst wahrscheinlich«, entgegnete Elizabeth. »Hast du gesehen? Sie hat ihm total die Titten reingedrückt.«

»Bestätigt«, sagte Jackson.

Elizabeth drehte sich zu mir um, zog drei Mal die Augenbrauen hoch und streckte lüstern die Zunge heraus. Kein besonders anziehender Gesichtsausdruck, worauf ich sie gerade hinweisen wollte, als Jackson uns unterbrach.

»Sie fahren los.«

»Ooh, da hätte ich mich fast selbst abgelenkt.« Sie folgte dem VW zur Ausfahrt, wo schon eine Fahrzeugschlange darauf wartete, auf die viel befahrene Straße einzubiegen. BradLee setzte den linken Blinker.

»Nicht gut«, sagte Jackson. »Linksabbiegen kann hier ganz schön haarig sein. Die Lücke reicht selten für zwei Autos zum Rausfahren.«

»Unsere Stoßstangen werden praktisch verschmelzen«, verkündete Elizabeth. Sie schob sich an BradLees Wagen heran.

»Das reicht«, sagte Jackson. Wir konnten schon die Zettel lesen, die auf seiner hinteren Ablage verstreut lagen.

»Hey, da liegt ja mein Referat über *Mansfield Park*«, sagte ich. »Das hatte ich komplett vergessen.«

»Achte auf seine Bremslichter«, wies Jackson mich an. »Ich beobachte den Verkehr. Du fährst, wenn wir es sagen, Elizabeth.«

Sie beugte sich übers Lenkrad wie ein lauernder Raubvogel.

»Lücke im fließenden Verkehr gesichtet«, sagte Jackson. »In drei Sekunden.«

»Bremslicht aus«, sagte ich.

»LOS!«, schrien wir. BradLee schob seinen Käfer sauber in die Lücke. Mit quietschenden Reifen und röhrendem Motor folgte ihm der Appelvan.

Jackson drehte sich um und gab mir fünf.

»Eigentlich solltet ihr mir gratulieren«, sagte Elizabeth.

»Jedes Mal, wenn du den Mund aufmachst, drehst du dich um«, sagte Jackson. »Das beunruhigt mich.«

»Jedes Mal, wenn du den Mund aufmachst, beschlägt die Windschutzscheibe«, fügte ich hinzu. »Das beunruhigt *mich*.«

Wir folgten ihnen die Straße entlang. »Wisst ihr, was?«, sagte Jackson. »Wir beschatten die Falschen.«

»Wie sollen das denn bitte die Falschen sein?«, fragte ich. »Da drin sitzen ein Lehrer, ein Schulleiter *und* eine Trisha Meier.«

»Sie stecken also unter einer Decke. Müssen wir mehr wissen?«

»Oh Mann. Wo fahren sie hin? Worüber reden sie?«

»Ja sicher, wir schleichen uns in irgendeine todschicke Bar und belauschen sie.«

»Könnten wir doch versuchen.«

»Das ist lachhaft. Außerdem sind sie nicht wichtig. Wir sollten mit Luke reden.«

»Du brauchst jetzt nicht … ACK!«

Das war mein Kopf, der gegen den Vordersitz knallte. Elizabeth war auf die Bremse gestiegen. Als ich mein Gesicht wieder bewegen konnte, sah ich den VW links blinken.

»Sie biegen hier ab? Das ist eine Auffahrt«, sagte Jackson. »Du fährst den Appelvan nicht auf den Highway.«

»Wart's nur ab.«

»Dieses Auto verträgt keine hohen Geschwindigkeiten.«

»Als ob mich das …«

»Und jetzt ist quasi Rushhour!« Der Käfer bog ab.

»SW!«, rief Elizabeth.

»NEIN! NICHT SÜDWEST!«, rief Jackson. »NORDOST! HART NORDOST!«

Zu meiner Überraschung folgte sie ihnen nicht auf den Highway. »Du hast Recht«, sagte sie zu Jackson.

»Natürlich habe ich Recht! In Hundejahren ist der Appelvan schon hundertundneunzehn …«

»Nein. Wegen Luke. Wen interessiert BradLee? Was sollen wir mit Coluber und Trisha? Wir müssen herausfinden, was mit Luke los ist.«

11

Nun zu den Waffen! In den Kampf!
Das Wahre macht dem Falschen Dampf!
Auf, wehrt euch gegen öden Krampf!
Die Banner hoch! Die Schlange nieder!
Wir holen uns die Künste wieder.
DIE CONTRACANTOS

Selber Tag, acht Uhr abends.

Ich schaute mich prüfend in meinem Zimmer um. Es war nicht annähernd so cool wie der Appelbau. Zum Beispiel gab es hier keinen Mayonnaise. Ich hatte schon überlegt, Jackson zu bitten, ihn mitzubringen, aber die beiden sollten nicht denken, dass er für mich so eine Art Schmusedecke war. Ich brauchte keinen Trost von einer Rennmaus. Ganz und gar nicht.

Außerdem würde Mayonnaise auch nicht reichen, mein Zimmer cool zu machen. Meine Mutter war früher ganz gut darin, Schlafzimmer einzurichten, aber das war vor ihrem Wunsch nach weiteren Kindern, am liebsten Mädchen. (Ich gab mir Mühe, nicht beleidigt zu sein.) Darum sah mein Zimmer aus wie das eines Elfjährigen: Star-Wars-Actionfiguren im Regal, Lego-Eimer am Fuß des Bettes, Poster von alten Pixar-Filmen an den Wänden – ich überlegte kurz, ob ich die abnehmen sollte, ehe Elizabeth kam.

Aber für unsere Notsitzung würde es reichen. Der Appelbau

stand nicht zur Verfügung, weil Jacksons Eltern als Gastgeber des monatlichen Spiele-Abends dran waren und mit ihren Freunden Catan besiedelten.

Jackson kam nach dem Abendessen mit Elizabeth angefahren. Er schmiss sich aufs Bett und fing sofort an, auf seinem Handy herumzuscrollen. Elizabeth blieb stehen und betrachtete neugierig die Einrichtung.

»*Ratatouille*, hm?« Sie grinste.

Ich wusste, das Poster hätte ich abnehmen sollen.

»Kommen wir zur Sache«, sagte ich und setzte mich auf meinen Schreibtischstuhl.

»Setz dich richtig hin, Jackson«, kommandierte Elizabeth. »Rutsch rüber.« Jackson drückte immer noch auf seinem Handy herum – man weiß nie, ob er lebenswichtige Dinge recherchiert oder *Tetris* spielt –, aber er schwang die Beine auf den Boden, um ihr Platz zu machen. »Nachbesprechung.«

Ich berichtete vollständig, was BradLee zu mir gesagt hatte. »Er meint, dass Luke, ich zitiere, erfreut und begeistert ist.«

»Wer glaubt das?«, fragte Elizabeth. Sie schien damit zu rechnen, dass wir die Hand für Ja oder Nein hoben.

»Beim Mittagessen sah er jedenfalls sehr erfreut aus«, sagte ich. »Wie er da mit Maura Heldsman saß.«

»Stimmt.«

»Vielleicht war das alles inszeniert«, sagte ich verbittert. »Vielleicht hat er die *Contracantos* nur angezettelt, um in die Sendung zu kommen.«

Darüber hatte ich schon den ganzen Nachmittag gegrübelt. Ich hatte auf dem Bett gelegen, die Hände hinterm Kopf verschränkt, und gebrütet. Die Brut des Verrats. Und weil es sich so grauenhaft gut anfühlte, das Schlimmste zu glauben, so wie das

Herumdrücken an einem Pickel, hatte ich im Grunde beschlossen, dass er das tatsächlich alles von langer Hand vorbereitet hatte. Die beiden zensierten Zeitungskritiken, das Langgedicht, die Veröffentlichung der *Contracantos*: alles ein ausgefeilter Plan.

Aber das konnte nicht sein.

»Nein«, widersprach ich mir selbst. »Er ist zwar gut. Aber so gut auch wieder nicht.«

»Wir sollten ihn nicht unterschätzen«, sagte Elizabeth.

»Diese ganze Wut und Empörung hätte er nicht spielen können.«

»Hätte er schon«, sagte Jackson, »hat er aber nicht. Erinnert euch an den Ablauf: Wenn er bloß in die Show gewollt hätte, dann hätte er die *Contracantos* ganz allein gemacht. Es wäre bescheuert gewesen, uns mit ins Boot zu holen.«

»Das reicht mir als Beweis«, sagte Elizabeth. »Luke ist kein Idiot.«

»Er ist *wohl* ein Idiot«, murmelte ich.

»Aber kein taktischer Idiot. Selbst wenn er bei *For Art's Sake* angeheuert hat.«

»BradLee dagegen ist ein Idiot«, sagte Jackson. »Er ist offensichtlich Colubers Handlanger.«

»Genau«, sagte ich. »Das ist alles BradLees Schuld und nicht Lukes.«

»Luke hat immerhin eingewilligt, bei der Show mitzumachen«, sagte Jackson. »Lass ihn nicht so leicht davonkommen.« Er nahm wieder sein Handy und klinkte sich aus.

»Wir müssen mit ihm reden«, sagte Elizabeth.

Es klopfte an der Tür.

»Oh nein«, sagte ich. Ich hechtete hin, um die Tür zu blockieren, vergaß aber die Rollen an meinem Schreibtischstuhl und landete auf dem Bauch. Sie kamen hereingeschritten wie eine Gruppe Sargträger, zwischen sich die Schachtel ihres Lieblingsspiels *Candy Land.*

»Spielzeit!«, sagte Olivia.

»Ethan, warum liegst du auf dem Boden?«, fragte Tabitha.

»Ich liebe *Candy Land*«, sagte Elizabeth.

»Nein, tust du nicht.« Ich stemmte mich hoch. »Haut ab, Driller.«

»Driller? Nennst du sie immer so? Was soll das denn bedeuten?«

»Passt doch, oder?«

»Wenn du jetzt sagen willst, du hast Kopfschmerzen, dann gibt Mom dir einen Bonbon«, sagte Lila.

»Die heißen Para-Zeta-Dingsda«, sagte Tabitha. »Ich mag sie.«

»EEEEEETHAN«, sagte Olivia. »Du hast gesagt, du spielst mit.«

»Du hast es versprochen.«

»Ich habe nichts dergleichen versprochen.«

»Hast du wohl!« Lila verzog das Gesicht und machte den Mund auf, um loszuheulen.

»Tu bloß nicht so, als würdest du heulen.«

Sie klappte den Mund zu und machte die Augen auf. »Ich tu nie so.«

»Stimmt!«, sagte Olivia. »Lila tut nie so.«

»Lila tut nie so«, sagte Tabitha.

»Ich tu nie so.«

»Lila tut nie so.«

Manchmal bleiben sie in solchen Endlosschleifen hängen.

»Mädels.« Ich versuchte so zu klingen wie meine Mutter. »Ich spiele morgen mit euch. Gleich nach dem Aufstehen.«

»Aber du hast es versprochen!«, sagte Lila mit zitterndem Kinn.

Elizabeth beobachtete das Geschehen interessiert.

»Du bist ein böser Bruder«, sagte Tabby. »Du bringst Lila zum Weinen.«

»Böser Bruder.«

»Böser, böser, böser Bruder.«

»Böse wie der böse Riese.«

»Fi, Fei, Fo, Fum ...«

»Weil Ethan nicht mitspielt, ist er dumm!« Das kam von Olivia. Elizabeth fing an zu lachen, aber nicht so ekstatisch wie die Drillinge. Sie fielen um und schnappten keuchend nach Luft vor Lachen. Jedes Mal, wenn eine wieder zu Atem kam, sagte Olivia den Satz noch mal.

»Man lacht nicht über seine eigenen Witze«, knurrte ich mürrisch. »Na gut. Baut auf.« Ich warf Elizabeth und Jackson einen verzweifelten Blick zu. »Tut mir leid, Leute.«

»Ich finde *Candy Land* wirklich super«, sagte Elizabeth und sprang vom Bett.

»Dann bist du wirklich schwachsinnig.«

Sie gab mir einen Tritt und setzte sich auf den Boden.

»Wir mögen dich«, sagte Olivia.

»Kann ich Grün haben?«

Tabitha überdachte Elizabeths Bitte. »Grün nehme ich immer, aber du bist nett, und du hast Ethan getreten. Also darfst du Gelb haben.«

»Wie die Sonne«, sagte Elizabeth.

»Und wie Pipi«, sagte Lila.

»Und Bananen«, sagte Elizabeth.

»Und Pipi«, sagte Lila.

Ich mischte die Karten heimlich so, dass die Drillinge alle guten kriegten. Wir fingen an.

»Wir sollten ihn anrufen«, sagte Elizabeth. »Jetzt gleich.«

Mein Magen krampfte sich zusammen.

»Dreh nicht gleich durch, aber vielleicht ist er ja noch auf unserer Seite.«

»Genau! Er unterwandert kTV! Und mit seinem Insiderwissen können wir sie fertigmachen …«

»Ich habe doch gerade gesagt, du sollst nicht gleich durchdrehen«, sagte Elizabeth.

»Du bist dran, Ethan«, jaulte Lila.

»Ich rufe ihn an«, sagte Jackson vom Bett aus. »Da ihr beide ja anderweitig beschäftigt seid.«

Elizabeth sah ebenfalls erleichtert aus.

Olivia zog die *Queen Frostine*-Karte. Sie stimmten sofort ihr *Queen Frostine*-Lied an. Ich werde diese Seiten nicht mit dem vollständigen Text besudeln. Hier ein Auszug: *Queen Frostine / Honigbiene / Queen Frostine / süß wie die Rosine.*

Jackson zog sich in meinen Wandschrank zurück, um dem Lärm zu entgehen.

»Das Lied würde ich auch gern können«, sagte Elizabeth sehnsüchtig.

Sie brachten es ihr nur zu gern bei. Inzwischen saß Tabitha schon auf Elizabeths Schoß und spielte mit ihren Dreadlocks. Ich war ein bisschen neidisch. Ich hatte mich schon immer gefragt, wie die dicken Strähnen sich anfühlten.

»Ich frage mich, wieso BradLee Coluber alles verraten hat«, sagte Elizabeth.

»Ich frage mich, *wann*«, sagte Jackson geheimnisvoll, als er aus dem Wandschrank kam.

»Hat er ja vielleicht gar nicht«, sagte ich. »Vielleicht ist er ja bloß zufällig mit Coluber und Trisha bekannt.«

»›Denk an das große Ganze‹?«, zitierte Jackson.

»Das war nur so dahingesagt!«

»Nichts ist nur so dahingesagt«, dozierte Jackson.

»Ach Ethan«, sagte Elizabeth. »Da ich jetzt weiß, dass du in deiner Freizeit ständig *Candy Land* spielst, verstehe ich auch viel besser, wieso du so unschuldig bist.«

Jackson gluckste vergnügt.

»Was war denn jetzt am Telefon?«, fragte ich ihn.

»Ich habe mit ihm gesprochen. Alle Gerüchte sind bestätigt.«

Ich war so erregt, dass ich meine Figur versehentlich rückwärts zog.

»Eine Frage«, sagte er. »Wie lange ist es her, dass BradLee die Sache mit den *Contracantos* ausgeplaudert hat?«

Die Drillinge stimmten ihr neues Lieblingslied an: *Fi, fei, fo, fum / Ethan ist so schrecklich dumm.*

Elizabeth nickte. »Schon lange. Ich bin sicher, dass muss er sofort nach unserem Gespräch gemacht haben.«

»Dann hat Coluber sie aus Berechnung verboten.«

Ich konnte nicht gleichzeitig ihr Gespräch verfolgen und dem klebrigen Griff des Sumpfmonsters Gloppy entkommen. Ich rutschte zurück bis an den Anfang des Spielbretts. »Ich kann mich nicht konzentrieren!«, heulte ich.

»Das kommt, weil du dumm bist. Aber macht nichts. Ich habe gerade gewonnen«, sagte Olivia.

»Du gewinnst immer«, sagte Lila.

Tabitha kann absolut nicht verlieren, und ich beobachtete sie besorgt. Sie hat auch schon mit Spielsteinen geschmissen. »Das liegt nur daran, dass du die *Queen Frostine*-Karte gezogen hast«, sagte sie gehässig.

»*Queen Frostine ist keine Mandarine*«, sang Elizabeth und half ihnen beim Einräumen.

Endlich waren sie weg.

»Wow«, sagte Elizabeth. »Du bist so nett zu ihnen.«

Ich sah mich um. Ich dachte, sie meint vielleicht jemand anderen.

»Sie lieben dich. Das sieht man sofort.«

»Ähm, falls du das nicht bemerkt hast, sie halten mich für dumm.«

»Aber das tun deine Freunde auch.«

Ich musste lachen, obwohl ich nicht wollte. »Worüber habt ihr gerade geredet? Zusammenfassung, bitte.«

Jackson war gleich bei der Sache. Er mag das Wort »Zusammenfassung«. Ich mag das Wort »Trikolon«.

1. BradLee hat Coluber eher früher als später von den *Contracantos* erzählt. Und das dämliche Verbot des Gedichts? Da hatte ich Coluber unterschätzt. Er hatte es genau deshalb verboten, damit alle es lasen. Und wenn es dann bei *For Art's Sake* auftauchte, war es schon berühmt.

2. Luke hatte das alles nicht von langer Hand geplant, aber er hatte sich auf jeden Fall kaufen lassen. Hier seine Worte zu Jackson am Telefon: »Hey, ich kann grad nicht sprechen, total mit *FAS* beschäftigt. Ich bin grad beim Dreh. Moment, Maura, dauert nur so zwanzig Sekunden. Ja, sie finden das Gedicht toll. Ich mache in der Folge nächste Woche mit. Total unglaublich, oder? Was? Also, lass uns später reden.«

3. Wieso hatte BradLee mit Coluber gesprochen? Wieso hatte Luke sich zum Mitmachen überreden lassen? Ich jedenfalls begriff überhaupt nichts.

»Er hängt mit Maura ab«, stöhnte ich. Ich lag wieder auf dem Fußboden.

»Deine Verknalltheit ist so dämlich«, schimpfte Elizabeth. »Können wir uns mal auf die wichtigen Dinge konzentrieren? Luke hat die Seiten gewechselt. Wieso?«

»Wahrscheinlich war er schon die ganze Zeit auf ihrer Seite.«

»Ach, jetzt komm, Ethan. Er hat an die *Contracantos* geglaubt. Das weißt du. Er hat den Aufstand angeführt! Der Aufstand war seine Idee!«

Jackson schnaubte. »Geld.«

»Meinst du wirklich, das reicht?«, fragte Elizabeth.

»Ein Agent. Landesweiter Ruhm. Coole Freunde.«

»Wir waren seine coolen Freunde!«, heulte ich.

»Er hat vor ach so vielen Jahren eine Entscheidung gefällt«, sagte Jackson. Ich wusste, er sprach vom MinneMATHolis-Wettbewerb. »Und jetzt hat er sie revidiert.«

»Vergiss nicht, dass er damals auch schon Freunde hatte«, sagte Elizabeth. »Die er im Stich ließ.«

»Aber das waren Leute wie Miki Dicki Reagler! Die nicht mal als richtige Menschen zählen!«

»Geld, ein Agent, Ruhm, coole Freunde«, wiederholte Jackson. Er nahm die Brille ab und starrte mich auf unheimliche, forschende, wahrscheinlich unscharfe Art an. »Mit Maura Heldsman abhängen, andauernd. Denk mal drüber nach. Du musst nicht antworten, aber denk drüber nach. Was hättest du getan, Ethan? Wie hättest du dich entschieden?«

Ich brütete nicht mehr. Das Gelege war ausgebrütet, die nackten, hässlichen, kleinen Vögel geschlüpft.

Montag ging ich mit Elizabeth Mittag essen. »Da ist er! Da!«

»Ethan, ignorier ihn einfach.«

»Herrgott noch mal, ich – guck mal, wer neben ihm sitzt.«

»Kyle ist doch nicht so schlimm.«

»Nicht Kyle.«

»Wer denn? Ich schaue nicht hin.«

»MIKI D. R.! DER IST SO SCHLIMM!«

»Iss deinen Taco-Salat.«

»MIKI DICKI REAGLER! Der Typ, dessen Name danach schreit, dass man ihn verarscht! M. D. R.!«

Tatsächlich. Der Volltrottel mit den schwingenden Haaren saß so selbstsicher neben Luke, als hätte er immer mit dieser Entwicklung gerechnet. Ich stand auf. »Komm. Gehen wir hin und fragen ihn, warum.«

»Das hat Jackson doch schon gemacht.«

»Du weißt doch, wie schlecht Jackson am Telefon ist. Der bestellt sogar Pizza online. Wir reden Auge in Auge mit ihm.«

»Aber dann wird mein Hackfleisch kalt und der Salat warm, und du weißt genau, dass der Taco-Salat hier in der Mensa nur bei ausreichender Temperaturdifferenz erträglich ist …«

War sie etwa nervös? »Elizabeth!« Ich griff nach ihrer Hand und zog sie hoch. »Ich kaufe dir einen neuen Taco-Salat.«

»Du hast dir von mir Geld geliehen, um deinen eigenen zu kaufen.« Aber sie stand auf. Ich wollte ihre Hand eigentlich loslassen, ganz ehrlich, aber als wir auf Luke zusteuerten, schlängelte sie ihre Finger zwischen meine.

Ich war sehr froh, dass Jackson an dem Tag in der anderen Mittagsschicht war.

Wir standen direkt hinter Luke. Elizabeth ließ meine Hand los, um ihm auf die Schulter zu tippen, und ich wischte mir heimlich die verschwitzten Handflächen an der Jeans ab.

»Yo«, sagte sie.

»Hey!«, antwortete Luke verblüfft. »Ihr seid es!«

»Können wir allein mit dir reden?«, fragte ich.

Luke verzog schmerzlich das Gesicht. »Ich würde gern, aber« – er deutete auf seinen Taco-Salat – »ihr kennt ja das Prinzip der Temperaturdifferenz.«

»Was soll *das* denn schon wieder heißen, Luke?«, fragte Miki D. R. »Klingt ja zum Schreien!« Er fing an zu lachen.

»Können wir uns nicht hier unterhalten?« Sein Blick wich unserem aus.

»Wieso machst du bei der Show mit?«, platzte ich heraus.

Miki D. R. fing wieder an zu lachen, aber ich ignorierte ihn. Oder versuchte es zumindest. Ich habe noch nie gehört, wie ein Brüllaffe eines langsamen und qualvollen Todes gestorben ist, aber ich kann mir nicht vorstellen, dass es so viel anders klingt.

»Sie haben mich gefragt«, sagte Luke.

»Aber wir dachten, du hasst die Sendung!«

»Genau«, sagte Elizabeth. »Was ist mit den indigenen Gesellschaften, die gegen die übermächtigen Kolonisatoren protestieren, weil die ihnen peinlichen Konsumschrott statt echter Kultur andrehen wollen?« Sie beugte sich ganz nah zu Luke herab. Ich hätte total Schiss gekriegt.

Er sah seine Tischgenossen nervös an. Kyle redete mit Josh und Kirtse, aber Miki D. R. verfolgte das Gespräch interessiert. »Du hattest Recht!«, rief er. »Du hast es vorhergesagt! Du kennst die Menschen eben, Luke. Du hast genau gewusst, dass sie es nicht schnallen würden.«

Jetzt wirkte Luke peinlich berührt. Seine Haut war ziemlich gebräunt, aber jetzt wurde er rot. »Die Öffentlichkeit ... das Stipendium ... die Chance, zu netzwerken ...«

Der alte Luke fand es widerlich, »Netzwerken« als Verb zu verwenden.

»Das ist echt eine tolle Chance.«

Ich versuchte ihm direkt in die Augen zu schauen. Er würde mir doch sicher eine Botschaft senden, so was wie: »Ich muss das vor diesen Leuten sagen, aber in Wirklichkeit habe ich eine hervorragende Erklärung für alles! Ich mag euch immer noch am liebsten! Ich komme wieder, Ethan! Ich komme wieder!«

Aber er senkte den Blick und nahm einen Bissen Taco-Salat.

»Komm, Ethan«, sagte Elizabeth. Ich folgte ihr durch die Mensa.

»Ich hoffe, sein Fleisch und sein Salat sind beide lauwarm«, sagte ich.

Das schrie eigentlich nach einem Spruch über seine unentschiedene Haltung, aber Elizabeth versuchte es nicht mal. »Ich auch«, sagte sie bloß.

»James Joyce, T. S. Eliot, H. D., William Carlos Williams«, sagte BradLee. »Alles Schriftsteller, die von Pound stark beeinflusst waren. Alles Vertreter der Moderne. Was sind die Charakteristika der Moderne? Fragmentierung. Collage. Ein unzuverlässiger Erzähler.«

Ein unzuverlässiger Erzähler. Das war ja ich! »Alle haben so einen Filter«, hatte Luke mir in der Analysis-Stunde erzählt, in den guten alten Zeiten. Und mein Filter war falsch. Ich hatte die falschen erhellenden Einzelheiten gewählt, ich hatte die Realität verfälscht, und am Ende war ich weitab der wahren Geschichte gelandet. Ich kannte Luke überhaupt nicht.

Am folgenden Donnerstag erschien eine neue Ausgabe der *Contracantos*.

12

Ein Wind der Kreativität,
der nun durch unsere Schule weht:
Ob Tänzer, Maler, ob Poet –
die Jury ruft zur Musenfeier
mit Damien, Wolfe und Trisha Meier!

DIE CONTRACANTOS

»Was soll der Scheiß, Herbert«, flüsterte ich beim morgendlichen Freien Üben. Es waren noch ein paar andere Leute in Dr. Ferns Atelier, aber die hatten alle ihre iPods an und konzentrierten sich tatsächlich auf die Kunst. Ich hielt es für gefahrlos, ein kurzes Gespräch mit meinem Modellmännchen zu führen.

Ich hatte die dritte Ausgabe der *Contracantos* vor Schulbeginn aus einem der Zeitungskörbe genommen. Eigentlich wollte ich sie boykottieren, aber ich war zu neugierig und konnte nicht widerstehen. Dann musste ich die ganze Lateinstunde warten. Auf keinen Fall konnte ich sie unter den Augen von Ms Pederson lesen, mit ihren unsichtbaren Augenbrauen und ihrer skandinavischen Disziplin.

Jetzt legte ich sie mir auf den Schoß und stellte Herbert so hin, dass er auch draufschauen konnte.

Das Papier glänzte. Die Schrift war gesetzt. Es waren immer noch Zeichnungen dabei, aber die stammten von einem richtigen Künstler. Ich stählte meine Nerven und fing an zu lesen.

»Ein echter Luke«, sagte ich zu Herbert, als ich die erste Seite umblätterte.

»Der gleiche Stil, aber ...«, sagte ich, als ich die zweite Seite umblätterte.

»Das ist ja widerlich«, sagte ich, als ich die dritte Seite umblätterte.

Mir war übel. Es war Lukes Stil, ganz deutlich Luke von Anfang bis Ende. Doch jetzt wurde kTV als Retter der Schule gefeiert. Eine neue Ära war für Selwyn angebrochen, eingeläutet von einer Reality-Show.

»Verdammt, Herb«, sagte ich. Er sah mich finster an, und mir wurde klar, dass er gezeichnet werden wollte. Ich arbeitete immer noch an der »Kunst der Ausscheidung«, also ließ ich ihn hocken.

»Besser so?«, fragte ich.

Er wirkte immer noch verärgert, aber das passte immerhin zu seiner verstopften Haltung.

»Jetzt hör mal zu.« Ich fing an, ihn zu skizzieren, versuchte ihn nur als Linien zu sehen, nicht als Menschen. (Zugegeben, meine Angewohnheit, mit ihm zu plaudern, machte das schwieriger.) »Er hat eine philosophische Kehrtwendung vollzogen. Er behauptet, *For Art's Sake* sei das Beste, was Selwyn je passiert ist.«

Herbert nickte. Vielleicht war es auch ein Luftzug.

»Das müssen die anderen doch merken. Sie werden rebellieren. Sie werden ihm seine Scheinheiligkeit vorhalten.«

Dr. Fern kam herein und machte eine Runde durchs Atelier. Ich hielt den Mund.

»Eine Verzweiflungspose, Ethan?«, fragte sie.

»Oh, äh, ja«, sagte ich. Als ich Herbert genauer anschaute, wie er da hockte, das Gesicht in den Händen vergraben, die Schultern angespannt und verängstigt nach vorn gezogen, wurde mir klar, wie sie darauf kam.

»Die Proportionen stimmen nicht ganz«, sagte sie bei näherer Betrachtung meiner Skizze. »Der Torso ist ein wenig zu gedrungen für die Beinlänge.«

»Darum sah er so komisch aus. Danke.«

»Aber Ethan? Deine Zeichnungen haben sich in letzter Zeit sehr verbessert.«

Dr. Fern klang vollkommen aufrichtig, und ich musste daraus leider schließen, dass alles, was sie mir vorher gesagt hatte, sarkastisch gemeint gewesen war.

»Deine Fertigkeiten nehmen zu, aber es ist auch noch etwas anderes. Ich glaube, du bist inspirierter. Ich weiß nicht, ob es an den Posen liegt, an denen du arbeitest« – sie zog eine Augenbraue hoch; Dr. Fern ist nicht dämlich –, »oder ob etwas anderes in deinem Leben passiert. Aber du gehst mit neuer Konzentration an deine künstlerischen Aufgaben heran.«

Die Reaktion auf Ausgabe III war zum Speien. Ich musste tatsächlich nach Hause, weil ich mich übergab. Den Rest des Tages blieb ich im Bett und spielte meiner Mutter und meinen angewiderten Schwestern vor, dass ich mir einen Magen-Darm-Virus eingefangen hatte, aber in Wahrheit war mir übel vom Verrat.

Niemand hatte ein Wort darüber verloren, dass die Ausgabe anders sei. Alle meinten bloß: »Oh mein Gott, es war wirklich Luke Weston!«, und »Luke und ich waren schon immer enge Freunde« und »Ja, er ist echt supercool«.

Er kam nicht zum Englischunterricht, was einen Teil meiner Mitschüler enttäuschte, denn sie überlegten vor dem Klingeln schon, ob es wohl komisch wäre, ihn um ein Autogramm zu bitten. BradLee dozierte. Da ging es mir schon schlecht. Ich zupfte die ganze Zeit an meinem Hemdkragen herum, weil ich glaubte, der zunehmende Brechreiz käme von der Reibung an meinem Hals.

»Es ist ganz interessant, bei der Lektüre der *Cantos* bestimmte Aspekte von Ezra Pounds Leben zu betrachten«, sagte BradLee. »Er war Antisemit. Im Zweiten Weltkrieg unterstützte er die Nazis. Dreizehn Jahre lang war er in einer psychiatrischen Klinik weggesperrt.«

Ich wischte mir den Schweiß von der Stirn – warum schien sonst niemandem warm zu sein? – und versuchte zuzuhören.

»Als die Deutschen im Jahr 1945 kapitulierten, war er schon wegen Hochverrat angeklagt worden und in einem amerikanischen Militärlager in Italien. Zu einem Reporter sagte er, Mussolini sei ›ein unvollkommener Charakter‹ gewesen, der ›den Kopf verloren‹ habe. Und Hitler sei eine Art Jeanne d'Arc, ›ein Heiliger‹. Er hielt Hitler für den Retter seines Volkes.«

Man konnte leicht erkennen, wer aufgepasst hatte, denn die schnappten alle hörbar nach Luft.

Cynthia Soso hob die Hand. »Und warum lesen wir ihn dann?«

Miles Quince sprang ihr bei. »Ezra Pound hat Hitler einen *Heiligen* genannt?«

»Wir haben die *Cantos* doch gelesen. Hat man doch gemerkt, dass der Typ irre ist«, sagte Vivian Hill. Dafür erntete sie einen Lacher, was mich irritierte. »Das wissen wir doch schon.« Sie ritt auf ihrem dümmlichen Witz herum, und das mit Erfolg. Der Kurs kicherte. »Aber ich hatte keine Ahnung, dass er ein *Faschist* war.«

Alle nickten. Ich hatte das Gefühl, Pound verteidigen zu müssen, wusste aber nicht, wieso.

»Er ist umstritten«, sagte BradLee. »Viele Menschen würden sagen, ich sollte ihn an der Highschool nicht im Unterricht behandeln.«

»Aber das hat doch nichts mit seiner Dichtung zu tun«, sagte ich. Ich hörte das Zittern in meiner Stimme. Verflixt, das konnte ich nicht ausstehen. Dafür gab es nur peinliche Erklärungen: Entweder ich war nervös, oder das Gesagte war mir zu wichtig.

Aber vielleicht lag es auch an der Übelkeit, dachte ich. Denn ich war eigentlich gar nicht nervös. Und ich wusste vorher auch gar nicht, was ich sagen würde.

»Könnte stimmen, Ethan. Leute, wie lautet die große Frage, mit der wir uns hier beschäftigen?«

Ein paar Schüler versuchten es, aber sie lagen alle weit daneben. Sie dachten zu kleinteilig. Eher so wie: »Sollten wir faschistische Lyrik lesen?«

Ich stützte meinen rechten Ellbogen auf die linke Hand und hängte den Arm in die Luft. »Wie sehr das Leben eines Künstlers unsere Interpretation seiner Werke beeinflussen sollte«, sagte ich ausdruckslos.

»Perfekt. Leben gegen Kunst.«

Während BradLee das an die Tafel kritzelte, sah Elizabeth mich an. Ihre Lippen formten die Frage: »Alles okay?« Ich schüttelte den Kopf.

»Sollte es eine Rolle spielen, dass Pound sein Land verraten hat?«, fuhr BradLee fort. »Dass er eine Sache unterstützt hat, die grundlegend falsch war? Können wir seine Werke lesen, ohne dass unser Wissen um seine Überzeugungen das Verständnis einfärbt? Sollten wir es überhaupt versuchen?«

Der Raum begann sich um mich zu drehen. Ich legte den Kopf auf die Tischplatte.

»Mr Lee?«, hörte ich Jackson sagen. »Sie kennen doch Ethan?«

»Sicher«, sagte BradLee. Die Worte klangen, als kämen sie aus weiter Ferne.

»Ich bin zu dem Schluss gekommen, dass er krank ist.«

Dann musste ich mir den Mund zuhalten und ganz regungslos sitzen bleiben. Ich war fertig mit dem Grübeln über Pound. Jetzt konnte ich nur noch denken: *Bitte, bitte, bitte, nicht jetzt kotzen, nicht vor Maura, stopp, stopp, stopp* ... Dann sprintete ich los.

Ich schaffte es bis zum Mülleimer im Korridor. Das war das Beste, was mir den ganzen Tag passiert war.

13

Man hört von überall Bedenken,
For Art's Sake würde die Schule lenken;
ans große Ganze müsst ihr denken!
Durchs Fernsehen wird im ganzen Land
die Kunst – und wir mit ihr – bekannt.

DIE CONTRACANTOS

Ich musste weiter spucken, also ging ich am nächsten Tag nicht zur Schule. Ich brachte nichts Produktiveres zu Stande, als die letzte Folge von *For Art's Sake* anzuschauen. Kein besonders gutes Heilmittel gegen Übelkeit.

»Ist das Luke?«, fragte meine Mutter, als sie mit einer Wärmflasche ins Wohnzimmer kam. »Leg dir die auf den Bauch, Schätzchen. Tatsächlich, das ist Luke.« Sie setzte sich zu meinen Füßen aufs Sofa. »Jonathan! Mädchen! Luke ist im Fernsehen!«

»Ich mache lieber das Kreuzworträtsel fertig«, rief mein Vater, ein kluger Mann, aus der Küche. Die Drillinge kamen hereingestolpert, alle schon im Einteiler-Schlafanzug.

»LUKE!«, schrien sie, als sie ihn auf dem Bildschirm entdeckten. Er trug dunkle Jeans und ein schwarzes T-Shirt und sah ernst und künstlerisch aus, bis er beim Applaus des Publikums grinste. Da sah er aus wie mein Freund.

»Wieso ist Luke im Fernsehen?«, fragte Olivia.

»Ja, wieso ist er im Fernsehen?«, hakte meine Mutter nach.

»Ssch«, sagte ich. »Sie erklärt das gleich.«

Im Bild war jetzt wieder Trisha, die Luke anstrahlte, als wäre er die Frucht ihrer Lenden. »Es ist immer eine große Freude, ein neues Talent zu entdecken. So als würde man ein blühendes Veilchen auf einer Müllkippe finden.«

»Sie ist hübsch«, sagte Lila.

»Sie ist böse«, sagte ich.

»So wie die wilden Kerle?«, fragte Tabby. Tabby ist großer Fan von *Wo die wilden Kerle wohnen*. Letztes Jahr an Halloween ist sie als Max im Wolfsanzug gegangen, jedenfalls bis sie aus dem Kindergarten nach Hause geschickt wurde, weil sie so einen Krach gemacht hat.

»Ich freue mich so sehr, euch den neusten Kandidaten bei *For Art's Sake* vorstellen zu können: Luke Weston!«

Luke winkte.

»Erzähl uns ein bisschen von dir«, sagte Damien.

»Ich habe schon immer gern geschrieben. Ich finde es unglaublich, dass ein paar Zeichen auf einem Blatt Papier Gefühle, Charaktere, Ideen darstellen können. Darum habe ich beschlossen, ein Gedicht über Selwyn zu schreiben und zu veröffentlichen. Natürlich nur so zum Spaß: Ich hatte keine Ahnung, dass ich damit bei *For Art's Sake* landen würde!«

»Und von diesem Gedicht werden wir jetzt jede Woche neue Fortsetzungen hören«, sagte Trisha. »Es sind nur noch ein paar Folgen bis zum Live-Finale, bei dem wir Amerikas besten jungen Künstler küren werden!«

Es folgte ein Schnitt zu den anderen Kandidaten, die darüber lästerten, dass Luke nach zwei Dritteln des Wettbewerbs noch einsteigen durfte.

»Ich will Luke sehen!«, nölte Lila.

»Der kommt schon wieder«, sagte meine hingerissene Mutter.

»Oh! Du meine Güte! Mädchen! Augen zu!«

Ich machte auch die Augen zu. Maura und Josh knutschten. So nah und intim möchte man Küsse eigentlich nur haben, wenn man sie bekommt.

Aber ich musste die Lider doch wieder einen Spalt öffnen, als ich ihre Stimme hörte, wenn auch ziemlich gedämpft. »Hey. Josh. Wir müssen reden.«

»Mm-hm«, sagte Josh. Biss er sie in den Hals? Herrgott noch mal, er knabberte an ihrem Hals, als wäre der ein riesiger bleicher Hot Dog. Im selben Zimmer mit meiner Mutter konnte ich mir das nicht anschauen.

»Jetzt«, sagte Maura.

»Ja, ja. Mhm.«

»Es ist aus, Josh.«

»*Aus?*«, fragte Josh und löste sich mit lautem Schmatzen von ihr. »Was redest du denn da?«

»Ich kann das nicht mehr.«

»Maura ...«

»Ich habe im Augenblick zu viel Stress für eine Beziehung.«

Plötzlich ein Schnitt, anderer Schauplatz. »Lukie!«, schrien die Mädchen. Maura saß auf seinem Schreibtisch an einem Arbeitsplatz in der Bibliothek. Sie lächelten einander an.

»Sie ist auch hübsch«, sagte Olivia.

»Ist sie auch böse?«, fragte Tabitha.

Zurück zu Maura und Josh. »Ich habe einfach nicht die Zeit dafür.«

Jetzt teilte sie sich den Stuhl mit Luke. Sie lachten beide über irgendwas, was Luke geschrieben hatte.

Zurück zu ihr und Josh. »Und ich habe irgendwie nicht die

mentale Kapazität dafür, okay? Ich muss mich aufs Tanzen und auf die Show konzentrieren. Und nicht auf *Typen*.«

Zurück zu Luke. »Tut mir leid wegen dir und Josh«, sagte er.

»Halb so wild. Wir haben einfach nicht zueinander gepasst.«

»Das«, sagte Luke, »war offensichtlich.« Sie wechselten einen vielsagenden Blick.

»Er ist auch hübsch«, sagte Olivia.

Tabby sah mich an. »Frag nicht«, sagte ich.

Werbepause.

»Also!«, sagte meine Mutter mit leichtem Schaudern. »Mir war gar nicht klar, dass die Sendung so – aufregend ist. Mädchen! Ab ins Bett!« Aber sie machte keine Anstalten, sie ins Schlafzimmer zu treiben, und sie taten so, als hätten sie nichts gehört, also blieben wir alle im Wohnzimmer und schauten zusammen *For Art's Sake*.

Als Luke einen neuen Abschnitt seines Gedichts vorlas, rollte ich mich zusammen wie ein Embryo, und so blieb ich das ganze Wochenende liegen. Ich ging Jackson und Elizabeth aus dem Weg. Sie wollten mich besuchen kommen, aber ich ließ ein paar indirekte Anspielungen über Strahlkotzen fallen, um sie abzuschrecken.

In der Mittagspause am Montag sah ich sie zum ersten Mal seit dem unheilvollen Donnerstag, als *Contracantos III* erschienen war. Sie nahmen mich in die Zange.

»Wir haben einen Beschluss gefasst, Ethan«, sagte Elizabeth. »Wir müssen was unternehmen.«

»Klar, das hat Luke auch gesagt«, erwiderte ich müde. Ich schob mein Essenspaket weit von mir weg. Ich war noch in der Phase, wo man sich fragt, wieso Menschen überhaupt Nahrung zu sich nehmen. »Darum haben wir ja die *Contracantos* veröffent-licht. Ich will nichts mehr unternehmen. Das geht sowieso nach hinten los.«

»Bist du immer noch krank?«, fragte sie. »Das ist gar nicht der Ethan, den ich kenne.«

Sie wollte mir bloß schmeicheln. Der Ethan, den sie kannte, war genauso windelweich und depressiv.

»Er isst nichts«, verriet Jackson ihr.

»Ihr würdet auch nichts essen, wenn ihr wie ich in den letzten vier Tagen gesehen hättet, was aus Essen so werden kann.«

»Wer Kotzwitze machen kann, ist nicht mehr krank«, sagte Elizabeth mit Nachdruck. Sie schüttete mein Lunchpaket auf dem Tisch aus. »Iss. Und hör zu.«

Ich biss in eine Ecke meines Erdnussbutter-Sandwichs. War gar nicht übel. »Getschörchzu.«

»Ich hab nicht gesagt, dass du reden sollst. Oder was das sein sollte.«

Mit einiger Anstrengung löste ich meine Zunge vom Gaumen. »Jetzt höre ich zu.«

»Die Pläne, Jackson«, sagte Elizabeth und konnte sich das Fin-gerschnipsen gerade noch verkneifen.

Er nahm sein Handy aus der Tasche und fing an zu tippen. »Ihr habt *Pläne*? Was ist das hier, ein Kriegseinsatz?«

»Halt den Mund und iss.«

Ich biss noch einmal ab.

»Wir haben keine Pläne«, sagte Jackson und hielt sich den Bildschirm wenige Zentimeter vor die Nase. »Wir haben bloß eine Liste von Sachen, die wir machen werden.«

»Das nennt man einen Plan.«

»Ethan Andredingsda«, sagte Elizabeth, »wenn ich dir noch ein einziges Mal sagen muss, dass du den Mund halten sollst, dann werde ich … ähm …«

»Droh nur weiter«, sagte ich.

Sie schnappte sich meine Essenstüte.

»He!«

Sie schaute hinein. »Jackpot!«

»Hä?«, machte Jackson.

»-*pot*, nicht -*son*«, sagte Elizabeth. »Hier sind Kekse drin!«

»Ich bleib bei meinem Sandwich. Die Kekse könnt ihr haben«, sagte ich.

»Was, echt? Ethan, du bist so nett.«

»Ich weiß.«

Ich erwähnte nicht, dass die Drillinge gerade das Backen entdeckt hatten. Ich habe gesehen, wie oft sie die Löffel ablecken. Man müsste Speichel eigentlich auf die Zutatenliste setzen, gleich nach dem braunen Zucker.

»Ich habe so eine Lust auf selbst gebackene Kekse.«

Ich ließ sie in Unkenntnis darüber, dass Tabitha die Eier in der Faust über die Teigschüssel hielt und dann zudrückte.

»Nummer eins«, sagte Jackson. »In Colubers Büro gelangen.«

»Was?!«, quiekte ich. Ich schaute mich nervös um, obwohl niemand Interesse hatte, uns zu belauschen. »Nicht das schon wieder.«

»Müssen wir. Weißt du noch, wie ich mich damals in Brad-Lees Computer gehackt habe?«

»Na sicher.« Ich war ja nicht senil.

»Weißt du noch, dass ich gesagt habe, die Verwendung von VPN-Protokollen sei blockiert?«

»Äh, klar.« Vielleicht war ich doch senil. Computertechnisch.

»Wenn wir annehmen, dass das die letzte Verschlüsselungsbarriere ist, dann könnte sein Bürocomputer mir Zugang zu seinen Netzwerkdateien geben. Noch spannender finde ich allerdings die richtigen Aktenordner. Würde mich nicht wundern, wenn er die Gefahr eines Computerhacks oder einer Festplattenbeschlagnahme vorausgesehen hat und alle belastenden Dokumente nur in Papierform aufbewahrt, damit sie sich spurlos vernichten lassen.«

»Wieso wollt ihr an seine Akten?«

Elizabeth unterbrach Jackson. »Ethan, ich weiß, du bist ein bisschen weich in der Birne, aber tu einfach so, als wärst du schlau. Nur kurz. Mehr verlange ich nicht. Jackson und ich sind zu ungefähr neunzig Prozent sicher, dass er unter der Hand Geld von kTV bekommt.«

»Dafür habt ihr keine Beweise.«

»Genau. Darum wollen wir ja in sein Büro einbrechen.«

»Aber …« Stattdessen aß ich eine Weintraube.

»Können wir weitermachen?«

»Nur zur Information, mein Schweigen bedeutet kein Einverständnis. Und schon gar keine Einwilligung, euch bei diesem halbgaren Quatsch zu unterstützen.«

»Wir ziehen die Schlüsse, die wir für richtig halten«, sagte Elizabeth. »Sohn von Jack, fahr fort. Nummer zwei.«

»Wir finden heraus, wieso BradLee Colubers Maulwurf ist«, sagte Jackson. »Dann werden wir ihm entweder helfen oder ihn vernichten.«

»Das hier ist doch kein Videospiel«, wandte ich ein.

»Okay, nicht wirklich vernichten.«

»Und wieso sollten wir ihm helfen?«

»Wir mögen ihn.«

»Und wenn er mit Trisha Meier zusammen ist?«

»Dann braucht er erst recht Hilfe.«

Vielleicht lag es daran, dass ich seit vier Tagen keine feste Nahrung zu mir genommen hatte, aber es fiel mir schwer, die Fragen zu formulieren, die ich eigentlich stellen sollte.

Elizabeth kam mir zu Hilfe. »Er hat Coluber die ganze Sache verraten. Er ist in diesem Spiel bloß ein Bauer. Aber wieso? Er hat doch Hirn. Also ist er entweder heimlich böse ...«

»... in dem Fall würden wir ihn vernichten ...«, fügte Jackson ein.

»... oder Coluber hat ihn irgendwie in der Hand.«

»Erpressung?«, fragte ich.

»Du hast es geschnallt. Glückwunsch.«

»Das ist doch irre. Und wenn Coluber kTV einfach bloß wegen der Gratiswerbung an der Selwyn haben wollte?«

»Na klar. Weil er ja so selbstlos und aufopferungsvoll ist.«

»Und wenn der begriffsstutzige BradLee bloß gedacht hat, wir alle *wollten* Luke in die Sendung bringen?«

»Ich dachte, du wärst so besessen von Trikolons. Stört es dich gar nicht, dass wir gerade mitten in einem feststecken?«

Verdammt, sie kannte mich wirklich gut. Ich hatte schon dieses nagende Unwohlsein gespürt, als hätte ich beim Lesen einen Absatz übersprungen und müsste die ganze Zeit daran denken, ihn nachträglich noch zu lesen.

»Nummer drei«, sagte Elizabeth. »Als Drittes erledigen wir ...«

»Luke«, sagte Jackson.

»Luke wird nicht erledigt.«

»Jetzt sei doch nicht albern.« Elizabeth verdrehte die Augen, aber Jackson grinste. »Wir müssen etwas wegen Luke unternehmen.«

»Und was?«

Sie schauten einander an. Jackson legte sein Handy hin. Elizabeth sammelte ihre Dreadlocks zu einem riesigen Pferdeschwanz und stopfte sie in ein Haargummi.

»Und was?«, wiederholte ich. Die beiden sahen aus, wie ich mich fühlte: unsicher und müde. Traurig.

»Wir sind uns nicht einig«, sagte Elizabeth.

»Ich bin ehrlich gesagt sauer«, sagte Jackson. »Ich will ihn richtig ärgern. Ich will ihn im Fernsehen als Idioten dastehen lassen.«

»Ich weiß einfach nicht, ob man ihm die Schuld für das alles geben sollte.« Elizabeth zuckte die Achseln.

»Natürlich ist er schuld«, sagte Jackson.

Ich konnte beide verstehen. War er Täter oder Opfer? Ich war auch wütend genug, um über Gewalttaten nachzudenken, die auszuführen mein magerer Körper gar nicht in der Lage war, aber ich wollte genauso gern glauben, dass es gar nicht seine Schuld war. Denn nur dann könnten wir ihn zurückgewinnen.

»Das Problem ist«, sagte Jackson, »dass kTV alles rausschneiden wird, was sich nicht vermarkten lässt.«

»Richtig.«

»Aber es kommen noch fünf Folgen. Wir haben also Zeit. Ich wette, ich kann ihre Schnittprogramme hacken, wenn ich mich ein bisschen einarbeite. Wir könnten ihn als die Arschgeige dastehen lassen, die er ist.«

»Wir haben noch nicht mal entschieden, ob wir ihn überhaupt fertigmachen wollen«, sagte Elizabeth.

»Doch. Haben wir«, sagten Jacksons Lippen stumm in meine Richtung.

»Wir brauchen mehr Information.«

»Darüber sind wir uns einig. Wir sammeln alles über Schlangenmann und Blind Date.«

»Jackson«, sagte Elizabeth genervt, »wir haben das doch geklärt. Wir verwenden *keine* Codenamen.«

»Blind Date?«, fragte ich.

»Blind, weil BradLee der Maulwurf ist, und Date wegen Trisha«, erklärte Jackson selbstzufrieden. »Beachte sie gar nicht. Sie beruhigt sich schon wieder.«

Elizabeth knickte eine Tülle in meine Essenstüte und ließ sich die letzten Kekskrümel in den Mund rieseln. »Bei solchem Nerd-Gefasel ist für mich Schluss«, sagte sie, als sie wieder zum Vorschein kam.

»Halt still«, sagte ich und strich ihr Krümel von den Wangen.

»Ist das gerade wirklich passiert?«, fragte Jackson. »Ethan? Im Ernst? Das war *Elizabeth*, die du gerade freiwillig berührt hast. *Elizabeth.*«

»Ich bin tatsächlich aus Fleisch und Blut«, sagte sie giftig. Die Wangen, die ich vor drei Sekunden berührt hatte, waren jetzt genauso pink wie ihr Tanktop. Meine ganz bestimmt auch.

»Gebt mir bitte eine Sekunde, damit ich die Erinnerung an diesen Vorfall von meiner Speicherkarte löschen kann«, sagte Jackson, die Finger an den Schläfen, die Augen geschlossen. Ich schaute verstohlen zu ihr hinüber: Sie trug eine Latzhose. Ihre Schultern waren auf süße Weise knubbelig, aber ihre Haut war so cremig zart wie das Holz eines Baumes, dem gerade die Rinde abgeschält worden war. Sie wollte meinen Blick nicht erwidern.

»Geschafft«, sagte Jackson. »Puh. Was auch immer eben passiert ist, ich habe das unbestimmte Gefühl, dass es höchst verstörend war. Egal. Lasst uns einen Plan aushecken.«

Ich beugte mich zu meinen Freunden vor. Ich wurde irgendwie aufgeregt. Ich weiß, was ihr denkt: Ich ließ mich wieder mitreißen, genau wie vorher, als wir die *Contracantos* produzierten. Ich hatte gelobt, nichts mehr zu »unternehmen«, und das hatte gerade mal vier Tage gehalten.

Aber was soll ich sagen? Einem gut gebauten Trikolon kann ich nun mal nicht widerstehen.

»Kann ich mich hier hinsetzen?«, fragte Elizabeth vor Englisch und deutete auf Lukes verlassenen Stuhl. Der saß jetzt gegenüber neben Maura.

»Aber was sollen deine normalen Freunde dann tun?«, fragte ich. »Wer wird über ihre normalen Witze lachen? Wer wird ihnen normale Briefe schreiben?«

»Deine Abwesenheit wird ihre Normalverteilung durcheinanderbringen«, sagte Jackson.

»Pa-*daa*!«, sagte ich, obwohl ich bloß ungefähr ein Prozent aller Statistikwitze verstehe. (Pa-*daa*!) Ehe sie sich setzte, zeigte sie uns beiden den Mittelfinger.

Der Name für unseren Plan flog uns in genau dieser Unterrichtsstunde zu.

»Ihr wisst ja, dass Pound ein früher Vertreter des Imagismus war«, sagte BradLee. In Lukes Gesicht rührte sich kein Muskel. »Doch er entwickelte sich weiter. Seine nächste Bewegung nannte sich Vortizismus. Zur Erklärung des Namens sagte er: ›Das Bild dazu ist ein strahlender Knotenpunkt oder ein Bündel; es ist ein Vortex, aus dem, durch den und in den ständig Ideen rasen.‹«

VORTEX. Das gefiel mir.

»Ist ›vortex‹ nicht ein lateinisches Wort?«, flüsterte ich Jackson zu.

»Wirbel«, sagte er wie aus der Pistole geschossen.

»Wir werden der Wirbel der Wahrheit sein«, murmelte Elizabeth. »Der Vortex der Vergeltung.«

Gegenüber zeigte Luke Maura sein Notizbuch. Sie lachte.

Später in der Stunde kehrte BradLee mit uns noch einmal zu den Versen zurück, die ich mit ihr analysiert hatte.

Was du innig liebst, ist beständig,
der Rest ist Schlacke.
Was du innig liebst, wird dir nicht weggerafft
Was du innig liebst, ist dein wahres Erbe
Wessen Welt? Meine? Ihre?
Oder ist sie von niemand?

Kennt ihr das, wenn man von einem Song einen Monat lang oder so völlig besessen ist? Dann hört man ihn wieder, Jahre später, und er wird zur Nostalgiemaschine. Sofort fällt einem ein, wie es damals war, nur dass alles mit dem goldenen Glibber der Erinnerung überzogen ist und viel besser aussieht als in Wirklichkeit.

Genau das passierte, als ich diese Verse aus den *Cantos* hörte. Ich wollte nichts als dahin zurück. *Was du innig liebst, ist beständig ...* Es war nicht beständig geblieben, dachte ich. *Was du innig liebst, wird dir nicht weggerafft ...* Auch das war falsch. Luke hatte uns verraten, und es schmerzte, an die hochfliegenden Hoffnungen zu denken, die mich bei Mauras Worten ergriffen hatten: »Ich rede mit niemandem sonst darüber.«

Ezra Pound hatte gelogen. Was ich innig liebte, war mir weggerafft worden, ich trauerte, und sie waren in ihrer ganz eigenen Welt.

14

Schreib ich, muss ich mich immer fragen:
»Tät ich es nicht – wer würd es wagen?«
Denn eines kann man sicher sagen:
For Art's Sake *ist nur deshalb gut,*
weil es viel Herz hat und viel Mut.
Die Contracantos

Wir planten VORTEX. »Was spricht gegen heute Abend?«, sagte Elizabeth am Freitagmorgen auf dem Weg zur Schule.

»Heute Abend?«, heulte ich. »Ich bin mental überhaupt nicht darauf eingestellt.«

»Countdown: T minus vierzehn Stunden«, sagte Jackson.

Freitagabend, 21 Uhr. Um diese Zeit konnte man am sichersten sein, dass alle, die mit Selwyn zu tun hatten, beschäftigt waren. Sie holten mich mit dem Appelvan ab. Es war genauso dunkel, wie es am Morgen vor der Schule gewesen war.

»Willkommen im VORTEX«, sagte Jackson. »Ein Mann. Ein Plan. Ein Van.«

»Ich bin der Mann«, sagte ich sofort.

»Wir sind beide Männer«, sagte Jackson.

Nach dem Schnauben und Quieken zu urteilen, das ihr Lachen begleitete, würde Elizabeth sich so bald nicht wieder erholen. Ich fragte Jackson: »Hast du ihn mitgebracht?«

»Wider besseres Wissen.«

An der nächsten roten Ampel reichte er mir Mayonnaises Reisekäfig nach hinten. Ich nahm ihn heraus und hielt ihn in den Händen. Sofort ließ meine Nervosität nach. Der gute alte Mayonnator. »Bereit?«, fragte ich ihn.

»Haben deine Eltern gemerkt, dass du ganz in Schwarz bist?«, fragte Jackson.

Ich lachte nur. Die Drillinge spielten »Nicht den Boden berühren«. Meine Mutter war ein Lavamonster, das auf dem Teppich döste. Der Rücken meines Vaters diente als Brücke vom Couchtisch zum Sofa. Meine Eltern bemerkten seit fünf Jahren nicht mehr, was ich trug oder was ich tat.

»Nicht nervös werden«, sagte ich zu Mayonnaise. »Du wirst die meiste Zeit in meiner Tasche stecken.«

»Ist er da denn sicher?«, fragte Jackson. »Wird er da nicht zerquetscht?«

»In Ethans Hose ist mehr als genug Platz«, sagte Elizabeth. »Ihm fehlt der Körperteil namens Oberschenkel.«

»Aber was ist mit dem Tumor?«, hakte Jackson nach. »Hat er Schmerzen? Wenn du Schmerzen hättest, würdest du den Abend in jemandes Hosentasche verbringen wollen?«

»Hör auf, immer Tumor zu sagen.« Mir war *gutartige Schwellung* viel lieber. »Und er tut ihm nicht weh.«

Die Schwellung war gewachsen, aber das schien Mayonnaise nicht im Geringsten zu kümmern. Ich versuchte, seine Einstellung zu übernehmen. Außerdem waren wir schon an der Schule. VORTEX stand bevor.

Wir schlichen am Rand des Parkplatzes entlang zum Hintereingang. Ich warf einen Blick zurück zum Van. Er stand so unheimlich allein da und glitzerte in seiner pädophilen Pracht. Ich sah Elizabeth an und fing an zu lachen.

»Still«, sagte sie und musste selbst kichern.

Es waren weder Rufe noch Schritte zu hören, als wir uns der Schule näherten. »Kein Nachtwächter«, sagte Jackson beruhigend. »Habe ich euch doch gesagt. Hätte sonst auf dem Gesamtplan gestanden.«

»Gut«, sagte Elizabeth. »So können wir ungestört Unheil anrichten.«

»Irgendwo sollte hier so ein Eisengitter-Dings sein. Nach den Gebäudeplänen ...« Jackson ging planlos hin und her und starrte auf sein Handy.

»Ähm, Jackson? Wir stehen direkt vor so einem Eisengitter-Dings.«

»Ah. Ja.«

Dies war Jacksons Beitrag zu VORTEX. In einer freien Minute hatte er auf dem Verwaltungsserver die Grundrisse der Selwyn Academy studiert und ein Quadrat mit der Aufschrift *Lastenaufzug* entdeckt. Er war so schmal wie eine Standuhr. »Okay, okay, okay«, sagte er nervös. »Das Ding sollte man nach oben schieben können.«

Er packte eine Gitterstange und zog. *Sun Tzus Kunst des Krieges* zu spielen, trainiert nicht gerade den Oberkörper, also kam ich ihm zu Hilfe. Aber offensichtlich war Bleistiftzeichnen und Rennmäuse ausbilden auch nicht viel erfolgreicher. »Warmduscher«, murmelte Elizabeth und zwängte sich zwischen uns. »Eins, zwei, drei, *hepp*.«

Ein kratzendes Quietschen war zu hören – ich dachte zuerst, aus Jacksons Kehle – und das Gitter bewegte sich. Es glitt nach oben in die Wand, wir stellten uns auf Zehenspitzen und schoben weiter, bis wir es einrasten hörten wie ein Garagentor.

Dahinter war eine Tür.

»Dies ist das wahre Portal«, sagte Jackson.

Elizabeth machte den Mund auf und klappte ihn wieder zu. Ein schnippischer Kommentar über die Verwendung des Wortes »Portal« außerhalb von Computerspielen war uns erspart worden.

Jackson strich mit den Händen über die Tür, die Taschenlampe zwischen den Zähnen. »Scheint kein Schlüsselloch zu haben«, flüsterte er. »Ist auch gut so, denn in den Wartungslisten stand nichts davon.«

»Wieso probierst du nicht die naheliegendste Methode?«, fragte Elizabeth.

Jackson richtete den Zeigefinger auf die Tür. »*Alohomora.*«

Elizabeth ging auf die Tür zu und drückte die Schulter dagegen. Sie gab nach. »*Diese* naheliegendste Methode.«

Wir schauten hinein.

»Der ist ja winzig«, sagte Elizabeth. Die Kabine war kaum einen Meter tief und nicht breiter als die Tür, etwa einen halben Meter. »Wird knapp, uns alle drei da reinzuzwängen.«

»Vielleicht sollte einer von uns als Erster runterfahren«, sagte Jackson.

Wir sahen einander an. Niemand meldete sich freiwillig.

»Dann müssen wir uns wohl doch quetschen«, sagte er.

Quetschen war das richtige Wort. Ich nahm Mayonnaise aus der Hosentasche und hielt ihn an meinen Hals, um ihn zu schützen. »Wieso können die nicht ein bisschen vorausdenken und das Ding für drei normalgroße Menschen bauen?«, fragte Elizabeth.

Ich spuckte aus. »Dreadlock im Mund«, erklärte ich.

»Eklig«, sagte sie.

»Finde ich auch.«

»Ekliger für mich als für dich.«

»Machst du Witze? Deine toten Zellfäden waren in meinem Mund.«

»Mein Haar ist von deinem *Speichel* überzogen.«

»Leute«, sagte Jackson. »Uns hier reinzuzwängen, ist nicht unser einziger Programmpunkt.«

Elizabeth konzentrierte sich wieder. »Geht das Ding überhaupt?«

»Sollte man annehmen, ja.« Jackson war schnippisch, weil ihm allmählich aufging, sein brillanter Plan könnte schon beim ersten Schritt vereitelt werden. Wenn der Aufzug sich nicht rührte – wenn er stillgelegt war, wenn man einen Schlüssel brauchte, wenn wir ihn nicht bedienen konnten –, kamen wir nicht in die Schule hinein. Wir würden scheitern. Wir würden in unser langweiliges Loserleben zurückkehren.

Jackson ließ die Taschenlampe über die Innenwände wandern. »Keine Knöpfe zum Drücken«, grübelte er.

»Ist ja auch kein normaler Fahrstuhl«, sagte ich.

»Denken, denken, denken.« Er hatte die Augen geschlossen. »Denken und verrenken. Aha! Ich kann mich verrenken, so viel ich will, ich finde keine Knöpfe zum Drücken.«

Ich wusste immer, eines Tages würde Jackson durchdrehen.

»Der Befehl zum Losfahren muss das Schließen des Eisengitters sein.«

Oh. Mist.

»Oh«, sagte Elizabeth. »Mist.«

»Können wir die Tür von innen schließen?«, fragte ich.

»Ich sage das nur ungern«, wandte Jackson ein, »aber es ist nicht besonders schlau, wenn wir uns alle drei freitagabends in einem Lastenaufzug einschließen, der seit dreißig Jahren nicht mehr benutzt wird.«

Ich hatte das kleine Intermezzo genossen. Es war ganz gemütlich gewesen, darauf zu warten, dass etwas passierte, so eingezwängt zwischen Elizabeth und Jackson, Mayonnaises weiches Fell am Hals.

»Wir müssen uns aufteilen«, sagte er.

»Ich wünschte, wir wären vier«, sagte Elizabeth. Bei dreien blieb immer einer allein.

»Steigt aus«, sagte ich. »Draußen können wir vernünftig drüber reden.«

Draußen verflog unsere kollektive Körperwärme rasch. Es herrschten ungefähr minus zehn Grad.

»Jackson«, sagte ich, »du bist der Einzige, der dieses Ding vielleicht reparieren könnte, wenn was schiefgeht. Du musst hier draußen bleiben.«

»Wir könnten doch beide runterfahren«, sagte Elizabeth.

Ich wollte Ja sagen. Nur eins war schlimmer, als allein in einem uralten Lastenaufzug in die Tiefe zu fahren: allein in einem uralten Lastenaufzug festzustecken.

»Es wäre besser, wenn nur einer von uns – ähm – lahmgelegt ist«, sagte ich.

»Dann lass mich fahren.«

»Ich fahre.« Ich erkannte meine Stimme kaum wieder. So entschieden klang ich sonst nie.

»Das ist hoffentlich nicht so eine rückständige, antifeministische Macho-Helden-Nummer«, sagte Elizabeth, trat aber zurück.

»Ich habe Mayonnaise dabei, also bin ich nicht allein. Und mein Handy habe ich auch.« Ich bezweifelte allerdings, dass mein T-Mobile-Netz auch für Lastenaufzüge zur Hölle reichen würde.

»Schick ihn leer wieder rauf, wenn du kannst«, sagte Jackson hektisch. »Dann wissen wir, dass er funktioniert. Sonst musst du uns durch die normale Hintertür reinlassen.« Jacksons Recherchen hatten ergeben, dass die Hintertür sich nur von innen öffnen ließ.

Ich trat in die Aufzugkabine. »Bis bald.« Ich versuchte, forsch zu klingen.

Jackson nestelte in seiner Jackentasche. »Hier.« Er gab mir eine Tüte Studentenfutter. »Proviant. Für alle Fälle.«

»Oh Mann, wie taktlos, Jackson«, sagte Elizabeth. »Aber wenn du *tatsächlich* stecken bleibst, kannst du es machen wie die Leute damals in den Anden nach dem Flugzeugabsturz …«

»Wie, und sich selbst essen?«, fragte Jackson.

»Nein, Mayonnaise.«

»Höchstens achtzig Kalorien. Außerdem fehlen lebenswichtige Spurenelemente. Lohnt sich nicht.«

Sie diskutierten immer noch darüber, ob man das als Kannibalismus werten sollte, als ich die innere Tür zudrückte. Sofort wurde es pechschwarz. »Ich würde dich niemals essen«, sagte ich in die Dunkelheit.

Mayonnaise antwortete, indem er sich an mich kuschelte.

Ich knipste die Taschenlampe an, aber dann sah ich bloß, in was für einer kleinen Gruft ich steckte. Außerdem fiel mir ein, dass ich die Batterien besser aufsparen sollte, für alle Fälle. Also schaltete ich sie wieder aus.

Ich hatte mir eingeredet, dass es nicht so schlimm werden würde. Aber es war so schlimm.

1. Ich konnte kein bisschen sehen. Meine armen Pupillen fanden kein Lichtpartikelchen. Ich gierte so sehr nach Licht, dass sich mein ganzer Körper zu weiten schien.

2. Ich konnte auch nichts hören. Entweder zankten Jackson und Elizabeth jetzt in Gebärdensprache, oder die Tür war so dicht, dass sie alle Geräusche abhielt.

3. Mir wurde plötzlich klar, dass Mayonnaise eine Rennmaus war und kein menschlicher Gefährte. (Nur damit das klar ist: Ich hatte deshalb nicht vor, ihn zu essen.)

Ich bekam Panik. Ich stemmte die Hände gegen die Wände, um irgendwas zu berühren, und ich spürte sie überhaupt nicht. Ich nehme an, das war eine Nebenwirkung der Panik, es fühlte sich an wie das Nichts, als wäre ich ein Bewusstsein, das in einem bewusstlosen Meer treibt; wie eine außerkörperliche Erfahrung, die mir klarmachte, wie gern ich meinen Körper hatte, wie gern ich meine Augen und Ohren und Hände hatte, ich hatte zwar vorher nie so richtig darüber nachgedacht, aber es war schon sehr cool, dass sie die Welt in meinen Kopf bringen konnten. Ich muss sie mehr wertschätzen, dachte ich. Ich würde einen Sinneswertschätzungstag einrichten. Und dann dachte ich, ich müsste schreien.

Aber ich wollte Mayonnaise nicht erschrecken. Ich packte ihn und versuchte, nicht zu fest zuzudrücken …

Und dann kam er zu mir. Ezra Pound kam zu mir.

doch dass ein Mensch in jenem weiteren Grauen lebe
und leben bleibe
die Einsamkeit des Todes kam über mich
(um drei Uhr Nachmittag für einen Augenblick)

Ich entspannte mich. Es ist bloß der Tod, dachte ich, aber der Tod ist es *nicht*. Ich hörte meinen Atem, spürte die Metallwände an einer Hand, Mayonnaise in der anderen. Und ich sah die glitzernden Schieber meiner Reißverschlüsse, die das bisschen unsichtbare Licht angelockt haben mussten, das da war. Ich konnte sehen.

Und dann hörte ich das Knarren, den Lärm einer Mechanik, die zum Leben erwachte, und der Aufzug setzte sich in Bewegung.

15

Zu kTV wir uns bekennen
und keiner kann uns davon trennen.
Die anderen Shows kann man verbrennen.
Wir wissen, worauf wir uns freun
an jedem Freitag spät um neun.
DIE CONTRACANTOS

Die Fahrt nach unten war holprig. Ich war sehr froh, dass meine Zunge nicht zufällig zwischen meinen Zähnen steckte, als ich unten ankam.

Aber Mayonnaise und ich überlebten es beide. Und sobald ich die Taschenlampe anknipste, wurde mir klar, dass wir bei der Druckmaschine gestoppt hatten und die Tür sich jetzt zum untersten Geschoss öffnete. Die Druckerei kam mir einladend vor wie das Haus von Freunden.

Ich schaltete das Deckenlicht an. Nachdem ich dreißig Sekunden geblinzelt hatte und herumgestolpert war wie eine verwundete Fledermaus, sah ich neben dem Aufzug einen Knopf an der Wand. Nur den einen. Ich war zwar misstrauisch, was das Drücken von unbeschrifteten Knöpfen anging, seit ich im *History Channel* eine Sendung über die willkürlich versteckten Auslöser von Atomraketen gesehen hatte, aber ich presste trotzdem den Daumen darauf. Es funktionierte. Der Lastenaufzug klapperte aufwärts.

Als er wieder herunterkam, standen Mayonnaise und ich dümmlich grinsend vor einer leeren Kabine. Dann sah ich Jacksons Handy. Er hatte eine Botschaft an mich eingegeben. *Können ihn nicht von innen abfahren lassen. Schick uns Schlüssel zur Tür. Schlüsselschrank links von dir.*

Ein paar Minuten später hörte ich Getrampel auf der Treppe. Jackson wirkte entnervt.

»VORTEX ist der Schweizer Käse unter den Plänen«, sagte er.

»An dieser Metapher bastelt er schon eine ganze Weile«, verriet Elizabeth mir grimmig.

»Ähm, weil er zum Himmel stinkt?«

»Weil er jede Menge Löcher hat.«

»Hey, Alter, entspann dich. Es gab nur ein Loch. Es ist der Donut unter den Plänen.«

»Na gut, an die Arbeit.« Jackson ging zum Schlüsselschrank. »Wissen die eigentlich, wie verantwortungslos das ist, die Schlüssel hier in der Öffentlichkeit herumliegen zu haben?« Er schnappte sich ein Bund, dann noch eins.

»Wir sind hier nicht in der Öffentlichkeit«, sagte Elizabeth und schauderte kurz. Nachts kam einem das Kellergeschoss noch unheimlicher vor. Die riesigen Maschinen wirkten wie das Labor eines irren Wissenschaftlers und ich musste immer daran denken, dass wir mindestens zwölf Meter unter der Erde waren.

Jackson warf Elizabeth ein Schlüsselbund zu und steckte das andere in die Tasche. »Sie haben einen kompletten Satz hier unten, die Trottel.«

»Wahrscheinlich benutzen die Hausmeister den Schrank«, sagte ich.

»Oh Mann«, sagte Jackson. Ich war zuerst beleidigt, bis mir klar wurde, dass er sich selbst meinte.

»Gehen wir«, sagte Elizabeth.

Wir knipsten das Licht aus und folgten ihr die Treppe hinauf ins Schulgebäude. Es war so düster und still, dass selbst die vertrauten Räume unheimlich wirkten.

»Da wären wir«, sagte Jackson. Hier wollten wir uns trennen.

»Wir könnten auch zusammenbleiben«, sagte Elizabeth.

»Wir sollten uns nur so kurz wie möglich hier drinnen aufhalten«, sagte er barsch. »Nach der Folge könnten alle möglichen Leute hier hereinschneien. Es gibt jede Menge kTV-Leute, die Zugang haben.«

Wir hatten das bereits durchgesprochen. Wir mussten zwei Orte durchsuchen, also mussten wir uns in zwei Gruppen aufteilen.

Elizabeth zögerte. Ich beobachtete sie. Ihre hohen Wangenknochen hätte ich kaum schattiert, entschied ich. Das waren die hellsten Punkte in ihrem Gesicht, zwei runde Gipfel, die ein kantiges Gebirge überragten. Die Schatten unter ihren Augen hätte ich kräftig schraffiert. »Gut«, sagte sie. »Schick uns eine Nachricht, wenn du länger als eine Stunde brauchst.«

»Bis dann.«

Jackson wollte sich abwenden, aber ich packte ihn. Ich hatte ihn eigentlich umarmen wollen, aber er war Jackson, und ich war ich, also haute ich ihm nur ungelenk auf die Schulter.

»Zeitverschwendung«, murmelte er, aber er erwiderte meine Geste.

»Willst du Mayonnaise haben?«

Er überlegte, was darauf hindeutete, dass er nervöser war, als er zugab. »Behalt ihn.«

Elizabeth umarmte ihn richtig. »Los, geh«, flüsterte sie.

Entschlossen drehte Jackson sich um. Elizabeth und ich gingen in den Flur gegenüber.

Jackson war unterwegs zum Kunstatelier, in dem sich das Produktionsteam von kTV eingerichtet hatte. Gestern nach der Schule hatte ich mit Thomas, meinem Kamerakumpel, geplaudert, und in einem Anfall von Langeweile hatte er mir eine ganze Menge über ihre Schnittprogramme erzählt. Ich hatte mein Handy in der Hemdtasche und nahm alles auf. Nachdem Jackson sich eine Weile über meine dämlichen Fragen lustig gemacht hatte, meinte er, er könnte sich von draußen in die Schnittprogramme hacken. Aber zuerst müsse er sich mit ihrer Hardware im Schneideraum vertraut machen.

Elizabeth und ich würden in der Zwischenzeit den Papierkram durchsuchen. Müsst ihr noch wissen, wo?

In der Schlangengrube. In Colubers Büro.

Unser Ziel war, etwas Belastendes zu finden. Einen Beweis dafür, dass Coluber finanziell von *For Art's Sake* profitierte, entweder durch eine Provision von kTV oder indem er etwas vom Honorar der Selwyn Academy in die eigene Tasche steckte. Elizabeth und ich konnten natürlich nicht besonders gut Computer hacken. Scherz beiseite: Wir konnten überhaupt nicht hacken. »Macht nichts«, sagte Jackson immer wieder. »Verräterische Daten würde er sowieso nicht auf der Festplatte seines Schulcomputers speichern. Damit verschwenden wir gar nicht erst unsere Zeit.«

Also arbeiteten wir ganz altmodisch, in guter Detektiv-Tradition. Wir fotografierten alles, was interessant war, um es später auszuwerten. Jackson nannte das Realitäts-Hacken. Ich nannte es Einbruch, aber trotzdem stand ich jetzt irgendwie vor Colubers Büro und sah Elizabeth einen Schlüssel ins Schlüsselloch schieben.

»Schhh«, sagte ich, als sie frustriert Luft abließ.

»Hör auf, immer *Schhh* zu sagen.«

»Dann hör du auf, ständig Geräusche zu machen.«

»Er passt. Ich spüre, dass er passt. Aber er dreht sich nicht.«

»Er muss funktionieren. Jackson hat gesagt, es würde funktionieren.«

»Aaah, und alles, was Jackson sagt, muss – oh.« Der Zylinder klickte in die richtige Position, Metall glitt an Metall entlang, ich spürte geradezu, wie gut es passte, als der Schlüssel sich endlich drehte.

»Moment, warte«, sagte ich und nestelte in der Hosentasche nach der Ausrüstung, die Jackson mir mitgegeben hatte.

»Ich will Mayonnaise nicht haben«, zischte sie.

»Der sitzt doch in der anderen – hier sind sie.« Ich gab ihr ein Paar Gummihandschuhe und zog das zweite selbst an.

»Danke.« Sie öffnete die Tür, wir gingen hinein. Ehe sie das Licht anschaltete, machte sie die Tür hinter sich zu und schloss ab.

»So sind wir wenigstens ein bisschen vorgewarnt, wenn jemand kommt.«

Allein die Vorstellung ließ mich zittern. »Es ist Freitagabend«, sagte ich. Das war schon die ganze Woche mein nervöses Mantra gewesen. Niemand würde am Freitagabend in der Schule auftauchen.

Ich sah Elizabeth zu, wie sie Schubladen öffnete. Nach einer Minute zuckte ihr Kopf herum. »Warum sind wir noch mal hier?«

»Was?«

»Wir suchen Akten, Ethan.«

»Stimmt.«

Ich hatte all meinen Mumm aufgebraucht, als ich im Aufzug nach unten gefahren war. Wäre ich jetzt allein gewesen, hätte ich mich wahrscheinlich unter Colubers Schreibtisch zusammengerollt wie eine verängstigte Kellerassel. Ich öffnete eine Aktenschublade und schaute den Haufen Papier an. Ich hatte keinen Schimmer, was ich tat.

Elizabeth sagte: »Haushaltspläne, Briefe oder Papiere von kTV ...«

Wir hatten das alles durchgesprochen. Ich hatte keine Ausrede. Ich blätterte die trockenen, harten Manila-Umschläge durch.

»Ich habe mich am Papier geschnitten! Hat voll durch den Gummihandschuh geschnitten! Mein kleiner Finger blutet!«

»Und mir blutet das Herz. Lass bloß kein Genmaterial auf die Akten tropfen.«

»Ich habe Schmerzen!«

»Dann unterbrechen wir unsere Mission kurz, und ich suche dir ein Pflaster. Fotografier du in der Zeit diese Dokumente.« Sie hatte sie über Colubers ganzen Schreibtisch ausgebreitet.

»Hast du was gefunden?«

»Ich habe was gefunden, was etwas sein könnte. Hier ist meine Kamera. Kannst du mit deiner Verwundung noch den Auslöser drücken?«

»Das werde ich schaffen.«

Die Dokumente waren zu mathematisch für meinen Verstand. Zwischen den ganzen Zahlen sah ich ein paar Worte wie »Einbehaltung« und »freiwillige Abzugssteuer«, die genauso gut mathematische Zeichen sein könnten.

»Fertig.« Ich schob die Papiere zurück in die Mappen. »Ähm, Elizabeth?«

Sie stand über den Aktenschrank gebeugt. Ich konnte nicht sehen, was sie tat. Sie grunzte.

»Hast du ein Pflaster für mich gefunden?«

»Scheiße, Ethan, jetzt bin ich abgerutscht. Nein, ich suche dir gar kein Pflaster. *Das hier* mache ich.« Sie hielt mir eine aufgebogene Büroklammer unter die Nase. Ich dachte, sie drohte, mir das Auge auszustechen, doch dann wurde mir klar, dass sie damit das Schloss des Schranks zu knacken versuchte.

»Wow, du kannst Schlösser knacken?« Schmeichelei ist in solchen Augenblicken hilfreich. Außerdem war ich tatsächlich beeindruckt.

»Hat mir mein Babysitter beigebracht, als ich so sechs war. Ich muss allerdings zugeben, dass meine Fähigkeiten nur für Aktenschränke reichen.«

»Ich bin verblüfft.«

»Jetzt trägst du aber ein bisschen dick auf, oder?« Aber selbst schräg von hinten merkte ich, dass sie lächelte. Ihr Jochbein schob sich höher als üblich und lugte gerade so weit hinter ihren ausladenden Haaren hervor, dass ich es bemerkte.

»Ganz und gar nicht. Ich bin völlig fassungslos.«

»Ahnungslos trifft es eher. Aha!« Die Schublade öffnete sich.

»Ich dachte, dafür benutzt man Haarnadeln.«

»Haarnadeln sind ideal, aber wer hat denn heute noch Haarnadeln dabei?«

Woher sollte ich wissen, wie es um die amerikanische Haarnadel stand? Wie hielten sich Mädchen denn sonst die Haare aus dem Gesicht? Ich betrachtete Elizabeths Hinterkopf, während sie die Ordner durchblätterte. Ich hatte mir Dreadlocks noch nie so genau angesehen. Ich hatte immer gedacht, es sei unhöflich, sie länger anzustarren, so wie eine auffällige Narbe oder einen dicken, eitrigen Pickel. Aber sie schaute in die andere Richtung, also starrte ich sie an und merkte, ich mochte Dreadlocks. Ich hatte bisher gedacht, mir gefiele glattes, geordnetes Haar, so wie Mauras in dem hohen Knoten. Mauras Haar war so glatt, dass man es für eine Glatze halten würde, wenn es nicht eine andere Farbe als ihre Haut hätte. (Na ja, eine Glatze mit einem großen Knubbel oben auf dem Kopf.)

Aber Dreadlocks waren schön. Und zwar so wie Dinge schön sind, die gar nicht schön sein sollen: nicht schön wie ein Sonnenuntergang, sondern eher wie Unterholz, wie geröstetes Brot, wie die fleckige Chromoberfläche einer alten Stoßstange. Und wenn sie die dicken Strähnen so wie jetzt zu einem Pferdeschwanz zusammengeschnürt hatte, dann strahlten sie eine erschreckende Kraft aus. Das Gummiband passte nur einmal herum, und die Dreadlocks wirkten, als würden sie es gleich sprengen, dick und schwer wie ein brodelnder Topf mit geschmolzenem Käse. An manchen Stellen hatte sie Perlen hineingeflochten. Und obwohl Elizabeth halb schwarz war, waren ihre Haare gar nicht so dunkel. Sie hatten unterschiedliche Brauntöne, an manchen Stellen waren sie sogar golden.

»Was machst du?«, fragte sie, ohne sich umzudrehen.

Ich verliebe mich in deine Dreadlocks, hätte ich ehrlicherweise antworten müssen.

Wieso neigte ich dazu, irgendetwas so lange anzustarren, bis ich mich verliebte?

»Das hier hat definitiv mit kTV zu tun.«

Das lag nicht an meiner künstlerischen Ader. Herbert starre ich auch lange an, aber ich schwärme kein bisschen für ihn. (Jedenfalls noch nicht.)

»Gib mir mal meine Kamera, ja?«

Es fiel mir so schwer, meine Augen von ihrem Haar zu lösen, dass ich dabei ein Geräusch wie beim Öffnen eines Klettverschlusses erwartete. Ich fand ihre Kamera. Sie hielt die Hand über die Schulter und nahm sie entgegen, ohne den Blick von den Akten zu wenden.

So hatte der ganze Ärger mit Maura angefangen. Wir hatten in meinem ersten Highschool-Jahr im gleichen Mathekurs gesessen. Sie vor mir. Ich hatte ihren Nacken angestarrt, und als ich den auswendig kannte, konnte ich mir mein Leben nicht mehr vorstellen, ohne auf ihren Hals zu starren.

Der Hals ist überhaupt ein höchst unterschätzter Körperteil, fand ich. Ich suchte Elizabeths Hals unter ihrer Dreadlock-Decke. Der Hals war die Verbindung zwischen Körper und Geist, das Symbol dieser eigenartigen Kombination aus Physis und Psyche, die uns zu Menschen macht. Oje, dachte ich. Ich nun wieder. Unter Stress habe ich immer so pseudophilosophische Tagträume. Ist eine schwere Bürde. Während der PSAT-Tests letztes Jahr machte ich mir so viele Gedanken über den freien Willen, dass ich die Hälfte der Matheaufgaben ausließ, nur um zu beweisen, dass ich kein Roboter war. (Na ja, auch, weil ich so schlecht in Geometrie bin.) Man sollte doch meinen, diese Eigenschaft müsste durch natürliche Selektion längst ausgemerzt sein. Wahrscheinlich gab es bloß einen einzigen philosophischen Steinzeitmenschen, der nicht von einem Wollmammut zertrampelt worden war, und der Typ war mein Vorfahr –

»Ethan! Erde an Ethan!«

»Oh, ja, hi.« Ich blätterte in irgendwelchen Papieren herum. »Bin ganz in die Akten vertieft. Was gibt's?«

»Kannst du dir das hier erklären ...«

Wir schauten einander an.

Wir schauten zur Tür.

Schritte.

Nicht Jacksons Schritte. Jackson war als Kind im Indianer-Ferienlager gewesen und behauptete, er könne, ich zitiere, »wie ein Reh durch den Wald laufen«. Doch dies waren schwere, eilige Schritte.

»Katzenpisse«, sagte Elizabeth lautlos.

16

Sie kamen von der Sonnenküste,
dort, wo das Meer die Strände küsste,
in unsere winterliche Wüste
und brachten uns verheißungsvoll
den ersten Ruhm! Und: Es ist toll!
DIE CONTRACANTOS

Ich war gelähmt.

Elizabeth nicht. Sie stopfte die Ordner zurück in die Schublade und schob sie leise zu. Ich wollte gerade unter den Schreibtisch hechten, als Elizabeth daraufstieg.

Sie zischte mich an. Ich folgte ihr. Sie kletterte weiter auf den Schrank. Ich folgte.

Die Schritte wurden lauter. Sicher, sie könnten auch ein anderes Büro ansteuern, aber wollten wir das riskieren? Durch meine Adern raste Adrenalin. Elizabeth schob eine Deckenplatte zur Seite und kletterte durch das Loch nach oben. Von innen hielt sie mir den Spalt auf. Ich bin eigentlich sehr unsportlich, aber die Angst machte mich geschmeidig oder jedenfalls schnell. Ich dachte sogar daran, Mayonnaise in meiner Tasche nicht zu zerquetschen.

Wir waren dem Büro entkommen. Zwischen Deckenverkleidung und dem Fußboden der nächsten Etage war nicht viel Raum, aber doch so viel, dass wir aufrecht sitzen konnten.

»Bleib auf dem Träger«, hauchte sie. Sie hatte sich zu mir umgedreht. Sie hielt die Platte immer noch hoch und deutete nach unten, um mir zu zeigen, wie die Decke aufgebaut war. Alle anderthalb Meter verliefen parallele Träger. Wir saßen beide auf einem, und er konnte unser Gewicht leicht halten. Quer darunter verliefen dünne Metallbänder, welche die leichten Faserplatten hielten. Denen sollte man sein Gewicht nicht anvertrauen.

Sie schaute mich fragend an, und ich nickte ihr zu. Sie ließ die Deckenplatte fallen, die beinahe lautlos wieder zwischen die anderen sank und damit bewies, wie leicht und dünn sie war. Zum zweiten Mal an diesem Abend war ich in Finsternis getaucht.

Aber diesmal war es nicht ganz dunkel. Wir hatten das Bürolicht angelassen und die Decke war mit winzigen Löchern perforiert. Meine Augen gewöhnten sich rasch an das schwache Licht und ich sah, wie sie sich von mir wegbewegte.

»Komm«, flüsterte sie. Wir hörten, wie sich jemand mit dem Schlüssel abmühte. Sie rutschte rückwärts auf dem Träger entlang, auf dem sie rittlings mit gestreckten Beinen saß, wie in einer Turnübung. Ich folgte ihr. Sie hatte Recht: Es war viel besser, nicht direkt über Colubers Büro zu bleiben. Vor allem, wenn unser Besucher, der immer noch den Schlüssel im erfreulich unkooperativen Schloss ruckelte, Coluber selbst war. Ich hoffte nur, Elizabeth hatte ihre Kamera eingesteckt.

Die Tür ging auf. Wir erstarrten. Wir waren inzwischen etwa zweieinhalb Meter weiter gerückt, und ich war ihr sehr nah, von Angesicht zu Angesicht. Wir berührten uns nicht ganz, aber wenn ich mich vorgebeugt hätte, wäre meine Nase an ihre gestoßen.

Sie sah mir in die Augen. Unten hörten wir jemanden atmen. Die Geräusche drangen so deutlich zu uns herauf, dass ich genau vor mir sah, was er tat: Ordner in die Hand nehmen, in Papieren blättern, Schubladen aufziehen, Akten durchsehen.

Leider würden Geräusche, wenn sie hier oben so gut zu hören waren, ebenso leicht nach unten dringen. Ich wusste, ich durfte mich nicht bewegen, auch nicht, um meine verkrampften Beinmuskeln zu lockern oder mir die Unterhose aus der Ritze zu zupfen. Vor allem anderen auf der Welt wollte ich natürlich unentdeckt bleiben. Aber gleich danach kam der dringende Wunsch, die verflixten Handschuhe auszuziehen und mir die Hände abzuwischen. Die waren total eklig. Die Handschuhe waren halb abgerutscht, und die Kombination aus Staub vom Stahlträger und meinem reichlichen Handschweiß ergab eine Art schmierige Paste.

Aber ich versuchte, stillzuhalten, mich zu entspannen, zu lauschen. Der Ankömmling suchte etwas, glaubte ich. Etwas Bestimmtes. Er bewegte sich zügig. Ab und zu ließ er ein genervtes Brummen oder Seufzen hören. Dann war er still. Er sagte: »Aha.« Er öffnete die Bürotür und –

– ich machte den Fehler, Elizabeth anzuschauen.

Ihre Augen drangen fast aus den Höhlen. Ihre Wangen waren aufgebläht, die Lippen aufeinandergepresst. Sie klammerte sich mit beiden Händen an den Träger und stand kurz vor einem katastrophalen Kicheranfall.

Ich schlug ihr die Hand vor den Mund, staubig oder nicht. Jetzt war nicht der Moment für Feinheiten. Ich setzte den bedrohlichsten Blick auf, der mir zur Verfügung stand. Ich hatte das auch schon erlebt, durch Raum und Zeit zu stürzen, auf das große Kichern zu. Im freien Fall. Alles hing von meinem Gesicht ab. Eine mitleidige Miene, und sie würde unten aufschlagen. Ein tadelnder Blick, vielleicht eine hochgezogene Augenbraue, und es würde noch schneller gehen. Dann wäre alles verloren.

Der Mann unten hatte die Tür geöffnet und das Licht ausgeschaltet, aber jetzt zögerte er. Wegen des Lichts, dachte ich. Als er es ausgeschaltet hat, ist ihm eingefallen, dass er es gar nicht angeknipst hat.

Meine Augen gewöhnten sich an die neue Dunkelheit. Ich starrte in die Ferne und versuchte ärgerlich auszusehen. Das ist nicht witzig, sagte ich mir die ganze Zeit, so als könnte ich den Gedanken in ihr Hirn projizieren. Das ist nicht witzig.

Aber natürlich *war* es witzig. Man könnte sich auf die Schenkel klopfen, den Bauch halten, über den Boden rollen und den Arsch ablachen. Ich spürte, wie ein kleiner Muskel in meiner Wange zu zucken anfing.

Das durfte ich nicht zulassen.

Und er schloss die Tür.

Wir hörten das Schloss einrasten und seine Schritte im Korridor leiser werden, und bald hörten wir gar nichts mehr.

Ich nahm die Hand von ihrem Mund. Ich rechnete mit einem Lachschwall, aber stattdessen atmete sie lang und zittrig aus. Sie wirkte selbst überrascht. Der Anfall hatte sich verzogen wie ein Gewitter.

»*Himmelslicht*«, sagte ich.

»*Meer der Nacht*«, antwortete sie, und ich schaute sie an – *strahlt aus maskenlosen Augen in Halbmasken-Abstand* – und dachte daran, wie sie mein Pound-Zitat fortgesetzt hatte und dass ihre Augen tatsächlich aussahen wie das Meer der Nacht im Halbdämmer des Deckenzwischenraums. Die Finsternis sog alle Farben aus der Welt, und ich fand, dass dunkle Augen nachts besser aussehen als helle, weil sie dann so tiefgrau sind, voller Abgründe und

Wogen und Gezeiten. Der Blick dieser Augen traf meinen. Ich würde sie küssen. Ich legte meine Hand wieder um ihr Kinn, sie hob ihr Gesicht leicht zu mir, und …

KATZENPISSE UND STACHELSCHWEINE. PISSE VOLLGETRUNKENER TATZENVIECHER, STACHLIGE SCHWEINISCHE STACHELSCHWEINE. WARUM PASSIERT SO WAS IMMER MIR.

Ich hatte das Gleichgewicht verloren.

Und war mit einem Bein durch die Deckenplatte gekracht.

Zum Glück war Mayonnaise in der anderen Hosentasche. Er streckte den Kopf heraus, um den Grund für die plötzliche heftige Bewegung zu erkunden.

Ich umklammerte den Träger mit beiden Händen und fiel nicht weiter, aber der Absturz war auch nicht rückgängig zu machen. »Keine Rück- und Wiedergabe«, pflegte Lila zu sagen, wenn sie mich bei irgendeinem Handel übers Ohr gehauen hatte. Und die Unannehmlichkeiten von vorher waren gar nichts im Vergleich zu jetzt: Ein Bein war verzweifelt um den Träger geschlungen, das andere baumelte in ein Büro. Nicht in Colubers – dafür waren wir zu weit gerutscht. Die Faserplatte schnitt mir ins Bein, und ich umklammerte den Träger mit beiden verschwitzten Händen, mein Gesicht hing dicht über dem staubigen Träger, und Elizabeth –

Wisst ihr noch, der Kicheranfall, der gerade verflogen war? Jetzt brach er aus.

Aber ich muss zu ihrer Verteidigung sagen, dass sie mir schließlich, obwohl sie sich zwischendurch ständig die Lachtränen abwischen musste, wieder heraufhalf. Zuerst suchte sie ihre Taschenlampe, um den Unfallort zu inspizieren.

»Geht es Mayonnaise gut?«, fragte sie.

»Um mich solltest du dir Sorgen machen.«

»Kannst du dich nicht selbst wieder raufziehen?«

»Sieht es« – keuch – »so aus, als könnte ich mich selbst wieder raufziehen?«

»Halt still.«

Ich hielt still. Ich zog Grimassen. Ich wünschte, ich könnte sagen, dass sich Erniedrigung und Schmerz die Waage hielten, aber die Erniedrigung war zweifellos schlimmer, obwohl die raue Platte an meinem Bein schabte, meine Muskeln verkrampften und meine Bänder bis aufs Äußerste gespannt waren. Um mich abzulenken, grübelte ich über meinen dritten spontanen Gedanken nach.

Warum passiert so was immer mir.

Der Satz endet nicht mit einem Fragezeichen, weil es keine Frage ist. Eher ein Wehklagen. Ich will nicht behaupten, dass ich schon mal bei einem Kussversuch eine Zimmerdecke zerstört hatte, aber ich kann zwei Ereignisse anführen:

1. Fünfte Klasse. Ich verfolgte Laurel Roberts auf dem Klettergerüst. Es hatte gerade geregnet, die Gerüststangen waren glitschig, also stürzte sie ab, und ich stürzte ihr nach. Wir brachen uns beide eine Elle. Es entstand keine romantische Verbindung in der Notaufnahme. Sie ließ sich nie wieder von mir fangen.
2. Achte Klasse. Auf einer gewagten Mittelstufenparty steckte ich bei dem Partyspiel »Sieben Minuten im Himmel« mit Mischa Bettelheim im Wandschrank, und als ich mich zu ihr neigte, stieß ich gegen einen Wischmopp, der ihr auf den Kopf knallte. Aus dem Himmel wurde ein Fegefeuer oder vielleicht gar die Hölle.

Aber jetzt, dachte ich, habe ich immerhin ein Trikolon vermasselter Romantik. Was für ein rhetorisches Flair. Außerdem rechnete ich mir aus, dass dieses das letzte Mal gewesen sein müsste.

Inzwischen hatte Elizabeth die Beine gegen den Träger gestemmt und packte mich unter den Achseln.

»Bereit?«

Sie zog. Unter Schmerzen und Mühen zog ich mein Bein aus dem Loch und sank auf den Träger. Ich hätte ihn am liebsten geküsst. Fester Boden! Welche Freude!

»Andrezejczak«, sagte sie und fing wieder an zu kichern.

»Sprich mich nicht an«, stöhnte ich.

Immer noch lachend hob sie die kaputte Deckenfliese hoch, leuchtete mit der Taschenlampe nach unten, zuckte die Achseln und ließ sich langsam vom Träger hinabgleiten.

»Großer, leerer Schreibtisch direkt unterm Loch«, rief sie herauf. »Solltest selbst du schaffen.«

Ich hatte kaum eine Wahl. Der Deckenzwischenraum war nicht besonders nett zu mir gewesen, und ich wollte ihn verlassen. Gerade als ich mich vorsichtig hinabwagte, schaltete sie das Licht an. Die zerstörte Platte glitt wieder an ihren Platz.

Wir schauten uns um. Zwei Dinge fielen uns sofort auf.

Das ganze Büro war mit Faserkrümeln überzogen, die wie Feenstaub herabgerieselt waren.

Und das Büro gehörte Willis Wolfe, dem Direktor der Selwyn Academy.

Das war nicht schwer zu erkennen. Hunderte von gerahmten Fotografien nahmen jede verfügbare Wandfläche ein, von Hüfthöhe bis zur Decke. Auf allen zeigte Willis Wolfe sein zahnreiches Lächeln, mit Beyoncé, mit George Bush dem Älteren, mit anderen Menschen, die so sehr strahlten, dass sie berühmt sein mussten.

»Was für ein Egomane«, sagte ich.

Elizabeth hockte auf der Schreibtischkante und stieß immer noch gelegentliche Lacher aus. Ich versuchte sie abzulenken.

»Also, Mayonnaise geht es jedenfalls gut.« Er saß auf meiner Handfläche. Sogar er schien mich auszulachen. »In zwanzig Minuten treffen wir uns mit Jackson. Und wir müssen noch die, ähm, die Unfallfolgen beseitigen.«

Sie schaute in den Wandschrank. »Ha. Ich wusste, Willis Wolfe hat bestimmt so einen.« Sie hatte einen Tischstaubsauger gefunden.

»Ja, er ist ein bisschen zwanghaft, oder?«

»Erklärt auch das übernatürliche Weiß seiner Zähne.« Sie fing an zu saugen. »Steh nicht so dumm herum. Tu was. Der Umriss deines Beines ist in der Decke verewigt.«

Ich untersuchte das Loch. »Äh, Elizabeth? Siehst du irgendwo so was wie Gipsbinden herumliegen?«

»Nein, Ethan. Geht auch Tesafilm?« Das war ironisch gemeint, aber es brachte mich auf einen Gedanken.

»Ehrlich gesagt …«

Ich schnappte mir das Klebeband, klaute ein paar Blätter Papier aus dem Drucker und stieg auf den Schreibtisch. Ich kam nicht ganz heran. Also hievte ich den Drehstuhl auf den Schreibtisch, aber ich konnte mich nicht überwinden daraufzusteigen. Ein peinlicher Sturz am Abend reichte mir.

»Äh, Elizabeth? Könntest du wohl den Stuhl festhalten?«

Sie verdrehte genervt die Augen, aber sie hielt ihn fest und riss sogar Klebeband für mich ab. Dann sah ich es.

»Ach du Scheiße.«

»Was ist? Hast du schon wieder was verbockt?«

»Mal im Ernst, Elizabeth, guck dir das an.«

Sie musste die Dringlichkeit herausgehört haben, denn sie kletterte auf den Schreibtisch und schaute sich das Foto an. Es hing weit oben an der Wand.

»Ach du Scheiße«, sagte sie.

An Willis Wolfe geht die Zeit erschreckend spurlos vorüber, aber man sah doch, dass diese Aufnahme fünfzehn oder zwanzig Jahre alt war, schon an den Farben und der Belichtung. Neben ihm im Bild war ein Typ, in dem ich sofort Coluber erkannte. Er sah ganz wie er selbst aus, nur mit mehr Haaren.

Zwischen ihnen stand ein kleiner Junge, zehn oder elf Jahre alt. Pausbäckig. Vertraute Züge. Rotblondes Haar. Ich hatte keinen Zweifel, und Elizabeth auch nicht.

»Das ist BradLee«, flüsterte sie.

»Kein Zweifel.«

»Guck dir das Babyface an.« Im Grunde sah BradLee heute noch aus wie mit zehn Jahren. So als würden einem Fünftklässler Bartstoppeln wachsen.

Elizabeth fing an, das Foto zu fotografieren. »Total meta«, sagte ich.

»Das müssen wir Jackson zeigen. Vielleicht kommen wir in dieses Büro« — sie warf einen Blick auf das Loch in der Decke, an dem halb verklebtes Druckerpapier hing — »auf dem üblichen Weg nicht wieder hinein.«

»Kein Wunder, dass er für Coluber spioniert«, sagte ich. »Er kennt ihn seit Jahren.«

»Er hat gelogen.«

Wie oft hatte BradLee uns erzählt, dass er keinerlei Verbindung zu unserer Schule hatte? Wie oft hatte er gescherzt, dass er Minnesota am Dartboard ausgesucht hatte?

»Wir müssen hier raus«, sagte ich. Diese schamlosen Lügen jagten mir Angst ein.

»Das da oben sieht aus wie ein Bastelprojekt aus dem Kindergarten. Mach es fertig.«

Ich klebte das Loch mehr schlecht als recht zu und stieg vom Stuhl. »Gar nicht übel«, sagte Elizabeth. »Ich hätte das gar nicht erst versucht.«

Der Papierflicken hatte etwa die gleiche Farbe wie die Deckenfliesen, aber der Übergang war deutlich sichtbar, wenn man darauf achtete. Ich stieg noch einmal auf den Stuhl, wischte mit den Händen über mein Hemd und verteilte Staub und Dreck auf dem Papier, damit es nicht mehr so glänzte.

»Jetzt werd nicht perfektionistisch«, murmelte Elizabeth.

Schade, dass der Staub im Lauf der nächsten Tage wieder herabrieseln würde. Wahrscheinlich genau auf Willis Wolfes glänzend blonde Haare. Oder auf die Haare von sonst irgendwem, der sich zu einem heimlichen Treffen hier aufhielt. Zum Beispiel BradLee.

»Sag mir bitte, dass wir hier rauskommen, ohne wieder in die Zwischendecke klettern zu müssen«, sagte ich.

»Willst du da etwa nicht wieder rein?«, sagte sie ganz unschuldig. Sie versuchte die Bürotür, und die ging auf. Gott sei Dank. Sie klickte das Schloss am inneren Knauf zu und knipste das Licht aus. Dann standen wir draußen im Flur.

»Ich hoffe, Coluber ist tatsächlich weg«, sagte Elizabeth leise. Ich hatte genau das Gleiche gedacht. Bei dem ganzen Durcheinander danach hatte ich beinahe vergessen, wieso wir uns überhaupt in der Decke versteckt hatten. Aber jetzt, als wir allein in der Dunkelheit des Korridors standen, bekam ich plötzlich Angst. War er immer noch da? Hatte er Verdacht geschöpft? Lag er irgendwo auf der Lauer, um uns in die Falle zu locken?

Dann hörten wir Schritte. Laut. Eilig. In panischem Schrecken klammerten wir uns aneinander. Wir waren unfähig, uns zu rühren. Wir versuchten es auch gar nicht.

Das alles dauerte nur etwa eine Sekunde. Denn dann kamen die Schritte um die Ecke und wir erkannten Jackson.

»Wie ein Scheißreh durch den Scheißwald, du Arsch«, sagte Elizabeth atemlos.

»Ich hatte keinen Grund antizipiert, warum ich leise sein sollte.«

»Du hast uns zu einem schlechten Zeitpunkt erwischt.«

»Das sehe ich.«

Wir ließen einander los, als wären wir beide heiße Kartoffeln.

»Doch nicht so«, sagte Elizabeth verächtlich. Sie gab Jackson eine knappe Zusammenfassung der Ereignisse, während ich zu dem Augenblick zurückzuspulen versuchte, den ich vor lauter Angst nicht hatte genießen können: wie es sich angefühlt hatte, Elizabeth in den Armen zu halten, in ihren gehalten zu werden. Ich hatte ein Bündel Dreadlocks gestreift. Sie waren überraschend weich. An mehr konnte ich mich nicht erinnern.

17

Wir ahnten nicht, wie schön das Leben
hier oben ist, auf Wolke sieben.
Das hat uns FAS gegeben:
Wir sind am Hofe eingeladen,
wir sind beschenkt von Königs Gnaden.
DIE CONTRACANTOS

Wenn man in Minneapolis nach elf Uhr abends noch irgendwo
hingehen will, muss man im Grunde ins Univiertel, nach Dinky-
town fahren, also gingen wir dort in *Annie's Parlour.* Wir sicherten
uns eine Ecknische und beobachteten besoffene Studenten, die
fettiges Essen inhalierten. Ich nahm einen Schoko-Bananen-
Milchshake, Jackson eine halbe Portion Pommes. Wir schafften
beides nicht. Elizabeth hatte behauptet, sie habe keinen Hunger,
aber sie vernichtete unsere Reste, wobei sie die Pommes in den
Milchshake tunkte.

Mädchen sind so komisch.

Die Kellner waren zu beschäftigt, irgendwas zu bemerken,
also setzte ich Mayonnaise auf einen leeren Teller. Er bekam
einen Pommes als persönlichen Salzstein und schien das Leben
sehr zu genießen. Wir tauschten unterdessen die Ergebnisse unserer Nachforschungen aus.

ELIZABETHS BERICHT (gekürzt): »Wir haben Colubers
Finanzakten abfotografiert. Ethan ist durch die Decke gefallen.

[Hier streiche ich ihren spöttischen Exkurs. Dauerte ewig. Ich saugte eifrig an meinem Milchshake und versuchte sie zu ignorieren.] BradLee kennt Coluber und Willis Wolfe seit seinem zehnten Lebensjahr. Und Ethan ist irre geschickt mit Tesafilm.«

ETHANS BERICHT (ungekürzt): »Was Elizabeth sagt.«

JACKSONS BERICHT (so wiedergegeben, wie ich es gehört habe – d. h. als Kauderwelsch): »Ich habe die externe Festplatte gefunden, auf der Terabytes des Filmmaterials in X-Pro Lotus gespeichert sind, aber leider verwenden sie eine gesperrte Klartext-Software, die es für einen Angreifer äußerst schwierig macht, selbst aus der Nähe auf die Daten zuzugreifen, ganz zu schweigen von einer kalt gebooteten nicht authentifizierten Umgebung.«

»Erklär das noch mal in normalmenschlicher Sprache«, forderte Elizabeth.

»Klar. Ein simpler Portscan hat mir gezeigt ...«

Sie unterbrach ihn. »Du bist so unnormal, du weißt gar nicht mehr, was normal ist. Lass die Einzelheiten weg. Du kommst von außerhalb nicht an das Filmmaterial heran, korrekt?«

»Korrekt.«

»Verdammt.«

»Genau.«

»Damit ist die Idee gestorben.«

»War ja eigentlich noch gar keine Idee«, sagte ich.

»Eher der Keim einer Idee«, sagte Jackson.

»Ein Ideenfötus«, sagte ich.

»Eher ein Ideenembryo.«

»Eine Ideenzygote.«

»Eine diploide Ideenzelle.«

»Und ihr seid eine doppelte Idiotenzelle, oder was?« So sprach die genervte Elizabeth. Jackson und ich grinsten einander an. Und auf einmal vermisste ich Luke so heftig, dass es mich wie ein Schlag in den Magen traf.

Aber das lag vielleicht auch nur an der Menge Schoko-Bananen-Milchshake.

Jackson sah sich inzwischen die Fotos auf Elizabeths Kamera an und bediente die Pfeiltasten und Knöpfe mit der Geschicklichkeit eines Menschen, der Jahre seines Lebens dem Computerspiel gewidmet hat. Elizabeth und ich knabberten an den Pommes, betrachteten die laut lachenden und taumelnden Studenten und sagten was, wenn es was zu sagen gab.

»Hat VORTEX überhaupt irgendwas gebracht?«, fragte sie irgendwann.

Diese Frage hatte ich mir noch nicht gestattet.

»Wir wissen nicht mehr als vorher.«

»Doch, das schon.«

»Aber nichts Nützliches.«

Dann hob Jackson den Kopf. Mit glasigem Blick starrte er einen Typen mit aufgepumpten Brustmuskeln und einem Verbindungs-T-Shirt an und sagte: »Idiot!«

»Der ist vielleicht nicht besonders helle«, sagte ich leise und hastig, »aber mit solchen Leuten sollte man sich nicht anlegen, Jackson.«

»Ich bin ein *Idiot*!«, sagte er im gleichen Ton und starrte dabei immer noch den Verbindungstrottel an. »Er verschlüsselt das Bit-Protokoll mit einem App-geschützten asymmetrischen Norton-Anti-RAM-Intel-Duo-PGP-Kryptosystem!«

Oder so was in der Art.

Jacksons Augen stellten sich wieder scharf. Er sah, dass wir ihn anstarrten. »Jetzt komme ich an Colubers Daten.«

»Worauf warten wir noch?«, sagte Elizabeth. Sie haute einen Zwanziger auf den Tisch. »Könnt ihr mir später zurückzahlen. Auf zum Appelbau. Und ich fahre.«

Nach einer rasenden Fahrt mit quietschenden Bremsen und auf zwei Rädern um jede Kurve mussten Elizabeth und ich dann natürlich stundenlang warten, bis Jackson die Bits entkryptonisiert hatte oder was auch immer. Er arbeitete an einem Monitor und hatte noch einen zweiten laufen, um bei Problemen zu recherchieren. Ich hatte kurz versucht, ihm zuzuschauen, aber er hüpfte so hektisch zwischen den Tabs hin und her, dass ich davon seekrank wurde. Ich sank auf das Sofa und ließ Mayonnaise frei herumlaufen. Nachdem er den ganzen langen Abend in meiner Hosentasche verbracht hatte, hatte er noch mehr Energie als Elizabeth und ich zusammen.

»Willst du seine Zirkusnummern sehen?«, fragte ich sie.

»Nichts könnte verlockender klingen«, sagte sie, aber sie hatte auch nichts Besseres zu tun.

»Du darfst wählen«, sagte ich großmütig. Ich liebe es, ein gebanntes Publikum zu haben. »Hochseilakt? Fadenwahl? Oder was Neues.«

»Es ist zwar ungeheuer faszinierend zu beobachten, wie eine Rennmaus immer wieder den grünen Faden wählt, aber ich habe das Gefühl, das könnte ich auch. Machen wir mal was ganz Verrücktes: was Neues.«

»Ich präsentiere: Mayonnaise der Akrobat! Ta-ta-*taa*!«

»Was war das denn?«

»Purzelbaum!«, befahl ich Mayonnaise, während ich ihn heimlich am Schwanz zog. Das Kommando war nur Show. Ich hatte die Verbindung zwischen »Schwanzzupfen« und »Purzelbaum« rein zufällig entdeckt, so ähnlich wie Fleming das Penicillin.

»Kann er auch Rad schlagen?«, fragte Elizabeth.

Ich war beleidigt, dass sie seinen Purzelbaum nicht würdigte, denn der war wirklich ganz reizend. »Kannst *du* denn ein Rad schlagen?«

»Aber sicher.« Sie schlug ein ganz hübsches Rad, auch wenn sie Jackson dabei fast an den Kopf trat. Er merkte es nicht. »Und du?«

Bei ihr sah es ganz leicht aus, aber so ist das immer bei solchen spontanen Turnwettkämpfen. Man selbst sagt: »Ich hab's geschafft! Note Zehn-Komma-null!«, und alle anderen so: »Deine Füße waren nicht mal auf Kopfhöhe.«

»*Ha!*«, sagte Jackson.

Elizabeth schoss zum Schreibtisch. Ich hob Mayonnaise auf und folgte ihr.

»Beweisstück A«, verkündete er. »Elektronischer Scheck von kTV.«

Auf dem Bildschirm waren lauter –> und \ und < > und solche komischen Zeichen zu sehen. Die Schrifttype war uralt. Jackson zeigte auf verschiedene Zahlen.

»Seht ihr? Fünfzehntausend. So viel zahlt kTV für jede Folge. An die Selwyn Academy – über Coluber.«

»Aber«, sagte Elizabeth, »nach Angaben des Etats …«

»Genau, Selwyn kriegt nur zehn«, sagte Jackson. »Coluber unterschlägt also fünftausend Dollar pro Folge. Macht neunzigtausend für die ganze Staffel. Steuerfrei.«

»Ist doch nicht zu fassen, dass diese Datei da einfach so rumliegt«, sagte Elizabeth.

Jackson kicherte. Er rieb sich praktisch in manischer Genugtuung die Hände. »Einfach so rumliegt« ist nicht ganz zutreffend ausgedrückt.«

»Hä?«, fragte ich.

»Ich musste ein paar ziemlich komplizierte Prozeduren anwenden. Pakete sniffen, blinde SQL-Injektionen …«

»Nimmst du Drogen oder hackst du seine Daten?«, fragte Elizabeth.

»Wenn ich doch bloß sein Privatkonto einsehen könnte. Ich habe eine neue Theorie. Neunzigtausend ist gar nicht so viel. Und wenn er bloß eine Pauschalzahlung kriegt, wieso hat er dann so ein Interesse daran, dass die Sendung ein Hit ist? Nehmen wir mal an, er kriegt einen prozentualen Anteil an den Einnahmen.«

»Je besser *For Art's Sake* also läuft, desto mehr kriegt Coluber?« Elizabeth ließ sich gegen die Wand fallen. »Aber die Show bringt ein Vermögen!«

»Korrekt«, sagte Jackson finster. »Und ich würde sagen, das bringt sie Coluber auch.«

»Wir haben keine Beweise«, erinnerte ich sie.

Das brach den Bann. Elizabeth setzte sich, Jackson nahm die Brille ab und putzte sie. »Und die werden wir auch nicht kriegen«, sagte er. »Wenn ich ins System eines staatlich anerkannten Finanzinstituts eindringe, lande ich im Knast. Außerdem wissen wir nicht mal, wo er sein Konto hat.«

»Wir könnten sein Scheckbuch stehlen«, grübelte Elizabeth.

»Was für eine bescheuerte Idee«, sagte ich.

»Leider hat er Recht«, sagte Jackson. »Meint ihr, ein Typ wie Coluber trägt ein Scheckbuch mit sich rum?«

»Kommst du denn an irgendwelche anderen Ordner von ihm ran?«

»Im Augenblick nicht. Guckt mal. Das hier ist sein Gesamtordner. Ich habe einen Wurm losgeschickt, um an sein Passwort zu kommen, aber der hat die meisten Dateien zerhackt.«

»Versuch es mal mit der«, sagte ich. Die Datei hieß »Schema«.

»Habe ich schon.«

»Du kannst es also nicht?«, fragte Elizabeth.

Sie kennt Jackson. Die Worte »nicht können« machen ihn irre. Er zog die Schultern hoch bis zu den Ohren und sagte: »Ich versuche mal, das neu zu schreiben.«

Ich war seit sechs Uhr achtundvierzig wach. Jetzt war es fast zwei Uhr morgens. Ich machte auf dem Sofa die Augen zu. Mayonnaise hatte auch einen langen Tag gehabt und kuschelte sich in meine Halsgrube.

»*Mann!*«, sagte Jackson aufgeregt.

Ich kraulte durch die zähen Wasser der Bewusstlosigkeit.

»Mann was?«, murmelte Elizabeth, die sich auf dem Fußboden zusammengerollt hatte.

Schließlich tauchte ich auf. Meine Glieder fühlten sich schwer und ausgelaugt an.

»Mann, diese Datei.«

»Mann, welche Datei?«

»Mann, dieses ›Schema‹-Dings.«

»Mann, es ist fast vier Uhr morgens.«

»Mann«, murmelte ich schläfrig und schloss die Augen wieder.

»Nein«, sagte Jackson. »Nein, nein, nein.« Ich spürte, wie ich tiefer und tiefer im süßen … »Ethan und Elizabeth, kommt sofort her, Mann!«

»Will nicht«, sagte Elizabeth, streckte sich aber und kroch dann in Richtung Monitor. Ich beobachtete sie durch halb geschlossene Lider. »Ethan. Ich hab mich bewegt. Jetzt du.«

Sie sah beim Kriechen lachhaft aus, aber mir wurde schnell klar, dass auch ich auf keinen Fall aufrecht stehen wollte. Von Jacksons Kniehöhe aus starrten wir zum Bildschirm hoch.

»Das ist das Schema für *FAS*«, sagte Jackson.

»Was ist ein Schema?« Das war ich. Ich schwöre, im richtigen Leben weiß ich, was ein Schema ist.

»Ein Plan, ein Entwurf, ein Modell«, sagte er ungeduldig. Ich blieb schon beim Wort »Plan« hängen und versuchte mich zu erinnern, was das eigentlich war – es klang so vertraut –, aber ich nickte brav. Dann fing ich an, die Wörter auf dem Bildschirm zu lesen, die zwischen den Klammern, seltsam gesperrt in dieser Schreibmaschinenschrift, aber was sie bedeuteten, war nur allzu deutlich.

Es war die Zukunft von *For Art's Sake*. Ein Plan für Folge 15, die während VORTEX gelaufen war. Ein Plan für Folge 16, für nächste Woche, und Folge 17, und –

»Scroll nicht so schnell!«, sagte ich. Ich wollte herausfinden, was zwischen Maura und Luke laufen würde.

»Die Einzelheiten sind irrelevant«, sagte Jackson.

»Mm-hm«, sagte Elizabeth, aber auch sie starrte gebannt auf das Dokument. Es war, als würde man einen Roman über sein eigenes Leben entdecken. Nicht sein Leben bis zu diesem Moment. Sondern *sein Leben*.

Jackson hörte auf zu scrollen. »Da sind auch Dialoge drin.«

»»MAURA: Ich habe Miki gesagt, ich würde mich nach der Schule mit ihm treffen!«, las Elizabeth. »Wow. Coluber schafft es, sie so hirnlos klingen zu lassen, wie sie in Wirklichkeit ist.«

»Sie hat ein Hirn!«, sagte ich wütend.

»»MAURA: Und Miki ist bestimmt total sauer, wenn er rausfindet, dass – dass wir …«

»Du liest aber auch in so einem hirnlosen Tonfall. So klingt sie überhaupt nicht.«

Jackson schnaufte ärgerlich und scrollte bis zum Ende des Dokuments. Folge 17 brach nach ein paar Zeilen unvollendet ab. »Keine Folge 18«, sagte Jackson. »Das könnte bedeuten, dass sie für das Finale kein Drehbuch schreiben ...«

»Es ist ja live«, sagte Elizabeth.

»Oder dass sie es noch nicht geschrieben haben.«

»Geh mal zurück zu der Stelle, wo Maura mit Luke spricht«, sagte ich.

Jackson drückte auf die Helligkeitstaste. Der Bildschirm versank in Dämmerung und dann in Dunkelheit. Ich war sauer.

»*Jackson*. Ich muss sehen, wie schlimm es ist.«

»Nein. Jetzt müssen wir über die Konsequenzen reden.«

Ich fiel von den Knien auf den Bauch. Bei diesem Tonfall war Widerspruch zwecklos.

»Er schreibt es«, sagte Jackson.

»Er ist Drehbuchschreiber.«

»Das ist gar keine Reality-Show.« Das war ich.

Wir saßen ein paar Minuten schweigend herum. Jackson hatte Recht gehabt, den Bildschirm zu verdunkeln. Jetzt sahen wir das Offensichtliche.

»Katzenpisse, das *wussten* wir doch schon«, sagte ich seufzend. »Ich habe es *gesehen*.«

»Ich glaube, ich wollte es einfach nicht glauben«, sagte Elizabeth.

»Ich habe es gesehen, als ich in dem Spind steckte. Und so funktionieren diese Sendungen immer. Weiß jeder. Dafür hätten wir die ganzen Nachforschungen nicht gebraucht.«

»Ich habe gedacht, es ginge tatsächlich nur um den Schnitt«, gab Jackson zu. »Ich dachte, die Kandidaten führten einfach ihr ganz normales Leben und den Rest machten die genialen Cutter im Schneideraum.«

»Wisst ihr, was?«, sagte ich. Ich hatte meine Gespräche mit Maura so oft im Kopf durchgespielt, dass sie sich wie lange gekautes Kaugummi anfühlten: Die Substanz war noch da, aber es ließ sich kein Geschmack mehr herausholen. Aber jetzt fiel mir ein neues Detail auf. Es reichte, um mich wieder in den leeren Flur zu versetzen, wie ich in diese grünen Augen schaute ...

»Sprich, Andrezejczak«, sagte Jackson.

»Ach ja. Also. Maura? Ihr wisst doch, dass ich mich mit ihr unterhalten habe?«

»Davon haben wir vielleicht das eine oder andere Mal gehört«, sagte Elizabeth.

»Sie hat gesagt: ›Wir sind wie Marionetten.‹«

»Hast du uns erzählt.«

»Und sie meinte: ›Ich sage, was ich sagen soll, ich mache, was ich machen soll ...‹ Aber ich dachte, das soll nur heißen, dass sie immer zu den Challenges erscheint oder so. Ich habe es nicht geschnallt.«

Elizabeth sah mich mit eigenartiger Miene an. »Luke hat es geschnallt.«

»Stimmt«, sagte Jackson und starrte an die Decke. Und dann – das absolute Gedächtnis: »Er hat gesagt, dass sie vielleicht vorher Anweisungen kriegen. Und dann fing er an, über Colubers persönliches Interesse zu reden.«

»Das wir inzwischen auf fünftausend Dollar pro Folge festlegen können«, sagte Elizabeth.

»Nicht zu reden von der hypothetischen prozentualen Beteiligung an den *FAS*-Einkünften.«

»Verdammter Mist«, sagte ich wütend. »Wir haben es gewusst. Maura hat es uns erzählt. Luke hat es uns erzählt.«

»VORTEX ist gescheitert«, sagte Elizabeth.

»Nichts als Selbstbefriedigung«, sagte Jackson. Er schaltete auch den anderen Monitor aus. Das Deckenlicht schien grell auf uns herab.

Elizabeth ließ sich dramatisch auf den Boden fallen, als hätte man ihr ein Messer in den Bauch gerammt. »Wir haben nur nach dem gesucht, was wir schon wussten. Aber uns nicht eingestehen wollten.« Ihre Dreadlocks lagen auf dem Teppich ausgebreitet, umgaben ihren Kopf mit dunklem Gold wie ein Heiligenschein, aber ich konnte sie nicht mal mehr anstarren.

18

Vor dieser Zeit, vor diesen Tagen
musste man uns zur Schule tragen.
Der Kick, der fehlte sozusagen.
Wir mühten uns wie Sisyphus
und probten, weil man proben muss.
DIE CONTRACANTOS

Ich wusste, Luke ging uns aus dem Weg. Zum Englischunterricht
kam er immer umgeben von Groupies, wie eine Sonne, umkreist
von albernen Planeten, und wenn er sich mal herabließ, bei Mrs
Garlops Analysis zu erscheinen, dann saß er ganz hinten, damit
er gleich beim Klingeln wieder rausdüsen konnte. War mir recht.
Ich ging ihm auch aus dem Weg.

Aber an diesem Montagmorgen konnten wir uns beide nicht
verstecken, als ich eine, wie ich hoffte, angenehm leere Toilette
betrat und ihn sah.

Er nickte mir zu. Hätte ich an seiner Stelle schon mit offener
Hose dagestanden, hätte ich kein Wort gesagt, aber ihr wisst ja,
wie die Machtverhältnisse am Pinkelbecken sind. Ich war eindeutig im Vorteil.

»Ich habe die letzte Folge gesehen«, sagte ich.

»Ach, echt?«

Das nervte. »Ja, echt.« Dann fing ich an, ihn zu zitieren. »»Ich
fand es schon immer toll, dass Worte die Fantasie beflügeln kön-

nen.‹ Das hast du gesagt, Luke. ›Dass sie Gefühle einfangen.‹« Luke hatte den kitschigsten Quatsch abgesondert, den man sich denken kann, wie *besonders* Sprache ist, wie *nah* er sich den Worten fühlt. Er hatte sich angehört wie Miki D. R.

Er packte seine Ausrüstung wieder ein. »Ja.«

»Ja?«

Er seufzte.

»Ich meine, was sollte das?«

»Vergiss es.«

»Du sprichst Drehbuchsätze.«

Er zuckte die Achseln. Unterm Neonlicht sah er müde und bleich aus, wie ein Teenager aus Minnesota im Februar um sieben Uhr morgens auszusehen hatte. Das spornte mich an.

»Was versprichst du dir von der Sache?«, fragte ich. »Mehr will ich gar nicht wissen.«

»Landesweiter Ruhm, die Chance auf ein Stipendium ...«

»Ach komm. Sei ehrlich.«

Er fuhr sich mit der Hand durch die Haare. »Es ist wirklich eine tolle Gelegenheit für meine Karriere als Schriftsteller ...«

»Luke.«

Ich hätte alles Mögliche sagen können. Ich wollte alles Mögliche sagen. Wir waren mal beste Freunde, Luke. Wir konnten uns im Klassenzimmer gegenübersitzen und ein ganzes Gespräch nur mit zuckenden Augenbrauen führen. Als du dich gefragt hast, ob man den ganzen Ring um Minneapolis und St. Paul in einer Mittagspause abfahren könnte, bin ich mitgekommen. Als ich total besessen war von der Badminton-Weltmeisterschaft, hast du dich kaum über mich lustig gemacht. Du hast meinen Schwestern beigebracht, wie man einen Dosenöffner benutzt. Und danach hast du mir geholfen, den Wohnzimmerteppich zu shampoonieren. Wir haben gemeinsam das Kirschwasser deiner Eltern getrunken, und ich habe deine Mutter angelogen, als sie mich gefragt hat, warum dir schlecht ist. Wir kennen die Geheimnisse des anderen. Letzten Sommer hast du mir erzählt, dass du in der Mittelschule geglaubt hast, du seist schwul, weil du unseren Sozialkundelehrer so gern mochtest, und ich habe dir erzählt, dass ich womöglich abweichendes Sexualverhalten unterdrückte, weil ich so einen Traum von – na ja, egal.

Wir waren füreinander da, Luke. Ich weiß, wie sehr du es hasst, wenn Jackson »Negativ« statt »Nein« sagt. Du weißt, dass ich Elizabeth schon immer irgendwie scharf fand. Seit der siebten Klasse sind wir auf parallelen Bahnen durchs Leben gesaust. Wir haben lauter gemeinsame Bezugspunkte. Wir haben das gleiche Leben gelebt.

Aber stattdessen fragte ich bloß: »Warum?«

»Ja, ich weiß. Ich habe all meine Überzeugungen verraten. Das weiß ich, kannst du mir glauben. Aber ich habe darüber nachgedacht, Ethan, und ich glaube, das waren gar nicht meine Überzeugungen. Ich habe nicht daran geglaubt.«

»Du hast nicht an die *Contracantos* geglaubt?«

»Ich habe geglaubt, dass ich an sie glaube. Aber ich weiß nicht, ob ich sie wirklich aus den Gründen geschrieben habe, die ich immer proklamiert habe. Ich glaube, ich wollte einfach nur anders sein. Was Cooles machen.«

»Du hast nicht an …« Fast hätte ich gesagt »an uns geglaubt«, aber das klang wie in einer schlechten romantischen Komödie. »Du hast nicht an den Appelbau geglaubt?«

»Ich wollte was Aufregendes machen. Und die *Contracantos* waren aufregend, klar. Aber dann hat kTV mich gefragt, ob ich Kandidat sein will. Und ich wusste natürlich, dass ihr alle sauer sein würdet, aber Ethan – ich konnte das nicht ausschlagen. Das war so – Endlich! Der Wahnsinn!«

Da wusste ich, egal, was ich sagte, es würde nichts ändern. Das war immer sein Lieblingswort. Und wenn er fand, kTV war der Wahnsinn, viel toller als wir, dann hatten wir ihn verloren. Er hatte immer der Wahnsinn sein und wahnsinnig tolle Sachen machen wollen, und wir waren offenbar nie toll genug gewesen.

Der Englischunterricht trug nichts zur Aufhellung meiner Stimmung bei. Jedes Mal, wenn ich BradLee anschaute, sah ich ihn mit zehn Jahren, ein Babyface über das andere gelegt, als würde jemand mit Projektor-Folien herumspielen. Luke war still. Maura war weggetreten. Elizabeth schlief. Jackson stieß gelegentlich ein triumphierendes Quieken aus, wenn er eine Quadratwurzel bis auf die dritte Stelle hinterm Komma richtig geschätzt hatte.

Ich versuchte mir Notizen zu Pounds Lebensende zu machen. Ihr wisst ja schon, dass er Faschist war. Aber ganz am Ende, verriet uns BradLee, nahm er alles wieder zurück. Folgendes sagte er zu Allen Ginsberg:

[Mein Werk] ist Müll … in meinen Schriften scheint überall Dummheit und Ahnungslosigkeit durch. Mein schlimmster Fehler war das dumme Vorstadt-Vorurteil des Antisemitismus, das hat alles im Ganzen verdorben … Nach siebzig Jahren habe ich erkannt, dass ich nicht wahnsinnig war, sondern stumpfsinnig … ich hätte es besser können sollen.

Wie kann man da kein Mitleid mit ihm haben? Ich weiß, ich weiß. Er war Fanatiker. Er hat Leute unterstützt, die furchtbare Taten begangen haben.

Aber. *Nicht wahnsinnig, sondern stumpfsinnig*, hat er über sich selbst gesagt. Könnt ihr euch vorstellen, auf euer gesamtes explosives Leben zurückzublicken, immer ganz der einen Sache verschrieben, dann wieder einer anderen, Energie und Ideen ausstoßend wie ein Vulkan, um dann am Ende bloß *das* zu denken?

Er hatte sich sein ganzes Leben so angestrengt. *Ich hätte es besser können sollen.*

Ich hörte BradLees Vortrag so aufmerksam zu, wie ich nur konnte.

»Ist irgendjemand erleichtert, dass er am Ende seine antisemitische Haltung widerrufen hat?« Ein paar Hände gingen in die Höhe. »Ich bin überzeugt, das sind wir alle. Aber wir sollten vorsichtig sein mit unserer Erleichterung. Wieso?«

Niemand antwortete.

»Weil wir doch festgestellt haben, Leute, dass das Leben eines Künstlers keine Rolle spielt, wenn man seine Kunst beurteilen will. Und wenn Pounds Faschismus keine Rolle spielt, dann spielt auch seine Distanzierung vom Faschismus keine Rolle. Jedenfalls nicht bei der kritischen Würdigung seiner *Cantos*.«

Ich habe schon einige deprimierende Wintermontage erlebt, aber dieser Tag war eine ganz neue Liga. Ich war sowieso schon ziemlich am Boden, aber dieses Pound-Zitat machte aus meinem Scherbenhaufen erst so richtig Porzellankrümel, zertrat sie mit dem Absatz und zermahlte sie zu Staub. Ich musste immer an den alten Mann denken. Er erkannte, dass er sich geirrt hatte und – jetzt kommt der Hammer – dass er sich nicht hätte irren dürfen. Wie wir alle trug er Verantwortung dafür, moralisch zu leben, und er hatte es völlig falsch angepackt. Aber es war ihm nie gleichgültig geworden. Er suchte keine Ausreden. Er schaute zurück auf sein Leben – das er nicht mehr ändern konnte, nicht im Schneideraum oder im Tonstudio, es war ganz einfach und tragischerweise *fast vorbei* – und sagte: »Ich hätte es besser können sollen.«

Am Dienstag zog ich mich aus dem Sumpf der Depression und stürzte geradewegs in die Flammen der Wut. Es war alles Brad-Lees Schuld, beschloss ich im Lateinunterricht. Wären die *Contracantos* geheim geblieben, wäre Luke immer noch unser Freund. Ich hegte den erfreulichen Tagtraum, BradLee die Stirn zu bieten, und redete mir ein, dass ich es auch tun würde. Aber als Ms Pederson ihre Gefangenen entließ, wartete Elizabeth vor der Tür.

»Ich kann heute nicht«, sagte ich.

»Du hast es versprochen. Und ich habe meinen Vater überredet, mir das Auto zu geben.« Sie ließ den Schlüssel baumeln. Am Wochenende hatte ich Elizabeth dummerweise versprochen, sie ins Naturkundemuseum von Minnesota zu begleiten, um unsere Aufgabe für Fortgeschrittenes Anatomisches Zeichnen zu erledigen. »Ihr müsst bis auf die Knochen vordringen«, sagte Dr. Fern. »Und das wortwörtlich.« Ich hatte vorgehabt, das Eichhörnchenskelett zu zeichnen, das die Drillinge im Garten gefunden hatten, aber Elizabeth meinte, Dinosaurier wären besser.

»Aber ich wollte …«

»Nach Hause gehen und *Candy Land* spielen und auf deinem Bett im tiefen Morast der Depression und der Mathehausaufgaben versinken?«

Ich würdigte sie keiner Antwort.

Vor dem mächtigen Triceratops zückten wir unsere Skizzenbücher. Als Kind fand ich das Museum toll. »Hast du die Plakate vorne gesehen?«, fragte Elizabeth.

»Nee.«

»*For Art's Sake* dreht hier nächsten Donnerstag.«

»Also deshalb wolltest du hierher!« Ich wollte nicht an kTV erinnert werden.

»Nein, ich mache das hier nur wegen meiner Kunstnote.«

»Wusstest du denn vorher, dass hier gedreht wird?«

»Dr. Fern hat es in unserem Kurs erzählt.«

»In unserem nicht«, sagte ich finster. Es sei denn, ich hatte es verpasst, weil ich mit Herbert geplaudert hatte.

Ich finde Zeichnen in der Öffentlichkeit immer unangenehm. Man spürt die ganze Zeit, wie einen die anderen Leute beurteilen. Im Museum war es nicht so schlimm – es war fast leer, abgesehen von ein paar Kleinkindern und ihren Müttern –, nur dass Elizabeth so viel besser zeichnete als ich. Ihre Skizze sah tatsächlich aus wie ein Triceratops. Meins war eher eine Süßkartoffel mit Ohren.

»Ich gehe zum Diplodokus«, sagte ich.

»Zum was? Ach, bist du schon fertig? Zeig mal.«

»Nein!« Ich drückte das Skizzenheft an die Brust. »Der Diplodokus ist meine wahre künstlerische Berufung.«

Dort hinten war es friedlich. Die Kleinkinder standen nicht so auf Pflanzenfresser aus dem Jura. »Diplo«, sagte ich zu ihm, »du weißt ja, wie das ist, wenn man nicht an der Spitze der Nahrungskette steht. Du verstehst, wieso ich nicht neben ihr zeichnen konnte.« Ich fand eine Bank und kam in Schwung. Wie nett, dachte ich mir, mal woanders als in der Schule zu sein. Die Welt war groß. Nicht alles war von kTV vergiftet.

Dann sah ich BradLee.

Es ist immer ein Schock, wenn man Lehrer außerhalb ihres Reviers antrifft. Sie sind so fehl am Platz, und sie scheinen es gar nicht zu merken. Richtig niedlich. BradLee kam auf mich zu. Er trug die gleichen Sachen wie in der Schule – Khakihose, Oberhemd und seine fadenscheinigen dunkelroten Sneaker –, aber seine Hosentasche war ausgebeult, weil er die Krawatte hineingestopft hatte, wie ein Kind auf einer Hochzeit.

Moment mal. Das war der Typ, der Luke an kTV verraten, der über seine Verbindung zu Coluber und Wolfe gelogen, der Trisha Meier umarmt hatte. Ich stand auf. Ich klappte mein Skizzenbuch zu und ließ es – nein, ich *schleuderte* es auf den Boden.

»Sie haben uns verraten«, sagte ich.

BradLee schaute sich nervös um.

»Wir wollen Antworten«, sagte ich. »Sie haben kTV von Lukes Gedicht erzählt. Sie wussten, das hat er nicht gewollt.«

Das war keiner meiner üblichen Tagträume, in denen ich viel mutiger und geistesgegenwärtiger war als im wirklichen Leben. Das war die Wirklichkeit.

»Und jetzt hat Luke uns auch verraten, und Sie sind schuld. Und er macht sein Leben kaputt.« Ich hörte Schritte und wusste, Elizabeth kam, um mich zu unterstützen. »Ich weiß, Sie sagen immer, das Leben spielt keine Rolle, nur die Kunst zählt, aber seine ›Kunst‹ ist nicht mehr gut. Ich weiß, dass Sie sich die Sendung anschauen. Ich weiß, dass Sie die neuen *Contracantos* gelesen haben. Die sind scheiße. Überhaupt keine Stammeserzählung mehr.«

»Ethan, das ist jetzt kein guter Moment –«, sagte BradLee.

Ich hob die Hand wie ein Schülerlotse. Zu meiner ungeheuren Befriedigung funktionierte es. »kTV hat sich die *Contracantos* einverleibt. Früher waren sie echt, jetzt hat kTV ein Fake daraus gemacht. Die machen überhaupt keine Kunst. Sie machen bloß Geld.«

»Hör auf, Ethan. Ich muss …«

»Und wissen Sie, was mich echt umhaut?« Elizabeth zupfte an meinem Ärmel, aber ich schüttelte sie ab. Jetzt kam das Beste. »Ezra Pound hat gesagt: ›Ich hätte es besser können sollen.‹ Und genau das wird Luke jetzt denken. Das ist das Schlimmste, was man überhaupt denken kann, und wenn er wieder zur Besinnung kommt, wird er es denken.«

»Oh. Mein. *Gott*«, quiekte jemand hinter mir.

Ich war so darauf konzentriert gewesen, meine große Rede zu Ende zu bringen, ehe mich der Mut im Stich ließ, dass ich den totalen Tunnelblick hatte. Wäre das hier ein Film, käme jetzt eine Superzeitlupe. Ethan fährt herum. Seine Welt kommt ins Wanken. Schockiert und panisch schlägt er die Hände vors Gesicht.

»Ich habe Trisha gerade die Dinosaurier gezeigt«, sagte BradLee lahm.

»Wir drehen hier nächste Woche, wusstest du das?«, sagte Trisha Meier. »Die Atmosphäre ist super. Die Challenge wird die ganze Nacht dauern. Jede Menge dunkle Ecken für dunkle Geheimnisse!« Sie stieß ihr abscheuliches Lachen aus: *hänk!, hänk!, hänk!* »Aber Brad, mein Schatz, du musst mir diesen jungen Mann vorstellen.«

Trisha hakte sich bei BradLee ein, und ich schaute mich nach dem jungen Mann um.

»Denn diese Rede grade, die war un-glaub-lich! Ich fasse es nicht, dass wir das nicht gefilmt haben. Handy, Brad.« Elizabeth und ich schauten ungläubig zu, wie BradLee sich von Trisha losmachte und das Handy aus ihrer Handtasche holte, die auf einer Stuhlreihe vor meinem Diplodokus stand. Trisha redete einfach weiter, während sie eine SMS schrieb. »Aber dann musst du sie eben einfach noch mal halten. Wir werden sie noch ein bisschen aufpolieren – das letzte Stück können wir streichen; das habe ich überhaupt nicht verstanden – aber die Möglichkeiten! Die Kontroverse! Wieso ist uns das nicht selbst eingefallen!« Sie gab Brad-Lee ihr Handy zurück, wandte sich mir zu und schlug sich mit beiden Händen auf die Schenkel. »Also. Wer *bist* du? Erzähl mir von dir.«

»Ähm …«

»Du bist nämlich wirklich *süß*, und das hier könnte echt richtig gut werden. Die Stimme des einfachen Mannes! Ich höre schon den Kommentar aus dem Off: ›Luke Weston hat viele Fans‹ – Schwenk auf Maura –, ›doch auch der charismatischste Autor kann Neider haben.‹ Fabelhaft.«

Trisha packte meine Hand und führte mich zu der Stuhlreihe. Ich war so geschockt, dass ich ihr bloß folgen konnte. »Setz dich. Ich sehe es vor mir.« Elizabeth sah mich fassungslos an und setzte sich auf meine andere Seite. BradLee schaute zu Boden und nahm neben Trisha Platz. »Aber das musst du zu Luke sagen, nicht zu Brad. Genau. Genau. Und dann mischen wir noch ein bisschen Eifersuchtsdrama rein und tun so, als würdest du auf Maura stehen. Oder als hättet du und Maura – Ouhouhou.« Das ist mein Versuch, das schlüpfrig-zweideutige Geräusch zu beschreiben, das ihr dabei entfuhr. »Süßer, du schaust die Show doch, oder?«

»Leider«, sagte ich.

Ihr Lachen perlte. »Ich kann es kaum erwarten, dich auf kTV zu sehen! Wollen wir mal ein paar Reaktionen einfangen. Ich bereite dich auf dein großes Interview vor.« Sie schlug ein kunstledernes Bein über das andere und strahlte geradeaus in eine imaginäre Kamera. »Sag mal – wie fandest du die letzte Folge?«

»Furchtbar«, sagte ich. »Au.«

Elizabeth hatte mich heftig gepikst.

»War das ›Au‹ der Schmerz nicht erwiderter Liebe?«, fragte Trisha.

»Ähm. Weiß nicht.«

Trisha wandte sich an BradLee. »Wie lange kennst du dieses Herzchen schon?«

»Mach dich langweilig«, flüsterte Elizabeth mir ins Ohr. »Superlangweilig. Damit sie dich wieder vergisst.« Ich verstand. Zum Glück war ich Experte im Vergessenwerden. Hatte ich mein Leben lang geübt.

»Mal sehen«, sagte Trisha. »Wir wissen ja, was du von Luke hältst. Reine, wütende Eifersucht. Und wir wissen auch, was du für Maura empfindest. Wer wäre nicht scharf auf Maura? Aber was ist mit Miki? Miki Reagler?«

»Äh«, sagte ich. Es tat weh, und ein Teil meiner Seele verdorrte und starb, aber ich sprach es aus: »Miki mag ich.«

»Wirklich«, sagte Trisha. »Obwohl er bisher Mauras beständigster Partner gewesen ist? Wir wissen zwar alle, dass sie am Ende wahrscheinlich mit Luke zusammen sein wird. Aber die erotische Spannung zwischen Maura und Miki kann man auch nicht leugnen. Das ist etwas Körperliches. Man kann es riechen. Sehr – wie soll man es ausdrücken?«

Widerlich?

»Primitiv«, sagte sie, und ihre Augen verengten sich vor Vergnügen.

»Miki ist cool«, sagte ich und ließ meinen Mund offen stehen. Meine Pupillen bewegten sich aufeinander zu.

»Hmm«, machte Trisha enttäuscht. »Ich kann die Wahrheit vertragen.«

»Arg«, sagte ich.

»Wie viel Raum sollten wir Miki in den nächsten Folgen geben?«

»Glugg.«

»Er ist offensichtlich beliebt, aber wir wollen keinen Favoriten aufbauen.«

»Wrg.«

»Das ist der eigentliche Kummer des Reality-Produzenten.« Dabei schaute sie BradLee an, doch sie gestikulierte so heftig, dass ich um meine Gesundheit fürchtete. »Es ist wirklich eine Kunst. So viele Charaktere! Und wir müssen daraus eine Geschichte bauen.«

Elizabeth sagte: »Sie schauen sich also die Figuren an, die Sie haben, und dann zwingen Sie die in eine zusammenhängende Geschichte?«

Trisha wirkte überrascht, dass Elizabeth sprechen konnte. »Sozusagen. Ich möchte aber nicht den Eindruck erwecken, als würden wir uns die Geschichte ausdenken.«

Ich machte wieder ein Geräusch wie ein verdauender Höhlenmensch.

»Stimmt doch, was, Brad? Ganz anders als bei einer Sitcom, oder?«

Ich hörte, wie BradLee Luft holte, aber Trisha schnitt ihm gleich wieder das Wort ab und wandte sich an uns. »Und? Wie ist das so, wenn man einen Prominenten als Englischlehrer hat? Ihr wart doch sicher total beeindruckt …«

»Glugga«, sagte ich. »Autsch!« Elizabeth hatte mich wieder mit dem Finger gestochen. Offensichtlich war die Strategie wieder geändert worden, ich hätte mir allerdings gewünscht, sie würde mir das ohne blaue Flecken mitteilen. »Ähm, Prominenten?«

»Jetzt sagt bloß nicht … Brad! Hast du nicht?«

Ich beugte mich vor. BradLees Lippen bewegten sich, aber es drangen keine Wörter heraus.

»Du bist so bescheiden! Das liebe ich so an dir. Handtasche.« BradLee stand wie in Trance auf, holte ihre Handtasche und reichte sie ihr. Sie tippte ihm mit dem Zeigefinger unters Kinn. »Du Süßer! Also. Brad hat euch nicht erzählt, dass er in *Mind over Matter* mitgespielt hat?« Das war Willis Wolfes frühere Serie gewesen.

»Trisha …«, sagte BradLee.

»YouTube. Gott sei Dank sind die Achtziger ja voll in Retro-Mode. Die halbe Serie ist im Netz zu finden.«

Sie neigte den Bildschirm des Handys zu mir. Elizabeth beugte sich herüber. Ich fühlte ihre Dreadlocks, ihre weichen, weichen Dreadlocks, ihre pusteblumenweichen, theatersitzplüschweichen Dreadlocks über meinen Hals streichen.

»Zum Totlachen!«, kreischte Trisha. »Guck dich mal an!« Sie packte BradLee am Arm und starrte hingerissen auf den Schirm.

Ein pausbäckiger rothaariger Junge saß in einer hellbraunen Küche, den Kopf auf eine Hand gestützt, während er mit der anderen Eis aus der Packung löffelte. Ohne Zweifel war das der Junge vom Foto in Willis Wolfes Büro.

»*Mind over Matter*«, sagte Elizabeth.

»Logisch«, sagte Trisha. »Petey! Oh. Mein. Gott. So reizend. Und dann ist ein genauso reizender Englischlehrer aus ihm geworden!« Sie kniff ihn in die Wange. »Aber warum du lieber Lehrer geworden bist als Schauspieler, werde ich nie verstehen«, flötete sie. Dann wandte sie sich erwartungsvoll an Elizabeth und mich. »Wer will noch mehr sehen?«

Wir nicht, aber eigentlich war das auch gar keine Frage. Sie spielte uns einen Clip nach dem anderen vor, und wir schauten sie an, und allmählich fiel der Groschen. BradLee kannte Coluber schon sein ganzes Leben. Er war an die Selwyn gekommen, um bei *For Art's Sake* zu helfen. Natürlich hatte er Coluber von den *Contracantos* erzählt. »Sie wussten, das hat er nicht gewollt«, hatte ich ihm eben vorgehalten, aber jetzt wurde mir klar, das kümmerte ihn gar nicht. Es hatte ihn nie gekümmert, was wir wollten.

Trishas Telefon klingelte. »Dieses Team ist *so* inkompetent«, sagte sie. »Ja. Also wirklich. Nehmt ein Haar-Double. Ist doch nur eine Frage der Beleuchtung. Kann das so schwer sein?« Sie beendete das Gespräch ohne Höflichkeiten und stand auf. »Tut mir sehr leid, dass ich das hier abbrechen muss«, sagte sie zu BradLee, »aber die meinen, ich sei *unverzichtbar*.« Sie gab ihm einen Dreifach-Wangenkuss. »Mwa. Ruf mich an!« Wir schauten ihr nach, wie sie sich durch die Dinosaurier-Fossilien schlängelte und das Museum verließ.

19

Schaudernd gedenken wir der Tage
vor kTV. Welch eine Plage!
Das Leben trüb und laut die Klage –
Furcht griff nach uns an jedem Morgen,
statt Freuden harrten unsrer Sorgen.
DIE CONTRACANTOS

»Sie hat dich also vergessen«, sagte Jackson eine Stunde später im Appelbau.

Elizabeth lachte laut. »Ethan, das muss man dir lassen. Verschwinden kannst du wie sonst keiner.«

»Ja, ja.« Ich wusste, das war ein Friedensangebot, aber ich war immer noch stinkig wegen der Heimfahrt.

»Was für ein Lügner!«, hatte sie geschäumt, kaum dass wir die Autotüren zugeschlagen hatten. »Dartscheibe! Ja, sicher. Er ist Colubers Handlanger.«

Ich lehnte den Kopf an die Seitenscheibe. »Glaubst du, Maura kommt am Ende mit Luke zusammen?«

»Darüber machst du dir Gedanken?« Sie nahm die nächste Linkskurve so schnell, dass mir der Gurt den Hals aufschrammte.

»Ich frag mich ja bloß.«

Wir schwiegen, während Elizabeth am Mississippi entlangfuhr, wo die Bäume kahl und das Wasser grau und kabbelig und kalt war.

»Ich habe eine Prognose«, sagte ich.

»Was«, antwortete sie. Kein Fragezeichen. Da hätte ich schon wissen sollen, dass ich besser den Mund halte.

»Maura wird unterm Triceratops mit Luke zusammenkommen.«

»Oh Gott, Ethan. Irgendwer muss dir mal sagen, was Sache ist.«

»Was? Was ist Sache?«

Sie holte tief Luft, und ich dachte, sie würde mir eine lange Predigt halten. Stattdessen ließ sie die Luft bloß wieder ab. »Nichts.«

»Ach komm. Was ist, was für eine Sache?«

»Sprich doch mal unter vier Augen mit Mayonnaise, ja?«

»Hä?«

»Vergiss es«, sagte sie. »Okay? Vergiss es einfach. Vergiss, dass ich überhaupt irgendwas gesagt habe.«

Als Elizabeth auf der Toilette war, überredete ich Jackson, das Schema von *For Art's Sake* noch mal aufzurufen, damit ich sehen konnte, ob meine Vorhersage zutraf. Ich hatte gerade angefangen, den ganzen Einleitungsquatsch durchzuscrollen. Mayonnaise saß auf meinem Schoß. Elizabeth lag wie eine Leiche auf dem Boden und mühte sich, uns beide hochnäsig zu ignorieren.

»Eine Sache ist noch ungeklärt«, sagte Jackson. »Sicher, Brad-Lee arbeitet für Coluber. Verdacht bestätigt. Aber was hat er davon?«

»Ja, das habe ich im Auto auch schon zu durchdenken versucht«, sagte Elizabeth. Ich spürte, dass sie mich böse anstarrte, und versuchte ganz unschuldig auszusehen, während ich meine Nase an der von Mayonnaise rieb.

»Wieso sollte er aus der Finanzbranche aussteigen, um nach

Minneapolis zu ziehen?«, fragte Jackson. »Um da den Lakaien für einen korrupten Produzenten zu spielen, den er vor zwanzig Jahren kannte?«

»Vielleicht ist er gern Lehrer«, schlug ich vor.

»Wer ist schon gern Lehrer?«, brummte Jackson. »Unwahrscheinlich.«

»BradLee ist gern Lehrer«, sagte ich. Ich wandte mich vom Drehbuch auf dem Bildschirm ab, wo sie immer noch die Regeln für die Museumsaufgabe erklärten. »Er mag uns. Euch ist doch klar, dass es Lehrer gibt, die ihre Schüler offensichtlich hassen?«

»Pederson.«

»Wyckham.«

»Garlop.«

Es folgte ein Schweigemoment, als hätte man den Namen eines jüngst Verstorbenen erwähnt.

»BradLee mag uns. Er macht das nicht bloß, um uns fertigzumachen.«

»Ethan hat etwas Bedenkenswertes gesagt«, sagte Elizabeth in Richtung Decke. »Schockierend, oder?«

So viel zum Friedensangebot.

Ich kehrte zu Folge 16 zurück. Meine Prognose traf zu. Oh Triceratops, als du über den Planeten streiftest, wehte da irgendeine Ahnung durch deinen dicken Kreidezeitschädel, dass deine Knochen eines Tages als Kulisse zum Knutschen nach Drehbuch dienen würden?

Luke: Das ist so romantisch.

Maura: Genau.

Luke: Maura, diese Knochen – dieser Saurier – glaubst du, der hat auch so etwas wie Liebe gekannt?

MAURA *zum Triceratops aufschauend:* Das hoffe ich. Die Liebe ist so herrlich und süß.

LUKE: Genau wie du.

Sie küssen sich.

Jetzt musste ich nur noch kontrollieren, ob sie auch noch mit Miki D. R. rummachte.

Ich scrollte durch eine Szene, in der Miki Andy durch die Abteilung *Der menschliche Körper* jagt und ihm das Cello zu klauen versucht. »Ist doch nur Spaß!«, gluckste Miki.

Ich scrollte durch eine Szene, in der Kyle einen Monolog aus *Othello* probt, wobei Miki sich anschleicht und ihn mit Andys Cellobogen pikst.

Ich scrollte durch das Abschlussgeplänkel der Moderatoren. Immerhin schien ein Teil der idiotischen Aussprüche, die Damien Hastings so absonderte, dem Drehbuch zu entstammen.

TRISHA: Was für eine Nacht im Museum! Seht nur, was hier alles zum Leben erwacht ist.

DAMIEN: Der Brachiosaurus?

TRISHA: Das ist ein Triceratops.

DAMIEN: Der ist zum Leben erwacht?

TRISHA: Rivalität. Zorn. Liebe.

Habt ihr das gesehen?

Oder vielleicht sollte ich schreiben: Habt ihr das gesehen?

Ich hätte es selbst übersehen, wenn ich nicht aus Mitleid mit Damien langsamer gescrollt hätte, der trotz der Frisur immerhin einigermaßen nett zu sein schien.

246

Niemand sonst benutzt dieses Satzzeichen. Niemand.

»Er schreibt das Drehbuch«, flüsterte ich.

Elizabeth versuchte Jackson gerade auszureden, in der Badewanne im Keller Fassbrause anzusetzen. »Das wird zu richtigem Bier vergären«, sagte sie. »Und dann zerrt man dich vor das Jugend…«

»Er schreibt das Drehbuch«, sagte ich lauter.

»Ich habe alles über die Fermentierung nachgelesen«, sagte Jackson gereizt.

»FRAGERUFZEICHEN!«, rief ich. Damit hatte ich ihre Aufmerksamkeit.

»Ich liebe Fragerufzeichen!«, sagte Elizabeth.

»BradLee auch«, entgegnete ich und zeigte auf den Bildschirm.

»Das ist ja jämmerlich«, sagte Jackson. »Kennt Damien tatsächlich nicht den Unterschied zwischen einem Brachiosaurus und einem Triceratops?«

»Das hätten wir ahnen können«, sagte Elizabeth. »Er schreibt das Drehbuch.«

»Die haben schließlich im Abstand von fünfundachtzig Millionen Jahren gelebt.«

»Konzentrier dich!«, rief sie. »BradLee schreibt das Drehbuch für *For Art's Sake!*«

Meine Mutter holte mich ab, aber ich konnte mich nicht von Mayonnaise losreißen.

»Ach komm, Jackson. Er braucht ein bisschen mehr Ansprache. Direkten Kontakt. Leih ihn mir aus.«

»Er ist doch kein Buch aus der Bücherei.«

»Sieh es so, als würde er bloß mal bei mir übernachten. Du

würdest dein Kind doch auch mal woanders übernachten lassen, oder? Bei seinem coolen Onkel?«

»Wahrscheinlich schon. Na gut.«

Ich setzte Mayonnaise in seinen Reisekäfig und trug ihn zum Auto. Meine Mutter bemerkte ihn überhaupt nicht, aber meine Schwestern schon.

»Ist das eine Ratte?«

»Mama! Ethan hat eine Ratte!«

»Das ist doch keine Ratte«, sagte ich empört. Ich hielt den Käfig hoch, damit sie ihn betrachten konnten. Eine höfliche gegenseitige Vorstellung würde sicher eine Beziehung in gegenseitigem Respekt etablieren. »Mädchen, das ist Mayonnaise. Mayonnaise« – ich wandte mich mit ernster Miene an ihn –, »das ist Olivia, das ist Tabitha, das ist Lila.«

Mayonnaise nickte höflich. Wie ich schon erwähnte, ist er genial. Die Drillinge quiekten.

»Mayonnaise ist eine Wüstenrennmaus. Rennmäuse sind die edelsten aller Nagetiere, und Mayonnaise ist die edelste unter den Rennmäusen.«

»Ist er wirklich edel?«, fragte Olivia. »So wie König Artus?«

»Ja. Ihr könnt ihn Sir Mayonnaise nennen, wenn ihr wollt, aber er legt keinen Wert auf Formalitäten. Mayonnaise reicht völlig.«

Sie waren begeistert. »Können wir ihn mal halten?«

»Wenn wir zu Hause sind.« Plötzlich hatte ich das Bild vor Augen, wie Tabitha ihn am Schwanz durch die Luft schwang. »Wenn ihr ganz, ganz vorsichtig seid.«

Zu Hause setzte ich mich im Schneidersitz auf den Wohnzimmerteppich, und die Drillinge scharten sich um mich. Ich öffnete Mayonnaises Käfigtür. Bei VORTEX hatte er bewiesen, wie gut er mit neuen Situationen zurechtkam, aber ich befürchtete dennoch, dass er das Weite suchen würde. Ich hatte ihn unterschätzt. Er kam anmutig herausgetrippelt und schnüffelte.

»Ist der süß!«, sagte Lila.

»Das Wort mag er nicht«, verriet ich ihr. »Das ist erniedrigend. Er ist zwar klein, aber er hat trotzdem Gefühle.«

»Seine Nase gefällt mir«, verbesserte sie sich.

»Mir auch.«

»Was ist das denn, Ethan?«, sagte Tabitha erschrocken.

»Was?« Ich konnte nicht erkennen, wohin sie zeigte.

»Das – das Ding da. Kriegt er ein Kind?«

»Er ist ein Er. Ers können keine Kinder kriegen«, erklärte Lila.

»Ich glaube, er hat eine Murmel verschluckt«, sagte Olivia.

»So groß ist es gar nicht«, sagte ich abwehrend. Zumindest nicht so groß wie eine Murmel.«

»Ist es wohl«, sagten alle drei im Chor.

»Wie eine große«, sagte Olivia.

Ich legte den Kopf auf den Boden, um besser sehen zu können. Wie war es dazu gekommen? Die Geschwulst war tatsächlich so groß wie eine Murmel. Eine große.

»Wird er das auskacken? Als Tabitha Mamas Ohrring gegessen hat, hat sie ...«

»Man nennt es Tumor«, sagte ich. »Es ist die Folge einer Zellmutation.« Das klang zu düster. »Aber es ist gutartig. Alles in Ordnung. So was haben Menschen auch, aber wir kriegen sie herausoperiert.«

»Wieso kann er nicht operiert werden?«

»Er ist zu klein.«

»Wird er daran sterben?«

»Natürlich nicht.« Ich musste das Thema wechseln. »Wollt ihr ein paar Kunststücke sehen?«

»Ich will ihn mal halten. Bitte, Ethan. Bitte.« Das war Tabitha.

»Sitz still, dann wollen wir mal sehen, ob er an dir hochklettert.«

Er schnüffelte, bis er meinen Geruch erkannte, dann rannte er auf mich zu und sprintete die Schräge meines Beins hinauf. Ich hielt ganz still, um meinen Schwestern ein gutes Beispiel zu geben, und ließ ihn bis zu meiner Schulter hinaufklettern. Dort hockte er und sah tatsächlich aus wie König Artus, der den Blick über Camelot schweifen ließ.

»Er hat dich wirklich gern, Ethan«, sagte Lila.

»Das kommt, weil ich sehr vorsichtig mit ihm umgehe.«

»Ich bin auch vorsichtig«, sagte Tabitha.

»Mayonnaise?«, fragte ich. »Können meine Schwestern dich auch mal halten? Sie sind sehr vorsichtig.«

Er zuckte die Achseln, also zeigte ich den Mädchen, wie sie mit den Händen eine Schale formen sollten.

»Wer zuerst?«, fragte ich. Schlechter Einfall.

»ICH!«, schrien sie alle drei.

»Ich habe eine bessere Idee.« Ich wollte meine Theorie sowieso schon länger überprüfen. »Setzt euch im Kreis hin. Mayonnaise wird selbst wählen.«

Sie setzten sich im Kreis hin, die Beine vor sich ausgestreckt, und ich setzte ihn in die Mitte. Olivia trug ein grünes Shirt. »Mayonnaise, du Rakete«, murmelte ich und schnippte mit den Fingern.

Und richtig, er rannte direkt zu Olivia, wobei der Tumor unter seinem Bauch wie eine Satteltasche hüpfte. Er kletterte an ihr hinauf und setzte sich auf ihre Schulter.

»Wow«, sagte Olivia und wagte kaum zu atmen.

»Wow, Mayonnaise«, sagte ich. Mit Farben kannte er sich wirklich aus. Jedenfalls mit Grün.

»Kann ich ihn in die Hand nehmen?«, fragte Olivia.

»Ganz vorsichtig«, sagte ich. Sie pflückte ihn von der Schulter. Ich sah an seinen gespreizten Füßen, dass er Angst hatte, aber als sie ihn in die gewölbten Hände setzte, entspannte er sich. Lila und Tabitha beugten sich darüber, neidisch wie sonst was.

»Der Tumor fühlt sich komisch an«, sagte Olivia. Ich wollte gerade darauf hinweisen, wie weich sein Fell war und dass das auf gute Gesundheit hindeutete, da schnappte Tabitha zu.

»Hey!«, jaulten Olivia und ich in der gleichen hohen Stimmlage.

Tabitha hielt ihn mit ihren kleinen Händen fest umschlossen. Er musste zu Tode erschrocken sein. Sie stand auf. »Du warst zu gierig.«

»Aber er hat mich ausgesucht«, kreischte Olivia.

Man musste sich Tabitha vorsichtig nähern, wie einem Psychopathen mit geladener Knarre. »Tabby, du kannst ihn auch mal halten. Du musst ihm nur ein bisschen Luft lassen«, sagte ich beruhigend.

»Wie denn?«

»Öffne die Finger ein klein wenig ...«

Mir war entgangen, dass die entrüstete Olivia hinter mir aufgestanden war. Sie sprang los. Tabitha ging zu Boden.

»Mayonnaise!«, rief ich. »Pass auf!«

Tabitha hatte die Hände geschlossen gelassen, und er war nicht durch die Luft geflogen. Aber jetzt saß Olivia auf ihr drauf und bog ihr einen Finger nach dem anderen zurück. Tabitha griff verständlicherweise wieder zu.

»MAYONNAISE!« Ich stürzte mich ebenfalls ins Getümmel. Ich hob Olivia von Tabitha herunter und warf sie beiseite wie einen Joghurtdeckel. Jetzt saß ich auf Tabitha. »Gib! Ihn! Mir!«

Tabitha gab sofort nach. Diesen Tonfall hatte sie von mir fast noch nie gehört. Ich selbst auch nicht.

Er hielt ganz still.

»Ist er tot?«, fragte Lila.

Ich strich ihm mit dem kleinen Finger übers Rückgrat. Er hob den Kopf und sah mich empört an. Ich musste wegschauen. Das schlechte Gewissen überwältigte mich.

Also ließ ich es an den Mädchen aus. »Diese Rennmaus«, sagte ich, »ist von Krebs befallen.« Das hatte ich noch nie laut ausgesprochen. »Ein süßes, zerbrechliches, krankes, winzig kleines Tier. Und so behandelt ihr ihn?«

»Ich habe nichts gemacht«, flüsterte Lila. Tabitha war immer noch wütend, aber Olivia hatte Tränen in den Augen.

»Er hätte sterben können.«

Ich ging. Es war meine Schuld gewesen, nicht ihre, und der graue Gifthauch des schlechten Gewissens erinnerte mich daran. »Mayonnaise«, sagte ich, »es tut mir so leid.« Er stand immer noch unter Schock, glaube ich, denn er machte gar keine fröhliche kleine Geste mit Kopf oder Schwanz. »Befreien wir dich von menschlicher Gesellschaft.«

Ich legte ihm ein Stück Pappe in den Käfig, und innerhalb weniger Minuten knabberte er fröhlich daran. Ich sah ihm zu. Ich lernte nicht für meinen Monstertest in Bio. Ich sah ihm nur zu.

20

Wir ahnten nicht, dass mehr wir wollten,
dass wir nach Höherem streben sollten.
Wir wurden nie dafür gescholten,
dass wir so lebten, ohne Ziel –
unruhig, lustlos und labil.

Die Contracantos

»Eine Recherchemöglichkeit steht uns noch offen«, flüsterte Jackson mir am nächsten Morgen in Latein zu. »Wenn die auch scheitert, bin ich bereit aufzugeben.«

Ich war jetzt schon bereit aufzugeben. Aber diese Hexameter gingen mir auf den Senkel, und ich brauchte Ablenkung. Also fragte ich: »Welche denn?«

»Wir müssen herausfinden, wie sie das Drehbuch nutzen. Wenn die Kandidaten das wörtlich nachsprechen, dann brauchen wir das Skript. Wir hacken es, wir schreiben neue Dialoge, wir lassen Luke wie einen Volltrottel klingen –«

»Ich nehme an, du erzählst mir das, weil ich irgendwas tun soll.«

»Beschaff uns Insider-Info dazu.«

Ms Pederson ging hinter uns entlang, um zu überprüfen, wie weit wir mit unserer Skandierungsaufgabe gekommen waren. Als der Feind anderweitig beschäftigt war, hakte ich nach: »Wie denn?«

»Frag Maura Heldsman.«

Also ging ich am nächsten Morgen mal wieder in den Tanz-flur. Da war ich länger nicht gewesen.

»Da ist er ja wieder«, sagte sie.

»Wieso bist du immer so früh hier?«

»Ich kann nur um diese Zeit Hausaufgaben machen.« Sie klappte ihren Ordner zu. »Nicht dass mir Hausaufgaben wich-tig wären. Aber wenn ich in irgendwelchen Kursen durchfalle, schmeißt Coluber mich aus der Show.«

»Wäre das denn so schlimm?« Ich ließ mich neben sie fallen, ohne aufgefordert worden zu sein.

»Ähm, Juilliard?«

»Weiß ich noch. Wirklich.«

»Ich bin so gestresst.« Sie faltete die Beine unter ihr weites lila Sweatshirt. Sie sah aus wie eine Steckrübe, aber immer noch süß. »Der letzte Termin für die Anzahlung ist der Tag nach dem Finale. Wenn ich gewinne, kann ich hin. Wenn nicht, muss ich hier zur Uni.«

»Hast du keine Angst, dass sie den Gewinner schon festgelegt haben?«

»Oh Gott, was soll das denn? Willst du mir noch mehr Stress machen?«

»Aber das läuft doch alles nach Drehbuch, oder?«

»Nicht ganz.«

»Was soll das heißen?«

»Ich dürfte dir das gar nicht erzählen, aber egal. Du bist wahr-scheinlich der einzige Mensch, dem ich vertraue. Wie traurig ist das denn? Sicher läuft es nach Drehbuch. Aber wenn man einen Vorschlag hat, der noch besser funktioniert, dann gehen sie drauf ein.«

»Oh.«

»Die anderen Kandidaten schnallen das nicht. Aber das ist, glaube ich, irgendwie das Geheimnis meines Erfolges. Ich tue alles, damit meine Figur, meine Szenen besser funktionieren als die der anderen.«

»Zum Beispiel? Was machst du denn so?«

»Mir das Herz aus dem Leib tanzen.«

»Ja klar. Aber das steht ja praktisch so im Drehbuch.«

»Und mit jedem Typen in der Sendung rummachen.« Mit ihren grünen Augen schaute sie mich direkt an. »Was praktisch auch so im Drehbuch steht.«

Fast hätte ich sie gefragt, wie lange schon. Was war zuerst dagewesen? Hatte sie BradLee die Idee in den Kopf gesetzt, oder hatte BradLee ihr das auf den Leib geschrieben? Aber dann hätte sie antworten müssen, und ich glaube, ich wusste schon, wie es gelaufen war, und ich wollte es nicht von ihr ausgesprochen hören.

»Und an dieser Stelle sagst du mir, du würdest alles tun, um mir beim Gewinnen zu helfen«, sagte sie.

IMAGE. VORTEX. Beide hatten versagt. Und das Drehbuch zu kapern, würde auch nichts nützen, weil kTV sich nicht unbedingt ans Drehbuch hielt.

»Lebst du noch?«

Noch nie hatte ich so dringend lügen wollen.

»Ethan?«

»Ich glaube, da kann man nichts machen.«

Sie seufzte. »Ich weiß. Die *Contracantos* – das warst du, stimmt's?«

»Ja.« Sie vertraute mir offensichtlich, also vertraute ich ihr auch. »Ich und Jackson und Elizabeth. Und Luke. Eigentlich war es vor allem Lukes Idee. Wir haben bloß seine Anweisungen befolgt. Unsere großartigsten Ideen waren immer seine.«

»Das bezweifle ich. Er ist gar nicht so wahnsinnig toll, wie du glaubst.«

»Doch, das ist er. Ganz sicher.«

»Und ich übrigens auch nicht.« Sie lachte. »Wir sind ziemlich verkorkst, Luke und ich. Wenn Leute nur eine einzige Sache wollen, werden sie immer verkorkst.«

»Was willst du denn?«

»Ich will es schaffen. Das weißt du doch. Ich will nach New York. Wenn ich es jetzt nicht mache, dann mache ich es nie. Ich bin Ballerina, ich bin achtzehn, und ich habe vielleicht zehn Jahre, bis mein Körper mich allmählich im Stich lässt. Das ist mein Leben, Ethan Andrezejczak. Das einzige, das ich habe. Kennst du das, wenn man einen ganz großartigen Traum hat, und dann wacht man auf und er entgleitet einem? Einfach weg?«

»Ja.«

»Und dann vergisst du sogar, dass der Traum so toll war. Er rutscht einfach weg. Es gibt sicher viel Trauriges auf dieser Welt, aber ich kann mir nichts Traurigeres vorstellen, Ethan, als eine fröhliche Fußballmama mit Rabattgutscheinen und Jogging-Buggy zu werden. Und dann so zu sagen: ›Früher hab ich mal getanzt.‹ Dabei würde ich mich gar nicht richtig erinnern. Ich würde nicht mehr wissen, wie sehr ich das hier gewollt habe.«

Nach der Schule sahen wir BradLee an seinem alten VW Käfer lehnen und rauchen. Mit schlechtem Gewissen drückte er die Zigarette aus, als er uns entdeckte.

»Yo«, sagte Elizabeth.

»Hey«, antwortete er.

Jackson und ich gingen weiter zum Appelvan, aber sie blieb stehen und sagte zu BradLee: »Warum schreiben Sie das Drehbuch?«

Er zuckte zusammen.

»Wir wollen bloß wissen, warum. Erpresst Coluber Sie? Ist es das?«

»Nur fürs Protokoll«, sagte er, »ich schreibe das Drehbuch nicht. Ich habe mit *FAS* nichts zu tun.«

»Nur fürs Protokoll, wir glauben Ihnen nicht.« Jackson und ich lungerten unsicher hinter ihr herum. Sie drehte sich um und schaute uns genervt an. Ich trat neben sie.

»Warum?«, fragte ich. »Warum tun Sie es?«

BradLee schaute über beide Schultern. Um diese Uhrzeit versuchten jede Menge Teenager auszuparken, weshalb sich alle Erwachsenen mit gesundem Überlebensinstinkt fernhielten. »Fürs Protokoll«, wiederholte er, »ich schreibe kein Drehbuch.«

»Und nicht fürs Protokoll?«, sagte Elizabeth. »Warum?«

Wieder blickte er sich um. Damit sollte er wirklich aufhören; er sah aus wie ein ganz billiger Ganove. »Zuerst möchte ich euch mal daran erinnern, dass wählerische Universitäten die Englischnoten des Junior-Jahres als außerordentlich wichtig erachten ...«

»Scheiß auf Sie, BradLee«, blaffte Elizabeth. Sie machte auf dem Absatz kehrt und wollte weggehen.

»Wartet!«, sagte er.

»Ich fasse es nicht, dass Sie uns drohen. Wenn man bedenkt, was wir über Sie wissen ...«

»Also gut, ganz unter uns ...«

»Wir könnten Sie fertigmachen. Wir könnten Ihnen das Leben zur Hölle machen.«

»Das bezweifle ich nicht ...«

»Wir reden hier von offener Rebellion. Sie würden Ihre Schüler nie wieder unter Kontrolle kriegen.«

»Cyberkrieg«, sagte Jackson.

»Papierkügelchen«, sagte ich.

»Als ob uns Ihre Noten interessieren würden«, sagte Elizabeth.

»Würdet ihr mir mal zuhören?«, sagte BradLee. »Ich sage es euch nämlich. Ich erzähle euch, warum ich das Drehbuch schreibe.«

»Ich würde ein Sternchen direkt auf mein Zeugnis machen«, murmelte sie. »Und die Fußnote würde lauten: ›Note von totalem Idioten vergeben.‹«

BradLee seufzte und tat so, als würde er sie nicht hören. »Coluber hat mich gefragt. Ich habe gekellnert und mich gefragt, was ich mit meinem Leben anfangen soll, und da hat Coluber mich angerufen.«

»Sie haben also gelogen«, sagte ich. »Sie hatten keinen Job in der Finanzbranche.«

»Er hat sich an mich erinnert, von *Mind over Matter*. Er wusste, dass ich Englisch studiert hatte. Aber er wollte, dass unsere Bekanntschaft unter der Decke bleibt, damit ich für ihn spionieren kann.«

»Es gab auch keine Dartscheibe.«

»Er muss schließlich wissen, wer Starqualitäten hat, wer in die Show muss.«

»Und keine witzige Geschichte über Fragerufzeichen.«

Jetzt wirkte BradLee getroffen. »Doch! Ich habe sogar mehrere …«

»Schon kapiert. Er hat Sie gebeten«, unterbrach ihn Elizabeth. »Aber warum haben Sie Ja gesagt?«

»Entweder sind Sie ein schlechter Mensch, oder er erpresst Sie«, sagte Jackson.

»Nein. Weder noch. Es ist komplizierter. Ich mache es, weil, na ja, warum Menschen Sachen nun mal machen. Ich werde dafür bezahlt. Ich kann es ganz gut. Ich dachte, es wäre cool, ein geheimes Doppelleben zu führen.«

Komplizierter, dachte ich, aber auch langweiliger.

»Und weil ich glaube, dass die Sendung auf lange Sicht gut für Selwyn ist. Das auch.«

Er hing an seinem schmuddeligen alten Auto, die ausgedrückte Zigarette schlaff in der Hand. Er hatte seine schlimmen alten dunkelroten Sneaker an und den halbgaren Bart hatte er sich auch nicht abrasiert. Er war ein guter Lehrer. Dabei musste er nicht mal ein guter Lehrer sein. Coluber wollte, dass er spionierte und schrieb, und er hätte seine Stelle behalten, selbst wenn er im Englischunterricht eine totale Niete wäre.

»Das mit Luke tut mir leid«, sagte er. »Coluber hat darauf bestanden, dass wir unbedingt versuchen sollten, ihn zu kriegen. Und selbst da habe ich noch geglaubt, Luke würde nicht mitspielen. Nicht so richtig. Jedenfalls habe ich nicht damit gerechnet, dass er euch fallenlässt.«

»Aber Sie hätten Coluber sowieso von den *Contracantos* erzählt«, sagte Elizabeth.

»Wisst ihr, was?« Sein Mund blieb offen stehen, als er den Blick über den Parkplatz schweifen ließ. »Ich hätte es ihm sowieso erzählt.«

»Sie sind genau wie Ezra Pound«, sagte ich.

BradLee nickte und seine Lider senkten sich. »Und genau wie Pound«, sagte er, »hätte ich es besser können sollen.«

Nichts änderte sich. Wir hatten die schmutzigen Seiten der Selwyn Academy, von BradLee und von *For Art's Sake* gesehen, aber es ließ sich nichts daran ändern. Es waren finstere Zeiten.

Also machten wir weiter, und die Schule machte auch weiter.

Mrs Garlop brachte uns das explizite Euler-Verfahren bei. Ms Pederson trieb uns durch Buch II der *Ars amatoria*. Und mir wurde klar, dass es im Grunde nur eine Pose für den Stuhlgang gibt, aber ich zwang Herbert immer wieder dazu, und Dr. Fern betrachtete mein Skizzenbuch, den Finger an der Wange, und sagte, Hmm, vielleicht sind die Beine zu kurz, vielleicht ist der Oberkörper zu lang. Ich wischte die Radierkötel vom Papier, kniff die Augen zusammen, starrte Herbert an und versuchte es noch einmal, aber es kam nie was Richtiges dabei heraus, und weder Dr. Fern noch ich verstanden, wieso nicht.

Giselle hatte Premiere. Elizabeth und ich gingen zusammen hin, wahrscheinlich um Jacksons gekonnte Beleuchtung zu bestaunen. Vielleicht achtete sie sogar darauf. Ich jedenfalls betrachtete die mühelose Anstrengung von Maura Heldsmans Tanz. Ein Bein klappte nach oben, als hinge es an einem Draht, und sie lächelte euphorisch, doch das andere Bein blieb fest mit dem Boden verwurzelt, der Wadenmuskel gewölbt. Ihr Tanz war die Freiheit selbst, doch um diese Freiheit zu finden, war sie versklavt worden.

Gleichzeitig dachte ich daran, meine Hand auf Elizabeths zu legen.

Ich tat es nicht, aber ich dachte daran.

21

Dann kam die Show! Mit ihr der Ruhm!
Einst unbekannt, doch jetzt im Zoom –
Selwyn erlebt den großen Boom
und dankt den Gästen aus dem Westen
von kTV, den Allerbesten.

DIE CONTRACANTOS

Als die Folge aus dem Museum gesendet wurde, schauten wir sie im Appelbau an, Elizabeth, Jackson und ich. Wir rafften uns immerhin zu abfälligen Kommentaren auf, aber danach versanken wir wieder im trüben Nebel, in dem wir uns ständig befanden, seit uns klar war, dass wir zwar alles wussten, aber nichts machen konnten.

Jackson liquidierte Mongolen bei der *Kunst des Krieges*. Ich saß halb, lag halb auf der Couch, das Kinn auf der Brust. Mayonnaise rekelte sich auf meinem Bauch. Auch er kam mir in letzter Zeit lustlos vor. Er war schon immer ein sensibler kleiner Kerl gewesen. Unsere Stimmung musste auf ihn abgefärbt haben.

Und diesen Tumor mit sich herumzuschleppen, war sicher auch kein Spaß. Habt ihr schon mal drei oder vier Streifen Kaugummi auf einmal gekaut? So fühlte sich das Ding jetzt an. Ein Klumpen. Schwammig und doch fest, und zu groß.

Ich dachte, Elizabeth sei vom Folgeprogramm auf kTV hypnotisiert, aber plötzlich schnappte sie sich die Fernbedienung, schaltete den Fernseher aus und richtete sich auf.

»LEUTE.«

Mayonnaise drehte den Kopf zu ihr und zuckte mit dem Schwanz. Mit einem Tastatur-Trommelwirbel unterbrach Jackson sein Spiel. Ich schob mich in eine vertikale Position und wandte mich Elizabeth zu.

Sie wirkte überrascht. »Das funktioniert? Ich fühle mich geehrt.«

»Klang dringend«, sagte Jackson.

»Ist es auch.«

»Dann sprich.« Ich spürte meine Konzentration nachlassen.

»Wir müssen etwas unternehmen«, sagte sie.

Schon hatte ich jedes Interesse verloren. »Wie oft«, fragte ich Mayonnaise, »haben wir diesen Satz jetzt gehört?«

»Zwei Mal«, entgegnete Elizabeth. »Zwei Mal, Ethan. Vor IMAGE und den *Contracantos*. Vor VORTEX und dem Einbruch.«

Noch mal ließ ich mich nicht von einem Trikolon einwickeln, das nach Vervollständigung lechzte. Ich war gereift. »Ja und?«, sagte ich. »Es funktioniert nicht. ›Was unternehmen.‹ Das bringt überhaupt nichts.«

»Diesmal ist es anders«, sagte sie. »Wir wissen so viel mehr.«

»Wir wissen alles. Und wir können nichts tun.« Ich ließ meinen Hintern wieder nach vorn rutschen, bis mein Kopf der einzige senkrechte Körperteil war. Davon kriegte ich zwar einen steifen Hals, aber das war immer noch besser, als meine schwache Energie fürs Aufrechtsitzen zu vergeuden. Mayonnaise lag apathisch auf meiner Brust, wie ein schwangeres Zebra auf der Seite, alle vier Beine in die Luft gestreckt, dazwischen der Tumor. Er muss erschöpft sein, dachte ich. War ich auch.

»Du bist so negativ.«

»Wieso sollte ich nicht negativ sein?« Ich wusste, sie wollte mich bloß ködern. »Ich habe die Nase voll von Plänen. Pläne laufen nie nach Plan.«

»Unsere Pläne sind sehr wohl nach Plan gelaufen«, sagte Elizabeth, die darüber offensichtlich nachgedacht hatte. »Es waren bloß schlechte Pläne. Wir haben unsere Ziele nicht richtig formuliert. Wir wussten nicht, was wir wollten. Bei VORTEX hätten wir sämtliche Probleme voraussehen können.«

»Außer der Sache mit der Deckenplatte«, sagte Jackson nachdenklich.

»Ich habe kein Interesse an weiteren Plänen«, sagte ich. »Ich will nur hier sitzen. Es ist März. Noch zwei Folgen *For Art's Sake*, noch zwei Monate Schule. Bald ist alles vorbei.«

»*FAS* wird eine weitere Staffel kriegen«, sagte Elizabeth.

»Na und? Dann sind wir Seniors. Wir werden es einfach ignorieren. Und dann fangen wir an zu studieren und müssen nie wieder an diesen ganzen Mist denken.«

Elizabeth schaute bekümmert auf die Fernbedienung. Sie trug die übliche blind machende Farbkombi: grüne OP-Hose, weites pinkfarbenes Oberteil, Bowlingschuhe mit so viel Glitzer drauf, als wäre sie in Einhornkot getreten. Aber im kamelbraunen Appelbau wirkten ihre Sachen fehl am Platz. »Kann schon sein.«

»Du hast Recht«, sagte Jackson. »Wir haben die Wahl.«

Ich dachte, er wollte mir beipflichten. Ich dachte, ich hätte sie überzeugt. Ich, Ethan Andrezejczak, hätte tatsächlich mal eine Debatte für mich entschieden.

Dann stand Jackson auf, und seine Stimme wurde leidenschaftlich. »Wir können uns entscheiden hierzubleiben. Wir können im Appelbau rumhängen und zusehen, wie andere Leute ihre Seele verkaufen. Ihre Ideale verraten. Sich wie Huren benehmen für eine Chance, ihre Träume zu leben.«

Er trat einen Schritt vor und stolperte beinahe über Honigsenf, aber das brachte ihn nicht aus dem Tritt.

»Das sind Menschen, die wir kennen. Wir können etwas verändern. Wenn wir es nicht tun, wenn wir uns für dieses Leben entscheiden« – er zeigte mit ausladender Geste auf den Fernseher, die beiden Computermonitore, die Sofas, den Hundekorb und den Mäusekäfig, auf die ganze beigebraune Pracht –, »dann müssen wir für immer mit dieser Entscheidung leben.«

Honigsenf bellte.

»Und jedes Mal, wenn wir an unsere Highschool-Zeit oder an *For Art's Sake* oder an Maura oder ... oder an Luke denken – dann wird uns jedes Mal eine Stimme ins Ohr flüstern: ›Ihr hättet es besser können sollen.‹«

»Ja, verdammt, Jackson«, sagte Elizabeth nach einem Augenblick Stille.

»Mal im Ernst«, sagte ich. »Ich kann nicht glauben, dass dir die Worte ›ihre Träume leben‹ über die Lippen gekommen sind.«

»Ich auch nicht«, sagte Jackson und ließ sich wieder auf seinen Stuhl fallen, die sonst immer bleichen Wangen gerötet. »Verzweifelte Zeiten verlangen verzweifelte Mittel.«

»Mich hast du«, sagte Elizabeth.

Ich wollte nicht zugeben, dass auch ich das alte Feuer spürte. »Du warst doch sowieso schon auf seiner Seite«, sagte ich.

»Aber wenn nicht, dann wäre ich es jetzt.«

»Das kannst du doch gar nicht wissen. Das ist der krasseste Trugschluss, den ich je gehört habe.«

»Du klingst wie Luke«, sagte Elizabeth.

»Hör mir auf mit Luke.« Jetzt war ich wütend, weil ich mich beinahe hätte austricksen lassen, weil ich mich beinahe wieder mit Leib und Seele in einen dämlichen Plan gestürzt hätte, der am Ende doch scheitern würde. »Ich klinge wie ich.«

»Wählen wir Schmach und Schande oder Ruhm und Ehre?«, fragte Jackson. »Soll unser Leben öde und leer oder voller Abenteuer sein?«

»Du hast zu viele Fantasy-Romane gelesen«, sagte ich.

»Wir müssen etwas unternehmen«, sagte Elizabeth. »Wir brauchen einen Plan. Aber zuerst müssen wir die alles entscheidende Frage beantworten.«

»Was habt ihr beide eigentlich geraucht?«, murmelte ich.

Sie starrte mich böse an. »Was wollen wir?«

»Ruhm und Ehre«, sagte Jackson.

»Gerechtigkeit«, sagte Elizabeth.

»Luke zurück«, sagte ich.

»Okay«, sagte sie scharf. »Komm drüber weg.«

»Was?«, jaulte ich. »Für uns ist Luke so gut wie tot. Darüber kommt man nicht einfach so weg.«

»Irrtum.«

»Dein bester Freund verrät dich, der beste Typ, den du kennst, und du machst einfach so weiter?«

Elizabeth setzte sich kerzengerade hin. »Was ich jetzt sage, will ich schon seit ungefähr einem Monat loswerden.«

Oh-oh, dachte ich.

»Luke ist nicht der, für den du ihn gehalten hast. Luke ist nicht der, für den wir alle ihn gehalten haben. Das hat er dir selbst gesagt. Er hatte einen Preis. Vielleicht hat jeder Mensch seinen Preis, vielleicht manche auch nicht, Luke jedenfalls hat sich kaufen lassen, und das war's. Du trauerst einem Menschen nach, den es nie gegeben hat.«

Ich griff nach Mayonnaise. Er wachte auf und trottete schläfrig meinen Arm hinauf. Ich beobachtete ihn, um Elizabeths Blick auszuweichen.

»Bei dir geht es immer um Leute, die es gar nicht gibt, oder, Ethan?«, sagte sie. »Dein bester Freund war ein Junge, den du nicht kennst. Du hast einen Lehrer verehrt, den du nicht kennst. Du bist in ein Mädchen verliebt, das du nicht kennst. Und jetzt willst du nur noch mit einer Rennmaus spielen, die gar keine Persönlichkeit besitzt, die man kennen könnte. Du glaubst das zwar, aber – Ethan? Hallo? Mayonnaise ist ein Nagetier.«

Mayonnaise ist so viel mehr als ein Nagetier, dachte ich. Aber sie war zu wütend, um sich unterbrechen zu lassen.

»Und dafür lässt du uns sausen. Sieh mich an. Ich bin ein echtes Mädchen, ich sitze neben dir, und sieh mal da drüben, das ist dein bester Freund. Und du behandelst uns wie Drohnen oder Androiden oder so was. Wir sind die Dinger, mit denen du auskommen musst, bis du deine richtigen Freunde triffst. Aber weißt du, was? Für dich ist Maura überhaupt kein Mensch, sondern eine tanzende Göttin. Und Luke war auch kein Mensch. Er war ein Ideal, das die Geschichte des Stammes erzählte oder die Mythopoeia revidierte oder was immer die große Theorie dahinter war. Nur deshalb stehst du auf sie, weil du sie überhaupt nicht kennst.« Sie ließ sich ins Sofa zurückfallen. »Das ist so krank.«

»Ich haue ab. Du … du …«

Ich wollte sie blöde Kuh nennen. Beinahe hätte ich es auch getan. Aber ich kriegte die Wörter nicht heraus. Ich überlegte, ob der Ausdruck wohl sexistisch war, und dann überlegte ich, wie viele Gedanken man in die winzige Pause zwischen zwei

Wörtern quetschen konnte, und dann dachte ich darüber nach, dass ich jetzt über meine Gedanken nachdachte, und außerdem darüber, dass mir bewusst war, dass ich über meine Gedanken nachdachte und dass es ewig so weitergehen könnte, so als wäre der erste Gedanke zwischen zwei Spiegel gestellt worden und jetzt wäre da eine endlos sich wiederholende Reihe von Gedanken. Und dann dachte ich, dass wahrscheinlich alle anderen auch über ihre Gedanken nachdachten und dass es so viele Gedanken auf der Welt gab, so ein riesiges bedrückendes Bewusstsein, das den ganzen Globus überzog wie dicke, gerinnende Soße.

Ich fühlte mich *mise en abyme*. In den Abgrund geworfen.

»Katzenpisse und Stachelschweine«, sagte ich schließlich. »Ich haue ab.«

Aber ich stand nicht auf. Das klingt jetzt unglaublich lahm, aber ich wollte Mayonnaise nicht verlassen. Vielleicht hatte Elizabeth Recht, dachte ich. Nicht mit allem. Aber mit ihm. Mit ihm und Herbert. Ich hatte in letzter Zeit ziemlich viel mit Mayonnaise und Herbert geredet. Ich wusste, sie waren keine richtigen Personen, aber es war so anstrengend, mit richtigen Personen zu tun zu haben.

»Es ist zu kompliziert«, sagte ich. Ich setzte Mayonnaise wieder ab. Sofort schlief er wieder ein. Ich sah Elizabeth an. Sie war erhitzt, ihre Wangen strahlten in wunderschönem Rot. »Echte Menschen sind zu kompliziert. Ich bin nicht dafür gemacht, mit ihnen klarzukommen.«

»Niemand ist dafür gemacht«, sagte Elizabeth. »Aber man muss trotzdem.«

»Nein.« Wie sollte ich das erklären? »Ich bin noch weniger dafür gemacht als der Rest der Welt. Ich komme überhaupt nicht mit ihnen klar. Darum schwärme ich auch schon seit Jahren für

Maura. Darum hänge ich so viel mit Mayonnaise und Herbert und vierjährigen Mädchen rum.«

»Wer ist Herbert?«, fragte Jackson.

»Andrezejczak«, sagte Elizabeth. »Jetzt tust du es schon wieder. ›Ich bin noch weniger dafür gemacht als der Rest der Welt.‹ Du glaubst, du bist der einzige echte Mensch. Du glaubst, du bist der einzige, der verblüfft und verschreckt und verstört ist, wie kompliziert alle anderen sind.«

»Du denn auch?«

»Natürlich.«

»Du auch?«, fragte ich Jackson.

Er zuckte die Achseln. »Das ist was zwischen euch beiden.«

Typisch Jackson, dachte ich. Und dann: Aber Jackson ist kompliziert.

»Alle anderen sind auch verknallt in unerreichbare Leute. Und haben imaginäre Freunde. Einen Teil ihres Bewusstseins, mit dem sie reden, wenn sie es nicht ertragen können, mit anderen zu reden. Du hast deine bloß zufällig öffentlich gemacht.«

»Ist die Therapiesitzung vorbei?«, fragte Jackson. »Wir müssen nämlich noch Pläne schmieden.«

»Ethan«, sagte Elizabeth. »Luke hat sich geirrt. Er wollte ein wahnsinnig tolles und kompliziertes Leben, und er hat geglaubt, dafür müsste er zu kTV gehen. Er wusste nicht, dass es manchmal am wahnsinnigsten und tollsten und kompliziertesten ist, einfach dazubleiben.«

Den Rest des Abends sprachen wir darüber, was wir wollten und wie wir es kriegen könnten.

»Wir müssen die Kontrolle über den Diskurs gewinnen«, sagte Jackson.

Wenn ich das Wort »Diskurs« höre, komme ich mir immer dumm vor.

»Wir müssen selbst sprechen. Also müssen wir etwas in der Sendung machen. Wir können nicht sie darüber reden lassen. Die sind Experten der Meinungsmache.«

»Aber das ist unmöglich«, sagte ich. »Sie werden alles verdrehen, was wir tun. Sie werden so lange daran herumschnippeln, bis es ihre Botschaft bestärkt.«

»Aber nur, wenn es nachträglich geschnitten wird«, sagte Jackson. »Nicht beim Live-Finale.«

Er war ein Genie. Oder ich war ein Trottel. Jedenfalls lagen Welten zwischen uns, so viel war mir klar.

»Aber ehe wir weitermachen«, sagte er, »müssen wir noch ein kleines Problem lösen. Den Namen. Wir hatten IMAGE und VORTEX. Aber Pound hat sich nach dem Imagismus und dem Vortizismus dem Faschismus zugewandt. Dem Antisemitismus. Sollen wir unsern nächsten Plan NAZI nennen? Oder ADOLF?«

Ich unterbrach ihn, ehe er etwas politisch Inkorrektes sagen konnte. »Wie wär's mit EZRA?«

»Das ist für dich, Ezra«, sagte Elizabeth. »Wir tun, was du hättest tun sollen.«

An BradLees Tafel standen Stichworte über Langgedichte. Unser Test stand kurz bevor. Die Einheit war so gut wie vorbei.

Langgedicht = Refugium zum Ausdruck der eigenen Identität, Zuflucht der Unterdrückten.
Eine Chance für alle, denen man die Stimme genommen hat, die eigene Stimme wiederzufinden.

22

Die Fernsehkritik spricht: »Ein Hit!
For Art's Sake reißt uns alle mit.«
Spannung, Niveau, Zuschauerschnitt –
die ganze Schule schwebt entrückt,
wir alle sind zutiefst beglückt.
Die Contracantos

»Verflucht«, sagte Jackson. »Das Schema ist weg.«

»Glaubst du, BradLee hat es ihm erzählt?«

»Nee. Weißt du noch, wie ich die Datei mit dem Merowinger-Protokoll überschrieben habe? Und dann das Programm mit Bonaparte gescannt habe?«

(Ich habe für mich beschlossen, sämtliche Computerterminologie durch französische Herrscherdynastien zu ersetzen.)

»Also, ich glaube, der Capet-Bot hat Spuren hinterlassen. Sie müssen einen Karolinger-Bourbonen-Test haben laufen lassen.«

»Wir können das Drehbuch nicht mehr lesen?«, fragte Elizabeth.

»Nein.«

»Ich hätte nichts dagegen, stattdessen die Folge anzuschauen«, sagte ich und schaltete den Fernseher an.

Ich sah, wie Elizabeths Mund sich öffnete und die Lippen sich zu einem gehässigen Kommentar formten – dass ich doch eigentlich meinte, ich hätte nichts dagegen, Maura Heldsman anzuschauen. Dann ging ihr Mund wieder zu.

»Wir haben keine Wahl«, sagte ich grinsend.

Es dauerte eine Sekunde, dann grinste sie zurück. »Du hast gewonnen. Gib mir die Fernbedienung.«

»Sie ist diesen Monat Zappmeisterin«, erinnerte mich Jackson.

Ich warf sie ihr zu. »Mach den Ton aber nur bei der Werbung aus«, mahnte ich. »Oder bei Miki Dicki Reagler. Den kannst du immer stumm schalten.«

»Ich glaube, das ist Maura.« Elizabeth zeigte auf den Bildschirm.

Normalerweise war Maura nicht schwer zu erkennen, vor allem für einen Experten wie den ehrenwerten Ethan Andrezejczak. Aber das Ding auf dem Boden des Tanzstudios sah eher aus wie ein kleiner Erdhügel.

»Das ist wirklich eine krasse Embryonalstellung«, sagte Jackson. »So was kann einem bei Erdbeben das Leben retten.«

»Maura?«, sagte Luke, als er ins Studio kam. »Darf ich dir helfen?«

»Nein«, sagte der Klumpen.

»Wir könnten deine Ideen durchsprechen. Wie letztes Mal.«

»Nein.«

»Was ist denn los? Du bist doch nicht durcheinander unseretwegen, oder?«

»Augen zu!«, kreischte ich, als die Bilder von der Triceratops-Knutscherei wiederholt wurden. Geigen säuselten.

»Es ist vorbei, Ethan«, sagte Elizabeth. Ich machte ein Auge auf. Sie waren wieder im Tanzstudio.

»Ich weiß, was los ist«, sagte Luke. »Du denkst an die Zukunft, richtig?«

Maura nickte heftig.

»Unsere Staffel neigt sich dem Ende zu«, sagte ein Sprecher aus dem Off, »und ebenso das Schuljahr. Sind unsere Kandidaten euphorisch oder panisch? Enthemmt oder entnervt? Findet es heraus – gleich nach der Werbung.«

Weiter ging es direkt auf der Bühne der Selwyn. Trisha, Damien und Willis Wolfe machten Witze über die Kälte. Sie priesen die Preise. Dann verkündeten sie die Challenge.

»Erzählt uns durch die Kunst, was vor euch liegt«, sagte Trisha. »Was hält die Zukunft für euch bereit? Ihr habt fünf Tage, euren Auftritt vorzubereiten, aber denkt dran: Nur drei Kandidaten kommen ins Finale!«

Elizabeth schaltete für die Werbung wieder den Ton aus. »Ich sage es ja nur sehr ungern«, meinte Jackson, »aber wenn Luke rausfliegt, wird es sehr schwierig für uns, etwas zu unternehmen.«

»Kyle wird gehen«, sagte Elizabeth, als sie wieder laut stellte.

Wie aufs Stichwort sagte Miki D. R.: »Hey, Kyle? Kumpel? Ich hoffe, du suchst dir einen guten Monolog aus, denn du, mein Freund, bist Außenseiter.«

»Oh, danke, Miki«, antwortete Kyle. »Was wirst du denn singen?«

»Ach, ich habe schon ein paar Ideen«, sagte Miki D. R. sorglos. In der nächsten Einstellung sah man ihn im Netz surfen. »Erst mal checken, was so alles geht«, sagte er in die Kamera. Dann zoomte die Kamera auf seine Google-Suchleiste, in der die Worte *Song Musical scharfer Typ College Wendepunkt super* standen. Jackson sank auf die Knie, packte sich an die Stirn und wimmerte. Ich dachte, er hätte einen Migräneanfall, aber dann fing er an zu schreien: »Schlagworte! Schlagworte! Wehe, wehe mir, wie steht es um die Googelei in Amerika!« Elizabeth warf mit vollgesabbertem Hundespielzeug nach ihm, bis er den Mund hielt.

»Es trifft Kyle«, wiederholte sie. »Es sei denn, irgendwer versaut seinen Auftritt total.«

»Was durchaus passieren könnte«, sagte Jackson und deutete auf den Bildschirm. Maura stand an der Barre, hob und senkte geistesabwesend die Fersen und starrte in den Spiegel.

»Maura!«, rief Luke, der ins Studio kam. »Dachte ich mir doch, dass ich dich hier finde.«

»Hat der kein Langgedicht zu schreiben?«, murmelte ich.

»Spricht dafür, dass er es nicht selbst schreibt«, sagte Jackson.

Maura rannte auf Zehenspitzen zu Luke und gab ihm einen Kuss. »Augen zu!«, rief ich, aber das war schon alles.

»Wie läuft das Schreiben?«, fragte sie.

»Nur so viel: Mein Thema ist Unsicherheit.«

»Meins auch.« Mit einem hörbaren Plopp setzte sie sich. Die uneleganteste Bewegung, die wir bisher von Maura gesehen hatten. »Ich habe noch gar nicht angefangen. So unsicher bin ich.« Ihre Stimme zitterte.

»Soll ich dich in Ruhe arbeiten lassen?«

»Gleich«, sagte Maura. »Aber ...« Sie packte Luke an den Händen und zog ihn ebenfalls zu Boden.

»Augen zu!«, sagte Elizabeth.

»Eklig«, sagte ich, denn ich konnte das Schlabbern hören.

»Eins will ich ganz sicher in meiner Zukunft haben«, sagte Luke.

»Dich«, sprachen wir alle drei mit ihm gemeinsam.

»BradLee, BradLee«, sagte Elizabeth. »Du enttäuschst uns.«

»Viel vorhersehbarer kann ein Dialog kaum sein«, sagte Jackson.

»Kann ich die Augen wieder aufmachen?«, fragte ich.

Nach der Werbung wurden Kyle und Miki D. R. interviewt. Kyle schwankte zwischen Shakespeare und Tennessee Williams. Er klang viel zu intelligent für längere Bildschirmzeit, weshalb wir eine Menge Miki D. R. ertragen mussten.

»Du weißt doch, dass manche Leute weniger Schlaf benötigen als andere? Tja, und ich brauche weniger Proben! Aber diesmal ist es anders. Nicht weil ich üben muss, sondern weil es so viel Spaß macht.«

»Das ist bestimmt nicht aus dem Drehbuch«, sagte ich. »Im richtigen Leben ist er genauso ein Schleimer.«

»Das Lied ist eine liebliche Lagune«, sagte er, »und ich möchte einfach nur hineinspringen.«

Zurück zur embryonalen Maura. Jetzt schluchzte sie.

»Ich weiß nicht, wie meine Zukunft aussieht. Und wir haben nur noch zwei Tage, und wenn ich mir nicht irgendwas einfallen lasse, werde ich rausgekickt.«

»Kannst du diesen Druck nicht nutzen?«, fragte Luke. »Diese Unsicherheit? Dass du zwischen zwei verschiedenen Leben hin und her gerissen bist?«

»Luke, geh einfach weg.«

»Ja!«, rief ich.

»Warte«, sagte sie. »So habe ich es nicht gemeint.«

»Nein!«

»Also, eigentlich solltest du doch gehen.«

»Ja!«

»Aber ich liebe dich trotzdem!«

»Nein!«

»Sie dreht einen richtig durch die Mangel, was?«, kommentierte Elizabeth.

Erschöpft sank ich zurück in die Tiefen der Couch. »Mayonnaise«, stöhnte ich wie jemand, der in der Wüste nach Wasser japst. Elizabeth hob ihn aus dem Käfig und reichte ihn mir. »Hey, kleiner Mann. Willst du ein bisschen seiltanzen?«

Elizabeth verdrehte die Augen, sagte aber nichts.

»Willkommen zurück bei *For Art's Sake*!«, rief Trisha. »Die letzten fünf Tage waren randvoll mit Vorbereitungen, und ich persönlich kann es kaum erwarten, die Auftritte zu sehen.«

»Wir beginnen mit Luke Weston!«, sagte Willis Wolfe.

»Im Gegensatz zu meinen Mitkandidaten bin ich erst im vorletzten Schuljahr«, sagte Luke, »darum ist meine ›Zukunft‹ voller Unwägbarkeiten. Dieses Thema wird in der heutigen Folge der *Contracantos* zu hören sein.«

»Die *Contracantos* sind Lukes episches Gedicht«, erinnerte Trisha uns.

»Gattungstechnisch aber kein Epos«, sagte Luke.

»Ich würde es jedenfalls episch nennen!«, sagte Damien.

»Ich fange einfach mal an zu lesen«, sagte Luke.

Mayonnaise sah erwartungsvoll zu mir auf, aber ich wusste, jetzt musste ich zuhören.

Luke las seine Verse.

»Das hat er nicht geschrieben«, sagte Elizabeth.

»Könnte er aber«, sagte Jackson.

»Er ist nicht der, für den ich ihn gehalten habe«, sagte ich, »aber ...«

»Nein«, sagte Jackson. »Ich glaube nicht, dass er das geschrieben haben kann.«

»Ich auch nicht«, sagte Elizabeth.

Sie schauten mich an.

Hatte er die neuen *Contracantos* selbst geschrieben? Sie waren Mist und voller Klischees. So gar nicht Luke. Andererseits wirkte er selbst auch so gar nicht wie Luke. Mit jeder Folge sah er mehr nach kTV aus, die Haare länger, die Klamotten cooler. Ich konnte nicht sagen, ob ich jemals unter seine Oberfläche geschaut hatte. Musste ich aber. Der Erfolg von EZRA, die Chance auf Vergeltung, auf Gerechtigkeit für Maura und all die anderen Opfer der Verderbtheit von kTV – all das hing von unserem Urteil ab, ob Luke die *Contracantos* immer noch selbst schrieb.

»Ich bin unsagbar beeindruckt, was du mit Worten anstellen kannst«, sagte Trisha gerade.

»Er hat das nicht geschrieben«, sagte ich langsam.

»Bist du ganz sicher?«, fragte Elizabeth.

»Nein«, sagte ich, »aber sicher genug.«

Wir schauten einander an und nickten. Unser Plan war klar. Wir hatten uns entschieden. Wir setzten darauf, dass Luke die *Contracantos* nicht mehr selbst schrieb. Wir setzten darauf, dass wir ihn gut genug kannten, um das zu merken.

Kyle hatte einen Monolog aus Macbeth gewählt. »Es geht um Unsicherheit und Zweifel«, erklärte er, »um Ehrgeiz und Unentschlossenheit – lauter Empfindungen, die ich sehr gut kenne, wie die meisten Seniors der Selwyn.«

»Hmm«, sagte Trisha. »Dann leg los.«

»*Wär's abgetan, so wie's getan ist*«, sagte Kyle, »*dann wär's gut, man tät es eilig ...*«

»Nach einer kurzen Unterbrechung melden wir uns wieder«, sagte Trisha, als er geendet hatte. Elizabeth stellte stumm.

»Ich bin nervös, Leute«, sagte sie.

»Was denn, ist deine Zukunft voller Unsicherheit und Zweifel?«, fragte Jackson. »Ehrgeiz und Unentschlossenheit?«

Als Elizabeth den Ton wieder einschaltete, rief Trisha: »Miki Reagler, komm zu uns!«

»Das letzte Halbjahr an der Selwyn ist eine bittersüße Zeit«, sagte Miki D. R. »Ich liebe diese Schule.«

Die Kamera schwenkte zu einem selbstzufriedenen Willis Wolfe.

»Meine Jahre hier sind so schnell vergangen«, sagte Miki D. R. »Die Zeit fliegt.«

»Oh, kotz«, sagte ich. Sogar Mayonnaise sah angewidert aus. »Wo ist der Strickkorb deines Vaters, Jackson?«

»Er hat ihn weggenommen, weil du ihm immer das Garn klaust. Aber das Hochseil hat er dagelassen.« Jackson warf mir ein Knäuel von Mayonnaises grüner Lieblingswolle zu.

»Mayo-Mayo-Mayonnaise!«, sagte ich und ließ den Faden neben seinem Kopf baumeln. Er wurde gleich munter. Selbst mit dem Tumor waren seine Schritte noch leicht wie die einer Ballerina. Es war eine Freude, ihm zuzuschauen. Außerdem musste ich so nicht Miki D. R. sehen.

»Und darum präsentiere ich den besten Song aus dem Musical *Rent*«, sagte er, »eines der besten Lieder aller Zeiten – ›One Song Glory‹!«

Damien kriegte vor Aufregung Schnappatmung. Trishas Blick sagte, *Hör sofort auf damit – sonst …,* während Mikis Pianist ein paar aufgelöste Rockoper-Akkorde anschlug.

»*One Song*«, sang Miki D. R. »*Glory. One Song. Before I go.*«

Ich schaute lange genug hin, um die glänzenden Augen der Jury zu sehen, die mitnickenden Musiker, das staunende Publikum und Miki selbst, der die Augen vor Leidenschaft fest zukniff.

»Du bist ein Könner«, sagte ich zu Mayonnaise, der das grüne

Hochseil inzwischen sechs Mal überquert hatte. »Ich liebe dich so, wie ich Miki Dicki Reagler hasse.«

»Du schaffst es jedes Mal, Miki!«, rief Trisha und blinzelte sich die Tränen aus den Augen. »Jedes Mal!«

»Danke, Trisha«, sagte Miki mit körperloser, himmelweit entfernter Stimme. »Danke, ihr alle.«

»*Glory!*«, sang Damien. »*From the soul of a young man! A young maaaan!*«

»Ich bin so verdammt dankbar, dass ich bei dieser Show mitmachen durfte«, sagte Miki D. R.

»Wow«, sagte Trisha und schaffte es irgendwie, gleichzeitig Miki anzuschmachten und Damien böse anzustarren. Sie sammelte sich. »Und schließlich unsere Ballerina Maura Heldsman!«

Maura kam auf die Bühne. Statt in Ballettkostüm und Spitzenschuhen wie sonst war sie diesmal ganz in Schwarz: Leggings, Tanktop, Turnschuhe. Sie hätte auch unterwegs ins Fitnessstudio sein können.

»Maura! Du hast heute anscheinend etwas ganz Besonderes für uns. Erzähl uns ein wenig darüber.«

»Ich würde lieber zuerst tanzen«, sagte Maura.

Also tanzte sie. Die Musik war atonal. Normalerweise konnte ich Tanz nicht interpretieren, aber diesmal merkte sogar ich, dass sie Lukes Idee umsetzte, zwischen zwei Leben hin und her gerissen zu sein. Auf der rechten Bühnenseite gab es überschwängliche Sprünge und Pirouetten. Auf der linken Bühnenseite – nichts. Sie rannte wie besessen zwischen den beiden Hälften hin und her, und als die Musik zu Ende ging – oder eher einfach aufhörte, denn keine Harmonie wurde aufgelöst –, stürzte sie mit ausgestreckten Gliedern, wie im freien Fall, in die Bühnenmitte. Dort blieb sie liegen.

Es folgten mindestens fünfzehn Sekunden Stille. Ich konnte sie einfach bloß anstarren. Alle anderen auch. Ganz langsam fingen die Zuschauer an zu klatschen. Der Applaus schwoll an, bis alle aufgestanden waren, die Kamera schwenkte zur Jury, die sich ebenfalls erhoben hatte. Es war der seltsamste Tanz, den ich je gesehen hatte, und auch der eindrucksvollste.

Maura kam langsam auf die Beine, lächelte verlegen, knickste und verbeugte sich. Schließlich hörte der Beifall auf.

»Das war …«, hob Trisha an.

»Ich muss diese Show gewinnen«, sagte Maura.

»Aber …«, sagte Damien.

»Ich muss diese Show gewinnen«, wiederholte Maura.

Die Juroren merkten, dass sie den Mund halten sollten. Die Kamera zoomte Maura heran. Sie war tropfnass vor Schweiß. Die Kamera blieb auf ihrem Gesicht, aber sie sagte nichts weiter. Schließlich gingen sie in die Werbepause.

Elizabeth schaltete den Ton ab. »Wisst ihr, was?«, sagte sie nach einer Minute. »Das ist echt übel.«

»Ja, wirklich«, sagte ich.

»Ich kann Maura überhaupt nicht leiden. Aber ich könnte es nicht ertragen, wenn sie nicht gewinnt.«

»Werbung ist vorbei«, sagte Jackson.

»So!«, sagte Trisha. »Diese letzte Challenge und die Auftritte waren wirklich intensiv.«

»Als Maura das gesagt hat, habe ich echt Gänsehaut gekriegt«, sagte Damien.

»Ich auch«, sagte ich.

Jackson warf mir einen Blick zu, und ich wette, wenn er nicht um sein Image besorgt gewesen wäre, hätte er gesagt: »Ich auch.«

»»Ich muss diese Show gewinnen««, zitierte Damien.

»Aber wird sie es überhaupt ins Finale schaffen?«, fragte Trisha.
»Liebe Kandidaten, wir müssen reden.«

»Ich bin schon an ihrer Stelle ganz nervös!«, sagte Damien.
Mir wurde richtig unwohl, weil ich ständig Damien Hastings beipflichten wollte.

»Luke. Kyle. Miki. Maura«, sagte Trisha. »Ihr habt uns alle so beeindruckt. Mit eurem Talent, mit eurer Hingabe. Aber einer von euch muss nun gehen. Maura, tritt bitte vor.«

Das tat sie, mit trotzig vorgerecktem Kinn.

»Maura, du bist – im Finale dabei!«

Sie schloss die Augen und atmete aus. Ich auch. Elizabeth und Jackson auch, und vielleicht habe ich ja tatsächlich Wahnvorstellungen, aber ich glaube, Mayonnaise auch.

»Miki«, sagte Trisha. Ich hatte Miki D. R. bisher noch nie nervös gesehen. »Du bist – auch dabei!«

Er boxte mit einer Faust in die Luft. »Yeeeah!«

»Bleiben also noch Kyle und Luke«, sagte Trisha. »Das war eine schwere, eine sehr schwere Entscheidung.«

»Es ist nicht die Frage, wer weniger Talent hat«, sagte Damien. »Sondern, wer nicht ganz so viel Talent hat.«

»Und nun der Juryspruch, meine Damen und Herren. Die drei Finalisten sind Maura Heldsman, Miki Reagler und …«

Natürlich schwenkte die Kamera auf Kyle und Luke.

»Luke Weston!«

Kyle zuckte die Achseln, lächelte und schüttelte Luke die Hand. Luke zog ihn an sich und umarmte ihn.

»Du wirst es weit bringen, Kyle«, sagte Trisha.

»Aber nicht mehr in dieser Show!«, sagte Damien.

»Natürlich ist es schade«, sagte Trisha, »aber im Vergleich zu Lukes wortgewandtem Gedicht, zu Mikis herzzerreißendem Song und zu Mauras unglaublichem Tanz war dein Monolog – also, Kyle ...«

Und alle drei Juroren sagten im Chor: »DAS WAR KEINE KUNST!« Was für ein charmanter Spruch als Markenzeichen. Kyle wurde von der Bühne geführt.

»Seid nächste Woche unbedingt wieder dabei!«, sagte Trisha. »Wir fangen schon um acht an, mit einem einstündigen Countdown und Rückblick auf die Staffel: die Höhen, die Tiefen, die Dramatik, die Kunst. Und um neun dann unser Live-Finale!«

»Ich bin so gespannt!«, sagte Willis Wolfe.

»Dann haben wir alle Kandidaten von *For Art's Sake* wieder dabei, sie werden über ihre Erfahrungen sprechen und uns einen einzigartigen Blick hinter die Kulissen der Sendung geben.«

»Dazu natürlich auch noch die letzten Auftritte unserer drei Finalisten!«, sagte Damien.

»Und dann gibt es einen Gewinner! kTVs Erfolgsshow *For Art's Sake* sagt Auf Wiedersehen – bis nächste Woche!«

Elizabeth schaltete aus. »Unser Auftrag ist klar«, sagte sie.

»Jetzt zu den Einzelheiten«, sagte Jackson.

»Hört zu«, sagte ich. »Ich habe eine Idee.«

Und dies brauchten wir für EZRA, geplant zeitgleich mit dem Live-Finale, genau eine Woche später:

1. Die Druckmaschine.
2. Eine Stimme.
3. Mayonnaise.

23

Die Vizeschlange ist gerecht.
Colubers Herz ist gar nicht schlecht –
er ist ein richtig toller Hecht:
Nun werden alle Kandidaten
auf seinen Wunsch zu Stipendiaten!
DIE CONTRACANTOS

»*Cantos?*«, sagte ich und drängte einem Neuntklässler eine Schulzeitung auf.

Ich musste allerdings gar nicht viel drängen. Alle waren froh, etwas zu tun zu kriegen. Es war 19 Uhr am Freitag, dem 23. März, und das Live-Finale von *For Art's Sake* sollte in zwei Stunden auf Sendung gehen. Sie hatten die gesamte Schülerschaft – das Live-Publikum – zwei Stunden vor Beginn erscheinen lassen, weil irgendwelche Soundchecks gemacht werden mussten. Die Einzelheiten kümmerten uns kaum, als wir merkten, dass wir das zu unserem Vorteil nutzen konnten: Wenn man zwei Stunden ohne Unterhaltungsprogramm in einer dämmrigen, vollen Aula vor sich hat, ist man für jede Ablenkung dankbar.

Wir hatten wieder unsere Sturmhauben auf und T-Shirts mit der Aufschrift *Selwyn Cantos* gebastelt, um offizieller zu wirken. Innerhalb von zehn Minuten hatten wir jedem Schüler eine Zeitung angedreht. Ich hatte mich gerade schon unauffällig umgeschaut, ob wir gefahrlos unsere Maskierung ablegen konnten, als eine letzte Gruppe auf uns zukam.

»Cantos!«, sagte Elizabeth fröhlich. Sie hielt Coluber eine Zeitung ins Gesicht. Er war mit einigen Fernsehleuten unterwegs, diese Typen in Sakkos und teuren Jeans, die immer am Set herumlungerten und arrogant aussahen.

Gut, dass er so ein egozentrischer Idiot ist: Er merkte gar nicht, dass sie eine Skimaske trug. Er schaute ihr nicht eine Sekunde ins Gesicht. »Okay«, sagte er und stopfte sich die Zeitung unter den Arm. Dann hielt er den Produzenten die Saaltür auf.

Er hatte keine Ahnung, was er da unter dem Arm trug.

Aber nur zu bald würde er es wissen. Er würde das Geraschel hören, oder einer seiner Zuträger, vielleicht sogar BradLee. Und wenn er die Zeitung nicht mehr fand, die Elizabeth ihm zugesteckt hatte, dann würde er seine gespaltene Zunge ausfahren und sich eine andere schnappen. Er würde den Blick über die Titelseite schweifen lassen, wo ihm nichts Interessantes ins Auge springen dürfte. Das war bloß die *Selwyn Cantos*, die schlichte Schulzeitung, eine Sonderausgabe zum Finale mit Hintergrundberichten zur Sendung: FOR ART'S SAKE BEENDET STAFFEL MIT SPANNENDEM HÖHEPUNKT lautete unsere Schlagzeile.

Dann würde er die Zeitung aufschlagen. Und darin steckten *Contracantos*. Reine *Contracantos*. Nicht die verunstaltete, verwässerte Version, die Luke im Fernsehen vorlas, sondern ein Gedicht, das Elizabeth gelettert, ich illustriert und wir alle zusammen geschrieben hatten. Es war kein Geniestreich, aber mir war klar geworden, Lukes originale *Contracantos* waren auch keiner. Früher hatte ich mal gedacht, man müsse ein Genie sein, um ein

Langgedicht schreiben zu können. Aber wie sich zeigte, musste man es vor allem probieren.

Coluber würde das Gedicht lesen. Mit jedem Wort würde er wütender werden, aber er würde den darin enthaltenen Anweisungen folgen. Würde er müssen. Er hatte keine Wahl.

Mal angenommen, alles lief nach Plan.

Scheeiiiße, war ich nervös. Ich drückte Mayonnaise in meiner Hosentasche ein klein wenig, und er knabberte beruhigend an meinem Finger.

Das Foyer hatte sich geleert, also zogen wir die Masken und *Cantos*-T-Shirts aus. Darunter hatten wir schlicht schwarze Technikerklamotten an. »Geh vor, Jackson«, sagte Elizabeth. Er stieg schon die Treppe zum Rang hinauf, und wir folgten ihm durch eine nicht gekennzeichnete Tür, durch die gewundenen Gänge, die um das Auditorium herumführten, eine andere Treppe wieder hinunter, durch eine weitere Tür, noch eine schmale Treppe hinunter, bis er den Finger an die Lippen hob und mit der Hand auf einem metallenen Türknauf flüsterte: »Backstage.«

Wir wussten, was wir jeweils zu tun hatten.

»Eine Stunde, neunundvierzig Minuten bis zum Start«, sagte Jackson. »Möge die Macht mit euch sein.«

»Schreib uns eine SMS, wenn du es geschafft hast«, sagte Elizabeth.

»Roger.«

»Wie oft muss ich dir das noch sagen? Bloß weil wir hier verdeckt operieren, musst du nicht ›Roger‹ sagen.«

»Roger.«

Elizabeth schnaubte verächtlich und Jackson verschwand wieder die Treppe hinauf. Sie zog die Tür auf. Wir standen in den Kulissen, an der Bühnenseite. In dem Durcheinander von kTV-

Kameraleuten und Kabelträgern und wichtigtuerischen Mittzwanzigern mit Klemmbrettern und Funkgeräten bemerkte uns niemand, als wir selbstsicher zum hintersten Seitenvorhang schritten, ihn aufzogen und dahinter traten.

Der Vorhang fiel mit großer staubiger Geste hinter uns zu. Ich kniete mich hin und wischte ein Fleckchen Boden ab. »Wollen Milady sich setzen?«

Elizabeth ließ sich elegant in den Schneidersitz sinken. »Roger, Milord.«

Es war eine eigenartige Situation. Wir waren total nervös, mussten aber eine Stunde, achtundvierzig Minuten totschlagen. Und wenn der Plan funktionierte – wenn wenn wenn –, dann passierte alles Weitere, während wir, zugleich gelangweilt und überdreht, hinter diesem Veloursvorhang saßen.

Ich hatte Mayonnaise aus der Tasche geholt, und er lag schlaff in meinem Schoß. In letzter Zeit bewegte er sich nicht mehr so viel.

»Wir können doch reden, oder?«, flüsterte ich.

»Der hier muss schalldicht sein.« Elizabeth pikste in den Vorhang. »Luftdicht ist er auf jeden Fall.« Sie fächelte sich mit den Händen Luft zu, aber das wirbelte bloß Staub auf. Sie bekam einen Hustenanfall.

»Ich will stark hoffen, dass er schalldicht ist.«

»Ich schwitze jetzt schon«, sagte sie zwischen zweimal Bellen.

»Ich schwitze schon seit einer Woche.« Und ich konnte immer noch nicht glauben, dass die Zeit jetzt gekommen, dass EZRA angelaufen war. Ich tätschelte Mayonnaise, und er stupste mich träge mit der Nase an.

»Jetzt lesen sie es alle.«

Wir schwiegen und stellten uns vor, wie es wohl wäre, mit

den anderen Mitschülern im Theatersaal zu sitzen. Sie alle verdauten gerade die Ankündigungen in unserer *Contracantos*-Ausgabe. Das Geflüster würde leise anfangen, dann würden sie so laut werden, dass die Toningenieure von kTV laut um Ruhe bitten mussten. Dann würde der Kreislauf von vorne losgehen.

Es waren schließlich große Neuigkeiten. Sie würden diskutieren wollen, woher sie stammten, was sie zu bedeuten hatten, ob sie der Wahrheit entsprachen.

Und Folgendes verkündeten ihnen unsere *Contracantos*:

1. Dass Elternrat und Schülervertretung darüber beraten wollten, ob *For Art's Sake* noch eine zweite Staffel bekommen sollte. Die Anwesenheit von kTV hatte beträchtliche Auswirkungen auf die Selwyn Academy, und es war eine schwere Unterlassung gewesen, dass Eltern und Schülerschaft nicht im Voraus konsultiert worden waren.

2. Dass eine große Summe »aus dem Budget der Schule« (was natürlich bedeutete »von Colubers Privatkonto«) zur Verfügung gestellt werde, um damit Stipendien für sämtliche Kandidaten zu finanzieren, die *nicht* gewonnen hatten. Schließlich hatten sie alle einen großen Beitrag zu Ruhm und Ehre der Schule geleistet, es wäre also eine Schande, wenn sie ihre Träume von einer künstlerischen Laufbahn nicht verwirklichen könnten. Coluber selbst hatte sich für sie eingesetzt, stand in den *Contracantos*. Verschiedene Leute hatten es ihm auszureden versucht, aber er hatte sich gegen die Bedenkenträger durchgesetzt. Alles andere sei ungerecht, hatte er gesagt.

3. Dass Coluber die neunzehn neuen Stipendien dem Fernsehpublikum im ganzen Land direkt nach Lukes Auftritt im Fi-

nale live verkünden werde. Darum sollte das Schulpublikum Lukes Worten besonders andächtig lauschen und Colubers Ansage enthusiastisch und energisch bejubeln.

Natürlich stimmte nichts davon. Jedenfalls noch nicht. Aber wenn wir es als Wahrheit verkündeten, würde es wahr werden. Das war unsere Hoffnung: dass aus Kunst Leben würde.

Wir dachten uns, Nr. 1 sei am leichtesten zu verwirklichen, denn der Elternrat und die Schülervertretung hungerten sowieso immer nach Macht und Einfluss und würden sofort sagen: Ja klar!

Nr. 2 war schon schwieriger. Coluber würde von den neuen Stipendien lesen. Vielleicht las er es gerade in dieser Sekunde, während wir hinter dem Vorhang Staub inhalierten und schwitzten. Er würde sich den Kopf zerbrechen, wie er aus der Sache herauskommen konnte, und – so hofften wir – keinen Ausweg finden. Er würde einsehen, dass er das Stipendiengeld rausrücken musste. Wenn nicht, würden die Schüler ihn im Fernsehen vor allen Zuschauern ausbuhen, zur Rede stellen, würden rebellieren. Selbst wenn er die Zeitung als gefälscht entlarvte, würden die Schüler dennoch Stipendien für ihre Mitschüler fordern. Hofften wir.

Und dann Nr. 3. Davon hing unser ganzer Plan ab, denn Nr. 3 war eine glatte Lüge. Wir würden nicht auf Coluber warten. Denn sollte er sich entschließen, die Sache durchzustehen und die Ankündigung zu verweigern, könnten die Schüler ihn zwar zur Rede stellen – aber wahrscheinlicher schien doch, dass sie verwirrt waren, dass die Sendung rasch weiterging, und ehe sie merkten, dass sie etwas unternehmen sollten, wäre die Show vorbei, die Kameras aus, die Staffel gelaufen. Coluber hätte sich aus der Sache herausgewunden.

Darum würden die Stipendien nicht nach Lukes Auftritt von Coluber verkündet werden. Sondern während Lukes Auftritt. Von Luke.

Hofften wir.

Es hing alles von Luke ab.

Und das hieß, es hing alles von Jackson ab, der zu diesem Zeitpunkt allein im Schneideraum von kTV saß und versuchte, sich ins Drehbuch und in den Teleprompter zu hacken.

»Nichts«, sagte Elizabeth, nachdem sie auf ihr Telefon geschaut hatte. Sie hatte vor einer Minute zuletzt draufgeschaut, aber wir wurden langsam panisch.

»Er hat gesagt, er würde eine Dreiviertelstunde brauchen«, sagte ich.

»Jetzt ist es fast eine Stunde.«

»Weiß ich selbst.«

»Schnauz mich nicht an.«

»Ich schnauze gar nicht.«

»Machst du wohl.«

Mayonnaise regte sich auf. Er schauderte und machte sich an den mühevollen Aufstieg vom Schoß zur Schulter. »Ach, Elizabeth«, sagte ich und versuchte seinetwegen ganz ruhig zu klingen. »Ich bin nervös. Tut mir leid.«

Ich hörte sie seufzen und zusammensacken. »Ich doch auch. Ich wünschte, er würde uns Nachrichten schicken, wie er vorankommt.«

»Er hat gesagt, das würde seinen kreativen Flow hemmen.«

Sie schnaubte. »Na toll, jetzt habe ich Staub in der Nase. Ich drehe jedenfalls gleich durch hier.«

Fast hätte ich meinen Arm um sie gelegt, aber dann überlegte ich, ob sie das nicht komisch fände, und dann fiel mir ein, wie ich durch die Decke gekracht war, und dann dachte ich an Maura. Und dann war es zu spät. Der Augenblick war vorbei.

Keine Nachricht von Jackson. Wieder waren zwanzig Minuten vergangen. »Glaubst du, Luke und Maura sind wirklich zusammen?«, fragte ich.

Elizabeths Seufzer war schwer von Staub und Verzweiflung. »Wieso fragst du mich das?«

Ups. Hätte ich es doch nicht getan. Ich hatte mich bloß gelangweilt, und Mayonnaise hatte mir nicht geantwortet.

»Denn, Ethan, ich habe keinerlei Einblick in die Materie.«

»Ach so. Tut mir leid. Ich dachte bloß. Weil du ...«

»Weil ich ein Mädchen bin?«

Ich hatte vergessen, wie gereizt Elizabeth sein kann, wenn sie nervös ist.

»Aktuelle Meldung: Mädchen verstehen nicht mehr von Liebe als Jungs«, sagte sie. Nein, zischte sie eher.

»Aber was ist denn mit diesen, mit diesen Zeitschriften?«

»So was lernt man nicht aus Zeitschriften.« Immer noch ziemlich zischend.

»Wie lernt man es denn sonst?« Ich war neugierig. Vielleicht wusste sie mehr als ich.

»Versuch es doch mal mit gesundem Menschenverstand.«

»Darin bin ich nicht besonders gut.«

»Oh, verdammt noch mal, Ethan, haben wir dieses Gespräch nicht schon geführt? Niemand ist gut darin.«

»Warum sagst du mir dann, ich soll es versuchen?«

»Weil es genau darum geht. Es zu üben.«

Wie übt man das? Kann ich mit dir üben? Ist diese Unterhaltung jetzt vorbei? Ich wusste nicht, was ich fragen sollte, und ich wollte nicht noch mehr erregte Antworten provozieren, aber sie redete schon weiter.

»Du hast doch Kunst als Hauptfach. Du weißt doch, was die Leute sagen, wenn du ihnen erzählst, dass du zeichnen kannst.«

»Na ja, wahrscheinlich würde ich nicht unbedingt sagen, dass ich es ›kann‹.«

»Jetzt tu doch nicht dauernd so, als könntest du nichts richtig, Ethan. Was sagen die Leute dann?«

»Sie sagen: ›Ich kann überhaupt nicht zeichnen.‹«

»Genau.«

»›In Kunst bin ich total schlecht.‹«

»Genau. Und ich denke dann immer, die nehmen doch auch kein Instrument in die Hand und erwarten, dass gleich Mozart herausströmt. Aber wenn sie beim ersten Versuch nicht zeichnen können, dann geben sie auf. Als ob sie von ihren Händen zu viel erwarten. Hände brauchen Übung im Zeichnen. Augen brauchen Übung im Sehen.«

»Okay«, sagte ich. »Ich verstehe, worauf du hinauswillst.«

»Halt den Mund. Ich komme zu meiner dramatischen Schlussfolgerung. Ethan: Auch Liebe musst du üben. Liebe ist schwer, richtig schwer, und wenn du nicht übst, wie kannst du dann erwarten, gut darin zu werden?«

»Selwyn sollte das auch als Hauptfach anbieten. Die Kunst der Liebe.«

Sie kicherte, was ich als Sieg wertete.

»Dann wären alle so total ausgeglichen, wenn sie ihren Abschluss machen«, sagte ich. Ich fand den Gedanken immer besser. Ich konnte mir schon den Einführungskurs vorstellen: Was ist Liebe? Ein interdisziplinärer Ansatz, eine Kombination aus Philosophie, Literatur und Biologie. (Keine Mathematik. Die hat mit Liebe nichts zu tun.) Und das Abschlussprojekt wäre eine Feldstudie. Wenn man das geschafft hatte, kämen die Aufbaukurse: *Liebe im Film* oder *Praktische Anwendungen der Liebe* oder *Der richtige Umgang mit Verliebtheit* ...

»Ich glaube nicht, dass sie wirklich zusammen sind.«

Ach ja. Luke und Maura. »Nein?«

»Nee.« Sie schwieg eine Weile. »Aber ist das wichtig?«

Ich schaute sie im Zwielicht an, und sie hatte nie hübscher ausgesehen, die Linien ihres Gesichts waren durch das kalte, schwache Licht unserer Handys überzeichnet, ihre Augen wirkten fast flüssig, die wilden Haare verschmolzen mit den Schatten des Vorhangs, und hinter ihrem Gesicht all die unbegreiflichen Gedanken, durchdringend und klug und unerwartet, wahnsinnig kompliziert. Beinahe – wieder nur beinahe! – hob ich meine Hand, um eine ihrer Dreadlocks zu berühren. Ich erinnerte mich, wie weich sie waren.

»Weiß nicht«, sagte ich.

»Ich meine, ist es dir wichtig?«

Bei dieser Frage ging es nicht um Luke und Maura. Ich war vielleicht Amateur in Sachen Liebe, aber so viel wusste ich. Aber ich wusste nicht, was ich wollte: mit Maura zusammen sein, mit Elizabeth zusammen sein, allein sein, nur ich und der Mayonnator. Hier hätte mein Kurs mir geholfen. Dabei, herauszufinden, was man wirklich wollte. Dann schüttelte sie ihr himmlisches Haupt, ihre Dreadlocks hüpften, und sie sagte: »Es ist wichtig, Ethan. Dir ist es wichtig.«

24

Dieses Finale sehn Millionen;

sie hoffen noch auf Sensationen

Und ihr Warten wird sich lohnen:

Die Vizeschlange hält parat

Fünfzigtausend pro Kandidat.

DIE CONTRACANTOS

»Katzenpisse«, fluchte Elizabeth, als sie auf ihr Telefon schaute.

»Stachelschweine«, sagte ich beim Blick auf meines.

Jackson hatte uns beiden die gleiche Nachricht geschickt: *Zusammentreffen ungünstiger Umstände. Komme nicht an die Drehbücher. Arbeite noch am Teleprompter. Bereit machen für Ausweichplan in Phase C.*

»Ich hatte einen Traum«, sagte Elizabeth, »dass wir auf genau diesen Ausweichplan nicht ausweichen müssen.«

»Dito«, sagte ich.

»Bringen wir es hinter uns.«

Wir teilten uns zur Flucht auf. Wie zuvor ging es hinter der Bühne so hektisch zu, dass niemand etwas bemerkte. Wir trafen uns im Korridor und huschten zum Aufenthaltsraum für die Mitwirkenden.

»Hier rein«, sagte Elizabeth und zog mich in eine Nische vor dem Kulissenlager. Sie sah auf die Uhr. »In ungefähr zwei Minuten müssten sie herauskommen.«

Sie hielten sich an den Zeitplan, den Jackson auf dem Server gefunden hatte. Die siebzehn Schüler, die schon bei *For Art's Sake* rausgeflogen waren, kamen heraus und machten sich auf den Weg zur Bühne. Dann kamen Maura und Miki D. R. und Luke. Danach Trisha Meier und Damien Hastings und Willis Wolfe. Dann noch ein paar Techniker. Die Tür knallte zu.

»Los geht's«, sagte Elizabeth, schoss aus der Nische und in den Aufenthaltsraum, als der letzte Techniker um die Ecke bog. Ich schnappte mir Mayonnaise und versuchte, tief einzuatmen. Ich war nicht scharf auf ihre Aufgabe, aber mein Job war auch nichts für schwache Nerven.

Es war fünf vor neun. Die Show fing gleich an. In der Eingangsszene mussten alle auf der Bühne sein, weshalb Elizabeth jetzt den verlassenen Aufenthaltsraum nach Drehbüchern absuchte. Aus allen würde sie eine Seite herausreißen; nur in Lukes Skript würde sie diese Seite durch eine andere ersetzen.

Meine Aufgabe bestand darin, für Ablenkung zu sorgen, falls jemand in den Aufenthaltsraum vordringen wollte. Dazu verfügte ich über folgende Mittel:

1. Meine Überzeugungskraft. Wir hatten uns gemeinsam mehrere Geschichten ausgedacht, die für ausreichend Verzögerung sorgen würden, Elizabeth die Flucht zu ermöglichen. In den meisten davon tat ich so, als hätte ich einen Nervenzusammenbruch und brauchte dringend professionelle Hilfe.
2. Mayonnaise. Ich könnte den Eindringling in ein Gespräch über Mayonnaises Wahnsinnsfähigkeiten verwickeln. Ich könnte ihn ein paar Kunststücke vorführen lassen. Oder ich könnte ihn fallen lassen; man würde ihn für eine Ratte halten und losschreien.

3. Einen Hammer. Nicht zur Gewaltanwendung, obwohl ich schwer in Versuchung geraten würde, wenn es sich um Miki Dicki Reagler handelte. Sondern, um das Glas im Feuermelder an der Wand zu zerschlagen und das Gebäude evakuieren zu lassen. Das war allerdings das allerletzte Mittel, und zwar aus zwei Gründen: Erstens würde es die Live-Sendung und damit auch EZRA ruinieren; wir müssten ganz neu planen. Zweitens war es eine Straftat.

Ihr kennt mich. Mit Nervosität kann ich nicht gut umgehen. Ich musste mich irgendwie von der Situation distanzieren, sonst würde ich tatsächlich einen Nervenzusammenbruch erleiden.

Also dachte ich über dieses neue Hauptfach nach. Die Kunst der Liebe. Im Einführungskurs, beschloss ich, müsste es einen Abschnitt über Ezra Pound geben. Darin würden die Verse analysiert, die ich mit Maura und in BradLees Unterricht gelesen hatte:

Was du innig liebst, ist beständig,
der Rest ist Schlacke.

Ich hatte sie immer falsch verstanden. Ich hatte Maura angeschaut und Luke, und ich hatte mich vom Gedanken mitreißen lassen, dass sie beständig sein, dass sie bleiben würden. Und »der Rest ist Schlacke« gefiel mir auch, weil mir das gestattete, nichts und niemand sonst zu beachten. Das ist nicht wichtig, hatte ich damit über Elizabeth gesagt, über Jackson, über kTV, über so vieles andere. Das ist Schlacke.

Aber ich hatte das Wort »innig« übersehen. Um etwas zu behalten, muss man es richtig lieben, nämlich innig. Und ich hatte nicht richtig geliebt, weil ich nicht wusste, wie.

Und darum würde es in dem Schulfach gehen, dachte ich mir. Jeder weiß, wie man liebt, aber nicht, wie man richtig und innig liebt. Der Fehler passiert so leicht. Du nennst sie Göttin, du hältst ihn für vollkommen, und auf einmal sind sie keine Menschen mehr. Du hast sie verraten. Anstatt ihre Vielschichtigkeit zu ehren, hast du sie glattgebügelt.

So ein Kurs würde nicht angenehm sein. Ich kann euch sagen, es tut weh, wenn einem der rosarote Schleier vor den Augen weggerissen wird, wenn ihnen die Heiligenscheine vom Kopf geschlagen werden. Man klammert sich an seine Idole. Aber ich kann euch auch sagen – nicht aus Erfahrung, eher aus flüchtigen Eindrücken, die ich beim Tagträumen und Bücherlesen und beim kalten, nüchternen Nachdenken gewonnen habe –, dass man einen Menschen erst als Menschen erkannt haben muss, bevor man diesen Menschen innig lieben kann. Das zu lernen ist schrecklich, aber das zu wissen ist das Beste überhaupt.

Sowohl Mayonnaise als auch der Hammer konnten in meinen Taschen bleiben. Elizabeth hatte den Aufenthaltsraum schnell durchkämmt. Sie kam mit einem Stapel rausgerissener Seiten wieder durch die Tür.

»Meinst du, du hast alle erwischt?«

»Keinen blassen Schimmer.« Ich dachte, sie wäre voll mit Adrenalin und froh, aber sie klang noch gereizter als vorher.

»Was soll das heißen?«

»Ich habe alle, die ich finden konnte. Und beim Suchen ist mir klar geworden, wie – wie dürftig dieser ganze Plan ist. Wenn ich eins übersehen habe, wenn irgendwer sein Skript mit auf die Bühne genommen hat, ist alles aus.«

Ich weigerte mich, darüber nachzudenken. »Hast du denn Lukes Exemplar gefunden?«

»Jedenfalls das wichtige. Das in dem schwarzen Notizbuch, das er immer mit auf die Bühne nimmt. Vielleicht hat er noch eins als Ersatz.« Sie wedelte mit ihrem Haufen Blätter. »Ich habe auch ein vollständiges Skript.«

»Ist nicht wahr.«

»Ich wollte es dir eigentlich nicht sagen, aber ...« Sie zuckte die Achseln. »Maura hat sich geirrt. Sie haben schon gewählt. Guck mal.«

Ich riss ihr das Skript aus der Hand, überschlug Seiten und blätterte zum Ende.

TRISHA: Wir machen eine kurze Pause, aber wir haben noch so viel für euch!

Blätter, blätter.

DAMIEN: Und ganz ehrlich – niemand weiß, was jetzt kommt.

Blätter, blätter.

MIKI: Ich fühle mich so unglaublich geehrt.

Nein.

MIKI: Das ist buchstäblich ein Traum, der wahr wird. Danke, Trisha! Danke, kTV! Danke, Amerika!

»Wir müssen weitergehen, Ethan.«

Ich hatte gar nicht gemerkt, dass ich stehen geblieben war.

»Wir dürfen uns hier hinten nicht erwischen lassen. Herrgott, genau deshalb wollte ich es dir eigentlich nicht zeigen.«

»Miki Dicki Reagler«, sagte ich.

»Schmeiß sie hier rein.« Sie hatte den Deckel von einem Mülleimer abgenommen.

»Iih.«

»Jetzt.« Wenn jemand in diesem Ton »Jetzt« sagt, dann macht man keine Mätzchen. Die Skriptseiten wurden befehlsgemäß unter die Reste des kTV-Abendessens gestopft und mit Senfklecksen und Putenfetzen garniert. Elizabeth schüttete noch eine halb volle Dose Diät-Cola drüber und legte den Deckel wieder drauf.

»Ich kann nicht fassen, dass sie verlieren wird.«

»Und darum muss EZRA funktionieren«, sagte Elizabeth. Sie packte mich am Arm. »Wir müssen ihr ein Stipendium verschaffen.«

»Und den anderen auch.« Ich versuchte, fair zu sein.

»Mir geht es nur um Maura.« Sie sah mich an, und ich wusste nicht, ob sie gleich lachen oder weinen würde. »Oh, Ethan, was ist bloß aus uns geworden?«

»Wir müssen alles tun, was in unserer Macht steht«, sagte ich. Wir waren zur Abzweigung im Gang gekommen.

»Ja. Alles. Und alles opfern.«

»Das werde ich.« Ich wollte mich nicht von ihr trennen, aber so war der Plan, und an den würde ich mich halten.

»Wir sehen uns, wenn alles vorbei ist.« Sie verschwand im anderen Gang. Ich ging allein weiter. Damals, in den Zeiten rationalen Denkens, hatten wir beschlossen, dass Elizabeth und ich uns in diesem Fall aufteilen sollten, einer zur rechten Bühnenseite, der andere nach links. Wenn sie nur einen von uns entdeckten, könnte der sich wahrscheinlich als besessener Fan ausgeben, der so nah wie nur möglich ans Geschehen herankommen wollte. Wenn sie aber zwei Schüler auf einmal entdeckten, würden sie gleich denken: Verschwörung.

Und wieso nicht einfach in den Zuschauerraum? Das war verlockend. Aber der Zugang wurde bestimmt von den Tonleuten blockiert. Außerdem konnten wir hinter den Kulissen bei Problemen immer noch eingreifen. Wir bewegten uns jetzt auf unbekanntem Terrain, und zu diesem Teil stand in Jacksons Plan: »Auftretende Probleme je nach Notwendigkeit lösen.« Das hieß: »Improvisieren.« Und das machte mir Angst. So richtig mit Fanfaren, hier und jetzt.

Ich stand hinter einem der Seitenvorhänge und flüsterte Mayonnaise zu: »So weit, so gut.«

Elizabeth und ich waren jetzt viel weniger versteckt als vorher. Ich konnte sie zwar nicht sehen, aber ich wusste, sie stand mir genau gegenüber. Es war eigenartig, die Show aus den Kulissen zu beobachten. Trisha und Damien und Willis Wolfe wirkten sehr orange und wie aus Plastik, wie billige Action-Figuren. Überall auf der Bühne hingen Kameras, und ich wusste, die gesamte Schülerschaft saß im Zuschauerraum. Doch sie machte sich nur durch ein Rauschen bemerkbar, eine Wellenbewegung, wie das Meer bei Nacht.

Die Mitwirkenden hatten mich im Grunde direkt im Blick. Eine Zeit lang erbleichte ich jedes Mal, wenn jemand in meine Richtung schaute. Aber ihr Blick war immer völlig leer und blind, wie bei einem etwas manischen Zombie, und allmählich glaubte ich, was Jackson mir immer wieder versichert hatte: Die

Scheinwerfer waren so gleißend, dass die Leute auf der Bühne nichts sehen konnten, was nicht genauso hell erleuchtet war wie sie selbst. In meiner schwarzen Kleidung, halb im Vorhang verborgen, war ich für sie eins mit der Dunkelheit.

Und so schaute ich mir die Show an.

»Herzlich willkommen, alle miteinander, im kalten Minneapolis in Minnesota!«, rief Trisha.

»Da sind wir endlich«, sagte Willis Wolfe. »Beim Live-Finale der Show, die die Herzen des ganzen Landes erobert hat ...«

»*For Art's Sake!*«, trällerte Damien.

»Heute Abend wird gefeiert«, sagte Trisha. Sie stellte die siebzehn Schüler vor, die – wie sie sich ausdrückte – früher in der Sendung mitgewirkt hätten. Sie sollten eine eigene Jury für die Auftritte der Finalisten bilden. »Diese Gruppe wird eine Stimme haben«, sagte Trisha, »das Saalpublikum eine zweite und wir drei Juroren die dritte. Mit diesen drei Stimmen wird der allererste Sieger von *For Art's Sake* gewählt!«

Ich wünschte, ich könnte mit Elizabeth reden. Ich versuchte Hinweise zu entdecken, dass sie unsere *Contracantos* gelesen hatten, dass irgendwas anders war, aber noch war mir nichts aufgefallen.

»Und nun«, sagte Trisha, »zu den dreien, auf die ihr gewartet habt – unseren Finalisten!«

»Als Erster«, sagte Willis Wolfe, »der jüngste Zugang unserer Show, der außerordentlich begabte Dichter und angehende Schriftsteller: Luke Weston!«

Da kam Luke. Er trug so eine schicke dunkle Jeans und ein weißes T-Shirt mit V-Ausschnitt. Der Luke, den ich kannte, trug keinen V-Ausschnitt.

»Und als Nächster unser aller Lieblingsschauspieler«, sagte Damien. »Er tanzt wie Fred Astaire, er spielt wie Brad Pitt, und er singt wie Pavarotti.« Nur bei Pavarotti stolperte seine Zunge ein bisschen. »Hier ist er: Miki Reagler!«

Mikis Auftritt hat sich für immer in mein Gedächtnis gebrannt. Er kam ganz lässig hereinspaziert, zuckte dann aber beim Anblick des Publikums zurück. Er schlug sich die Hand vor den Mund und riss die Augen auf: schrecklich schlecht gespielte Überraschung. Dann erholte er sich, zwinkerte und überquerte die Bühne mit Flickflacks. Würg.

»Und schließlich«, sagte Trisha, »die Primaballerina. Die Nummer eins im Ensemble, die Nummer eins in den Herzen der Männer!« Sie zog eine Augenbraue hoch, bis jeder, sogar Damien, ihr lahmes Witzchen verstanden hatte. »Ich präsentiere: die anmutige, die atemberaubende Maura Heldsman!«

Maura ging einfach nur über die Bühne, aber ihr Gang sah ungefähr zehn Mal so elegant aus wie Mikis gymnastische Verrenkungen.

»Danke! Vielen Dank!«, sagte Trisha. »Schaut sie euch an, unsere drei Finalisten! Sind sie nicht unglaublich?« Ihr könnt euch nicht vorstellen, wie viel Applaus ich auslasse. Das Finale bestand zu bestimmt dreißig Prozent aus Beifall. »Gleich melden wir uns wieder mit Interviews, Auftritten und einer ganz besonderen, überraschenden Ankündigung, die euch alle sehr freuen wird.«

Eine ganz besondere, überraschende Ankündigung.

Sie hatten es gelesen.

EZRA war in vollem Gange.

25

Kaum zu glauben: fünfzig Riesen!
Die Vizeschlange sei gepriesen,
hat sich als großzügig erwiesen:
Neunzehn Stipendien wirft sie heute
mit voller Hand unter die Leute!
  DIE CONTRACANTOS

Ich brauchte nur eine langweilige Werbepause, um mir klar zu werden, dass Trishas Gerede von einer überraschenden Ankündigung gar nichts bedeuten musste. Sie spielte bloß auf Zeit. Sie hatten die *Contracantos* gelesen, aber jetzt suchten sie nach einem Ausweg, um die Folgen zu umgehen. Ich konnte mir die hektischen Gespräche gut vorstellen. »Das mache ich nicht«, würde Coluber sagen. »Ich weigere mich schlicht und einfach.«

»Sie müssen«, würde der Sakko-Typ antworten. »Sehen Sie sich die Zuschauer an. Die rebellieren sonst.«

»Diese Kinder können mich zu gar nichts zwingen«, würde Coluber sagen.

Der Sakko-Typ hatte im Geheimen Angst vor Teenagern. »Die könnten sich in einen rasenden Mob verwandeln. Und uns alle umbringen.«

»Lieber tot als großzügig.«

In der Werbepause hatten die Bühnenarbeiter ein paar Sofas

hereingetragen, auf denen Trisha Meier jetzt mit ein paar ehemaligen Kandidaten saß. Ihre Interviewfragen zielten ausnahmslos auf Kontroversen ab. Sie wollte offensichtlich Tränen sehen. Ich hatte eine Hand in der Tasche mit Mayonnaise und hörte nur gelegentlich zu.

Einmal musste ich doch hinsehen, als sie die widerwärtige Szene mit dem wackelnden Busch noch einmal einspielten, aus der Folge im Landschaftspark.

»Josh DuBois«, sagte Trisha, »du hast deine Zeit mit Maura eindeutig genossen. Drückst du ihr heute die Daumen?«

Josh saß breitbeinig auf dem Sofa, genauso wie im Lateinunterricht. »Ich lehne mich hier mal aus dem Fenster und sage Nein. Nein. Maura Heldsman verdient den Sieg nicht.«

Trisha tat schockiert, war aber in Wirklichkeit begeistert.

»Der Sieger sollte ein talentierter Künstler sein, sicher, und niemand wird leugnen, dass Maura tanzen kann. Aber ein Sieger sollte auch so was wie Charakter haben.«

»Ach komm, Josh«, warf Kyle Kimball ein. Ich wusste die ganze Zeit, dass ich ihn mochte.

»Ich will das schon lange loswerden«, sagte Josh. »Maura interessiert sich nicht für andere Menschen. Sie hat sich verkauft, um diese Show zu gewinnen.«

»Wow«, sagte Trisha. »Da kommen echte Gefühle durch.«

Das festigte nur meinen Entschluss. »kTV ist die falsche Seite«, hatte Jackson mal im Appelbau gesagt. »Sie sind einfach falsch. Normalerweise glaube ich gar nicht an richtig oder falsch, aber die sind ganz bestimmt falsch.«

»Jetzt kommt's, Mayonnaise«, flüsterte ich eine halbe Stunde später. »Der Augenblick der Wahrheit.«

Das Orchester hatte sich im Graben eingefunden, die Bühne war für die drei Auftritte präpariert.

»Wir sind bereit für unseren ersten Finalisten!«, sagte Trisha.

»Und was ist mit der besonderen, überraschenden Ankündigung?«, fragte Damien.

Trisha ignorierte ihn. »Willis Wolfe, klär uns auf. Wie lautete diese Woche die Challenge?«

»Die Challenge ist, dass es keine Challenge gibt.« Man merkte, Willis Wolfe fand das ungeheuer tiefsinnig.

»Die Finalisten haben nur gesagt bekommen, dass sie drei Minuten haben«, erläuterte Trisha. »Drei Minuten für den Auftritt ihres Lebens. Miki Reagler hat die Nummer eins gezogen. Komm zu uns, Miki!«

Miki D. R. kam unter heftigem Applaus auf die Bühne gelaufen. Er schnappte sich das Handmikro. Ich schoss Abscheupfeile in seine Richtung.

»Ich werde einen meiner liebsten Bühnensongs singen – und das will etwas heißen!«, sagte er. »Dieses Lied erzählt von der unglaublichen und verrückten Zeit, die ich während dieser Show erlebt habe, eine Zeit, die ich niemals vergessen werde.« Was für ein Schleimer.

Trisha formte mit den Händen ein Herz und warf es in seine Richtung. »Ich liebe dich!«, flötete sie.

»Ich präsentiere euch die Hymne der Liebenden überall auf der Welt. Aus dem Musical *A Chorus Line*: ›What I Did for Love‹!«

Damien sprang auf. »OH MEIN GOTT! DAS IST MEIN LIEBLINGSLIED!« Das konnte einfach nicht im Drehbuch stehen. »Der beste Song aller Zeiten.«

Das Orchester begann. Miki D. R. schmachtete, dann schmetterte er. Er konnte singen, das gebe ich zu. Ich holte Mayonnaise aus der Tasche, damit er zuschauen konnte.

»*Kiss today goodbye*«, sang Miki, »*and point me toward tomorrow. We did what we had to dooooo!*« Mayonnaise war nicht überzeugt. »*Won't forget, can't regret what I did for love!*«

»Miki, du bringst mich jedes Mal zum Weinen«, sagte Trisha.

Miki D. R. schüttelte den Kopf. »Trisha, meine Liebe, ich bringe mich selbst zum Weinen.« Mayonnaise und ich sahen uns an und verdrehten die Augen.

»Und nun unsere zweite Kandidatin!«, rief Trisha. »Maura Heldsman!«

»Da kommt sie«, sagte ich zu Mayonnaise. »Das ist Maura.« Er hatte sie noch nie gesehen, nur im Fernsehen.

Maura kam herein, im Ballettanzug und mit Spitzenschuhen. »Hallo zusammen. Ich werde die Odette aus *Schwanensee* tanzen.«

»Ein Klassiker«, murmelte Trisha.

»In einer Variation der Choreografie von Petipa und Iwanow.«

»Auch ein Klassiker.«

Das Orchester begann zu spielen, und Maura tanzte. Sie war nur wenige Meter von uns entfernt, doch es kam mir meilenweit vor. Sie gehörte zu einer anderen Welt. Es war überirdisch, was sie mit ihrem Körper anstellen konnte, genau wie die Konzentration in ihren Zügen. Am Ende musste sie sich ungefähr acht Mal verbeugen, bis das Publikum Ruhe gab.

Es war unvorstellbar, dass sie verlieren sollte.

»Maura«, sagte Trisha, »das war virtuos. Wie sollen wir uns jemals zwischen unseren Finalisten entscheiden?«

»Ja, das war Wahnsinn«, sagte Damien. »Und ich wünschte, ich hätte deine Waden.«

»Vielen, vielen Dank, Maura«, sagte Trisha rasch. »Wir machen eine kurze Pause, aber wir haben noch so viel für euch! Den Auftritt unseres dritten Kandidaten. Die ganz besondere Überraschung. Und schließlich die Kür des Siegers! Bleiben Sie bei uns.«

Jetzt war ich wirklich gespannt, ob sie diese überraschende Botschaft bloß vor unserer Nase baumeln ließen, um die Verschwörer im Publikum zu besänftigen. Vielleicht würden sie immer wieder mal davon sprechen und dann die Sendung ganz unvermittelt beenden. Coluber überredete wahrscheinlich gerade den Sakko-Typen. »Wir können gern jedem einen kTV-Rucksack geben«, würde er sagen. »Aber diese Ankündigung können wir im Fernsehen nicht machen.«

»Aber sie könnten uns die Folge ruinieren«, würde der Sakko-Typ sagen.

»Diese Ankündigung wird mein Leben ruinieren.«

Doch als Nächstes war Luke dran, und er würde Coluber die Ankündigung abnehmen. Darum hatte Elizabeth die Skripts vertauscht. Darum hackte Jackson sich in den Teleprompter. Sie hatten doch einen Teleprompter, oder? Ich machte ein paar vorsichtige Schritte und beugte mich so weit nach vorn, wie ich konnte, ohne mich zu verraten. Sie mussten einen haben. Manchmal klang Damien direkt intelligent.

Ah ja, da war er. Er hing ein bisschen provisorisch von der Decke, lose Kabel baumelten herab. Nur ein Kabelbündel war im Gebrauch, zwei grüne Kabel, die im weiten Bogen wie eine Zirkusmarkise zum Vorhang führten, an dem sie oben festgeheftet waren. Von innen sah Fernsehen so billig und beschissen aus, der ganze Glanz war genauso zusammengeschustert wie die Deckenplatte, die ich mit Klebeband repariert hatte.

Ich zog mich wieder in mein Versteck zurück, und dann überfiel mich körperliche Nervosität. Meine Knie wurden total weich, als ob meine Kniescheibe sich verflüssigt hätte. Mein linker Daumen fing an zu zucken, mein Herz schlug hektisch und fliegend, und ich sank nur deshalb nicht zu einer formlosen, hirnlosen Masse zusammen, weil ich Mayonnaise in der rechten Hand hielt.

Denn in diesem Augenblick wurde mir klar, dass ich noch nichts von Jackson gehört hatte. Er hatte nicht auf unsere Nachricht über die Aktion im Aufenthaltsraum reagiert. Ich traute mich nicht, auf mein Telefon zu schauen; das Licht würde mich verraten. Ich hatte kein Summen gespürt, aber vielleicht hatte die Nervosität auch meine Sinne beherrscht. Ich griff in die Tasche und umfasste das Telefon. Mayonnaise vibrierte, das Telefon nicht. Ich wünschte, ich könnte es anschauen. Bestimmt war die SMS schon angekommen, redete ich mir ein.

»Ich bin ganz außer mir vor Freude, dass endlich unser dritter Finalist an der Reihe ist«, sagte Trisha. »Seine Werke hauen mich einfach um. Luke Weston, du bist dran!«

Ich steckte Mayonnaise wieder in die Tasche. Er wollte Luke nicht sehen. Er fühlte sich von ihm verraten, denn Luke hatte immer so getan, als würde er ihn mögen.

Jubel brandete auf, als er auf die Bühne kam. Luke hatte schon immer einen bewundernswerten Gang. Ein schneller Schritt, den man dennoch als Schlendern bezeichnen konnte; selbstbewusst, wach, sportlich. Er hatte das schwarze Notizbuch in der Hand, in dem sein Skript verborgen war. Das hatte Elizabeth im Aufenthaltsraum gefunden. Hatte sie gesagt. Warum also war ich so nervös?

»Du siehst gut aus, Luke!«, sagte Damien.

»Hallo alle zusammen!«, sagte Luke grinsend.

Dann schlug er sein Notizbuch auf und erstarrte.

Er war auf unser Gedicht gestoßen. Jackson hatte es in derselben Schrift und im selben Layout ausdrucken wollen wie die kTV-Drehbücher, falls Luke vorher einen Blick darauf warf. Aber Elizabeth und ich hatten uns durchgesetzt, hatten die symbolische Kraft der Vernunft vorgezogen: Sie hatte es mit der Hand geschrieben und ich hatte es illustriert, genau wie bei den ersten beiden Ausgaben, genau wie bei der Ausgabe, die wir heute verteilt hatten. Es war unverwechselbar, und wir wussten, er würde es sofort erkennen.

Aber – und das war unser größtes Wagnis in einem Plan voller Vabanquespiele – wir hofften, wir glaubten, dass er seine richtigen Verse nicht im Kopf hatte. Von den *Contracantos*, die er selbst geschrieben hatte, konnte er jeden Vers auswendig. Aber wir hatten darauf gesetzt, dass er diese Zeilen nicht selbst geschrieben hatte. Es mochte Coluber gewesen sein oder BradLee, vielleicht auch ein anderer Drehbuchschreiber von kTV. Jedenfalls nicht Luke.

Oder überschätzten wir ihn doch? Vielleicht hatte er sich dazu herabgelassen. Vielleicht hatte er diese Schlacke wirklich geschrieben.

Aber so angespannt, wie er jetzt aussah, während er ungläubig in sein Notizbuch starrte, war mir gleich klar, dass wir richtiggelegen hatten. Er hatte nie ein Wort von dem geschrieben, was in *For Art's Sake* vorgetragen wurde. Er hatte bloß ihre Verse nachgesprochen, hatte die fiktive Realität mitgespielt. Ich hätte es schlimmer gefunden, wenn er den Mist tatsächlich verfasst hätte, den er in der Sendung vorlas, aber als ich ihn jetzt an seinem Künstlerbuch herumnesteln und panisch ins Publikum lächeln sah, schwappte eine Welle von Widerwillen über mich, Widerwillen gegen ihn und seine Doppelzüngigkeit und seine Schwäche.

Aber ich musste aufpassen.

Luke schaute verzweifelt zum Tisch der Jury.

Trisha strahlte ihn an, doch ich sah auch den Zorn in ihren gebleckten Zähnen: *Fang an zu reden, Luke, sonst wirst du es bereuen.*

Luke deutete auf sein Skript.

Trisha blätterte heimlich eine Seite auf ihrem Tisch um. Dann schnappte sie sich Damiens Skript. Aber sie hatten die Versionen, in denen Seiten fehlten, weil Elizabeth sie herausgerissen hatte. Lauter »Außers« schossen mir durchs Hirn – außer sie hatte eine übersehen, außer sie hatten zahllose Exemplare, außer sie hatten neue Versionen ausgedruckt – aber Trishas zahnweißes Grinsen entspannte sich nicht.

Kein heldenhafter Retter trabte mit einem neuen Skript auf die Bühne. Zwanzig Sekunden verwirrter Luke waren durchs ganze Land gesendet worden. Ich konnte mir Colubers Gesicht vorstellen, wie er vor Wut zischte und die Inkompetenz seiner Mitarbeiter verfluchte.

Dann hellten sich Lukes Züge auf. Er lächelte – sein altes verwegenes Grinsen – und das Publikum jubelte.

»Hey, ihr«, sagte er. »Entschuldigt die technischen Probleme.« Er war reizend. Wieder jubelten sie ihm zu. »Ich freue mich wahnsinnig, den letzten Teil meines Langgedichts vorstellen zu können, den letzten Abschnitt meiner *Contracantos*.«

Ich kam nicht dahinter, warum er offensichtlich so lässig war. Spielte er auf Zeit? Aber er schaute immer wieder auf sein Notizbuch, als hätten sich da die richtigen Wörter wieder materialisiert.

»Ich kann diese letzte Gelegenheit nicht verstreichen lassen, ohne der Person zu danken, die es mir ermöglicht hat, hier oben zu stehen. Liebe Leute, Damen und Herren, einen Mega-Applaus bitte für die wunderhübsche, talentierte, die großartige Trisha Meier!«

Auch Trisha hatte sich entspannt. Sie schüttelte liebevoll den Kopf über Lukes Komplimente und tat so, als würde sie den Beifall nicht gierig aufsaugen.

Ich begriff es nicht. Er las nicht aus seinem Notizbuch, denn in unserem eingelegten Skript stand dieser Kram nicht. Und Jackson hatte sich in den Teleprompter gehackt. Das war der Plan.

Ich trat wieder ein paar Schritte vor. Dann begriff ich, wieso seine Blicke nach unten so gespielt und kurz wirkten, wieso er das Publikum so gewinnend anlächeln und gleichzeitig so sicher sprechen konnte. Es lag tatsächlich am Teleprompter. Der einwandfrei funktionierte. Der Bildschirm ragte unheilvoll vor ihm auf, flankiert von den Zyklopenaugen der Kameras, und die Worte liefen darüber hinweg wie beim Karaoke. Es war fesselnd zu beobachten, wie die geschriebenen Worte und seine Rede ineinanderflossen, und beinahe wäre mir der Kiefer heruntergeklappt und ich hätte mir die Folge einfach angeschaut, genau wie die siebzehn zuvor.

»Und jetzt«, sagte er, »mein Gedicht.«

Luke fing an, das Gedicht zu lesen. Ich schaute auf den Teleprompter. Verse liefen von unten nach oben darüber. Ihre Verse. Nicht unsere.

Jackson hatte gesagt, er werde sich melden. Hatte er aber nicht. Plötzlich war es mir klar: Ich hatte mir etwas eingeredet.

Wenn mein Telefon vibriert hätte, dann hätte ich es gemerkt. Es war keine SMS von Jackson gekommen. Sie mussten ihn erwischt haben.

Aber wenn Luke das Gedicht so vorlas, wie man es ihm geschrieben hatte ...

Alles hatte an Lukes Gedicht gehangen. Wenn Luke seine Ankündigung nicht machte, würde Coluber sie auch nicht machen.

Nichts würde ins Lot kommen. Alles würde bleiben, wie es war. Miki Dicki Reagler würde gewinnen und Maura Heldsman würde in Minnesota bleiben, und ihr anderes Leben, in dem sie zur Juilliard School ging und in New York tanzte, würde ihr entgleiten.

Peter Martins. Lincoln Center. Das ist alles. Punkt. Was anderes will ich nicht.

Entgleiten wie ein Traum beim Aufwachen. Sie würde vergessen, wie viel es ihr bedeutet hatte.

Verdammt. Ich hätte es besser können sollen.

Coluber würde reicher werden. kTV auch. Sie würden eine weitere Staffel ansetzen, und noch eine, und würden Schüler durch die Mangel der Hoffnung drehen, würden sie zu großen Träumen anstacheln, weil sich große Träume im Fernsehen gut machen, vor allem, wenn sie zerplatzen. BradLee würde weiter spionieren, und Luke –

Tja, Luke würde sowieso nicht mehr unser Freund sein. Das war vorbei. Bei EZRA ging es nicht darum, Luke zurückzugewinnen.

All diese Gedanken drängten sich in die fünf Sekunden des Jubels, die auf Lukes erstes Verspaar folgten. Ich merkte, wie das Telefon an meinem Bein vibrierte, aber ich sah nicht nach, weil ich wusste, was da stehen würde: *Ethan, TU WAS.*

Dann vibrierte es an meinem anderen Bein, und ich griff nach ihm. Nach Mayonnaise. Ich hatte mich nie an den Tumor gewöhnt. Er fühlte sich an wie ein Tischtennisball.

Er sah mich an. Ich hätte schwören können, er lächelte. »Mayonnaise«, flüsterte ich. Es musste doch irgendwas geben, was ich tun konnte, was wir tun konnten. Ich sah mich hektisch um. Links. Rechts. Oben.

Die Kabel.

»Mayonnaise«, flüsterte ich wieder. »Mayonnaise, du Rakete. Such Grün.«

Ich hockte mich hin und setzte ihn auf den Boden, und er zog los, mit all der Kühnheit, die ich ihm immer zugetraut hatte, er kletterte den Vorhang hoch, als hätte er Parkour trainiert. Was für ein Charakter. Welch schierer, bedenkenloser Mut. Er machte einen kleinen Sprung – jetzt war er über der Bühne – er war beim Bündel grüner Kabel, die zum Teleprompter führten. Er schaute fragend zu mir.

Ich nickte. Ich schnipste mit den Fingern. Jetzt war auch egal, ob es jemand hörte.

Er hörte das Signal, und irgendwo in seinem Nagerhirn löste es etwas aus, das Zeichen, das ich ihm im Appelbau so oft gegeben hatte. Er stürzte sich auf ein grünes Kabel, nahm es zwischen die Zähne und fing an zu kauen. Ich konnte nicht hinsehen, aber ich sah hin, ich sah den Bildschirm und Luke und meinen Mayonnaise, und der Bildschirm flackerte, und die Konzentration in seinem kleinen Gesicht war unerträglich, denn ich war so erfüllt von Stolz und Schrecken und Hoffnung. Die Zeilen auf dem Schirm liefen im Zickzack, Worte wurden unleserlich. Ich schaute Luke an – er hatte mitten im Vers abrupt aufgehört – und ich wusste, das Ende war nahe. Also wandte ich mich vom flimmernden Teleprompter und von meinem ehemaligen Freund ab und schaute nur noch auf Mayonnaise.

Er nagte immer noch. Sieben Meter über der Bühne nagte er. Ich hörte, dass Luke wieder zu sprechen anfing. Er las aus dem Notizbuch, er las unsere neuen Verse. Ganz locker und überzeugend. Ein Naturtalent. Das Publikum grummelte voller Vorfreude und Erwartung, und …

Ich wusste, was passieren würde.

Elizabeth sagte später: »Das konntest du nicht wissen.«

Aber ich werde mir immer sicher sein: Ich wusste, was passieren würde.

26

Die Macht verbarg sich hinterm Thron –
doch gibt sie uns verdienten Lohn.
Denn wir sind Wahnsinn in Aktion!
Die Schlange wand sich, doch nicht weit –
poetische Gerechtigkeit.

DIE CONTRACANTOS

Luke war fast am Ende.

»Die Schlange wand sich, doch nicht weit«, las er genüsslich: »poetische Gerechtigkeit.«

Mayonnaise nagte weiter, und ich konnte nichts dagegen tun. Ich sah, was ich hatte kommen sehen. Sein ganzer kleiner Körper wurde steif, wie vom elektrischen Schlag getroffen – so war es ja auch –, seine Augen traten hervor, sein Umfang schwoll an, weil sich jedes einzelne Haar aufrichtete. Doch selbst dann löste er die Kiefer nicht vom Kabel. Ich hatte die Arme zu ihm hochgestreckt, ich flehte ihn verzweifelt an, loszulassen, zurückzukommen, aber den Teil hatten wir nicht trainiert. Ich hatte ihm nicht beigebracht, zu mir zurückzukehren.

Luke beendete seine *Contracantos*, unsere *Contracantos*, unter tosendem Beifall. Das Gedicht hatte die neuen Stipendien verkündet. Jetzt würden sie nicht mehr aus der Sache rauskommen.

Ich dachte, es wäre vorbei. Ich ließ die Arme sinken. Fast

hätte ich die Hände vors Gesicht geschlagen. Doch anscheinend floss kein Strom mehr, denn Mayonnaise hob den Kopf und riss sich vom Kabelbündel los. Er flog durch die Luft und landete mit katzenhafter Geschmeidigkeit. Ich hörte ein leises Kreischen, Mayonnaise schoss wie ein Irrer über die Bühne, wie eine Irrmaus, und Luke hielt ihm die Hände hin. Mayonnaise warf sich hinein. Plötzlich war es still, und Luke schaute nach unten.

»Vielen, vielen herzlichen Dank, Luke Weston«, sagte Trisha Meier und tänzelte vom Jurorentisch auf ihn zu. Unter ihrem Betonlächeln verzog sich ihr Gesicht, angewidert von dem Ungeziefer, das da aus den Tiefen dieser Provinzbühne gesprungen war, um auf dem Schoß ihres Stars zu sterben.

Das Publikum nahm ihr Stichwort auf und klatschte.

»Gleich nach der Pause sind wir wieder da mit dem Schlussvotum!«, sagte Trisha Meier. Kaum gingen die Kameralichter aus, fiel ihr das Lächeln hörbar aus dem Gesicht. Sie schob Luke von der Bühne in meine Richtung. Sie begann die Knechte anzuschreien, die mit Klemmbrettern hin und her eilten. Luke stand am Bühnenrand, wirkte unsicher und verloren.

Ich trat aus dem Vorhang. Er war nicht überrascht.

»Hi, Ethan.«

»Hi.«

»Da ist er.« Er gab mir Mayonnaises winzige Leiche. Die Haare hatten sich wieder gelegt. Ich nahm ihn mit beiden Händen, doch sein Körper war kleiner, als ich ihn in Erinnerung hatte. Im Tod war er beinahe schwerelos.

Es schnürte mir die Kehle zu. Mayonnaise.

»Er hat uns gerettet«, sagte Luke.

Diese Aussage stellte ich nicht in Frage. Ich nickte bloß.

Luke streckte die Hand aus, stockte aber auf halbem Weg und wartete auf meine Erlaubnis. Ich nickte. Er streichelte den kleinen Leib. »Ich habe dich vermisst.« Er sprach mit Mayonnaise.

Glaube ich jedenfalls.

»*Wenn der Sinn haftet an einem Grashalm*«, sagte Luke und strich mit zwei Fingern das Fell glatt.

Ich brauchte einen Augenblick, um es zu merken: Er zitierte die *Cantos*. Die echten *Cantos*.

»*Wird ein Ameisenbein dich retten. Das Kleeblatt schmeckt und duftet wie seine Blüte.*«

Auch ich strich ihm übers Fell. Und ich wusste zwar, der komplizierte, individualistische, gefährlich intelligente Ezra Pound hätte sich niemals ausgemalt, dass sein Meisterwerk über dem Leichnam einer Rennmaus namens Mayonnaise zitiert werden würde; aber ich dachte mir, er würde nichts dagegen haben.

Und wisst ihr, was? Und wenn er nun was dagegen hätte? Tja, Leute, entscheidender Unterschied zwischen Leben und Kunst: ars longa, vita brevis. Die Kunst ist lang, das Leben kurz. Ezra Pound ist tot. Seine *Cantos* nicht.

»Herzlich willkommen zurück bei *For Art's Sake*!«, sagte Trisha.

»Du hast es geschafft!«, rief Damien.

»Ich hab's geschafft!« Trisha sprach in die Kamera. »In der Pause habe ich mich mit meinen Mitjuroren unterhalten, und ich habe gesagt, ich glaube nicht, dass ich die letzte Begrüßung ohne Tränen hinkriege.«

»Aber es kommt doch noch so viel Aufregendes!«, sagte Willis Wolfe.

»Das stimmt. Zunächst gibt es sehr erfreuliche Neuigkeiten.«

Sie sah allerdings nicht sehr erfreut aus. »Auf die Luke Weston mit seinem unvergesslichen Gedicht schon angespielt hat.«

Die Finalisten und die früheren Kandidaten kamen auf die Bühne, alle zwanzig stellten sich in einer Reihe auf.

»Ich würde dem amerikanischen Publikum gern einen ganz besonderen Menschen vorstellen«, sagte Willis Wolfe. »Meinen Kollegen und meinen Freund: den Vizedirektor der Selwyn Academy, Sebastian Coluber!«

Coluber kam von seinem Platz in der ersten Zuschauerreihe auf die Bühne. »Danke, Willis. Ja, das stimmt, ich habe tatsächlich eine äußerst erfreuliche Nachricht.« Nein, er sah auch nicht erfreut aus.

»Mr Coluber hat einen unverzichtbaren Beitrag zur Produktion dieser Sendung geleistet«, sagte Willis Wolfe. »Er hat die ganze Zeit im Hintergrund gewirkt.«

»Und es war mir ein Vergnügen«, sagte Coluber. »So eine lohnende Aufgabe.«

»Jetzt die Ankündigung!«, rief Damien wie ein kleines Kind.

»Ach ja«, sagte Coluber. »Wie ihr schon Lukes hervorragendem Gedicht entnehmen konntet, haben wir über die Fairness der Preisverteilung nachgedacht. Der Gewinner soll ein Stipendium über einhunderttausend Dollar erhalten. Aber was ist mit den anderen Kandidaten? Sie haben der Show schließlich so viel gegeben, so viel von sich – so viel Herz, so viel Energie.«

Trisha nickte tränenblind mit. Die Kandidaten wirkten angespannt.

»Und daher«, sagte Coluber, »werden die Selwyn Academy und kTV gemeinsam jedem Nicht-Finalisten …« Er schluckte. »… ein Stipendium in Höhe von fünfzigtausend Dollar anbieten, einzulösen an jeder Kunsthochschule des Landes!«

Die früheren Kandidaten rasteten aus. Sie tanzten, sie kreischten, sie umarmten sich. Das Publikum ebenfalls. Ich war stolz auf meine Mitschüler.

»Der Gewinner kann ja bereits mit einem 100.000-Dollar-Stipendium rechnen«, sagte Coluber, »und dazu mit einer Reise nach Los Angeles, einer doppelseitigen Story in *La Teen Mode* sowie einem garantierten Agenturvertrag. Aber ... –«

Jetzt sah er aus, als müsse er sich übergeben.

»Den Finalisten, die ihr ganzes Schuljahr diesen achtzehn Folgen der Show gewidmet haben – werden Selwyn und kTV ebenfalls ein 100.000-Dollar-Stipendium zukommen lassen!«

Das Publikum tobte noch lauter. Miki D. R. sprang hoch und schlug vor Freude die Hacken aneinander. Maura und Luke umarmten sich, also sprang Miki zu ihnen, um sich dazwischenzudrängen. Als sich die Zuschauer endlich wieder beruhigten, trennten sie sich. Maura war tränenüberströmt und strahlte.

»Man kann kaum aufhören zu lächeln, wenn so etwas passiert«, sagte Trisha.

»Warum sollte man auch aufhören zu lächeln?«, fragte Damien.

»Es ist herzerwärmend«, sagte Willis Wolfe. »Eine Menge Geld, aber es wärmt das Herz.«

Trisha hielt drei Umschläge in die Höhe. »Und nun halte ich das Schicksal unserer drei Finalisten in den Händen.«

Die Verlierer machten die Bühne frei. Luke, Maura und Miki D. R. standen nebeneinander und hielten sich an den Händen.

»Ein Umschlag enthält die Wertung der siebzehn ursprünglichen Teilnehmer«, sagte Trisha. »Einer enthält die Meinung der Schülerschaft der Selwyn Academy. Und der dritte enthält das Urteil der Jury.«

»Niemand weiß, was jetzt kommt«, sagte Damien. »Ganz ehrlich.«

»Jeder Kandidat wird einen der drei Umschläge öffnen«, sagte Trisha. »Luke Weston, sag der Welt, was dort steht!«

»Das erste Votum lautet« – Luke grinste – »Miki Reagler!«

Miki D. R. schlug die Hände an die Wangen. Er zitterte.

»Miki, mach den zweiten Umschlag auf«, sagte Trisha.

»Das zweite Votum lautet – Maura Heldsman!«

Maura lächelte, aber still.

»Und jetzt Maura. Maura, du hältst den Gewinner in der Hand!«

»Es sei denn, da steht Luke!« Das kam von Damien. Trisha ignorierte ihn. Natürlich würde es kein Dreierpatt geben. Die ganze Sache war schließlich abgekartet.

»Maura, verkünde das Urteil. Wer ist der Sieger von *For Art's Sake*? Wer ist Amerikas bester junger Künstler? Wer wird der erste Champ...«

»Miki Reagler.«

»Was?«, sagte Trisha.

Maura wedelte mit dem Blatt und strahlte. »Miki! Miki, du hast gewonnen!« Sie umarmte ihn lächelnd, aber Miki D. R. riss sich los, damit er auf und ab hüpfen konnte. Wahrscheinlich hatte er das vor dem Schlafzimmerspiegel geübt.

»Amerika, wir haben einen Champion: Miki Reagler!«

Man sah, dass Trisha die Entscheidung schon bereute, die Voten von den drei Kandidaten verkünden zu lassen. Das minderte den Dramatik-Faktor beträchtlich. Jetzt schüttelte auch Luke Miki die Hand.

Miki D. R. schnappte sich das Mikro. »Ich fühle mich so unglaublich geehrt.«

Sogar die Juroren waren aufgestanden und applaudierten. Alle klatschten. Sogar ich, verdammt.

»Das ist buchstäblich ein Traum, der wahr wird. Danke, Trisha! Danke, kTV! Danke, Amerika!«

Minutenlanger Applaus.

»Und das war's dann«, sagte Trisha. »Es war eine tolle Runde, liebe Leute. Glückwunsch an Miki, unseren Gewinner. Glückwunsch auch an Maura und Luke, unsere Finalisten. Glückwunsch an alle Preisrichter und an alle anderen Kandidaten! Und ein letztes Wort von uns, euren Moderatoren ...«

»DAS WAR KUNST!«, riefen sie alle im Chor.

Das Selwyn-Orchester spielte die Titelmelodie. Das war EZRA. Und das, wie Trisha so schön sagte, war's dann.

27

Im Lauf der langen Sendezeit,
so zwischen Kunst und Künstlichkeit,
lernten wir eins: Unsicherheit.
Der Zweifel kann an alles rühren –
ist's Kunst, das Leben, das wir führen?
DIE CONTRACANTOS

»Noch ein Tag Pound, Leute«, sagte BradLee.

Ich schlug mein Heft auf. Ich würde mich nur ungern von ihm trennen. Mir gefielen die *Cantos*. Jedenfalls manchmal. Besonders gefiel mir, wenn die Verse aus dem Zusammenhang gerissen waren. Mit dem ganzen über 800 Seiten langen Gedicht wollte ich mich nicht beschäftigen. Das war mir zu viel. Zu viele Gedanken.

»Ein großer Teil der Informationen, deren wir uns heute bedienen, stammt aus einem Buch von Eustace Mullins. Einer Biografie. Sie heißt *Dieses schwierige Individuum – Ezra Pound.*«

Was für ein cooler Titel.

»Wir haben uns schon mit Reaktionen auf Pound beschäftigt, als wir über seinen Antisemitismus gesprochen haben, im Zusammenhang mit der Unterscheidung zwischen Leben und Kunst. Ich bin sicher, ihr erinnert euch alle bestens.«

Ich sah mich im Klassenzimmer um. Jede Menge gesenkte Lider und leere Gesichter. Ich wandte mich wieder BradLee zu, und unsere Blicke trafen sich.

»Vielleicht eine kleine Auffrischung?« BradLee machte eine Pause, länger als sonst in seinen Vorträgen. »Menschen sind nur Menschen. Menschen tun schlimme Sachen. Ja, Ezra Pound hat mit den Nazis sympathisiert. Er hat getan, was er für richtig hielt. Oder vielleicht war es auch komplizierter. Schließlich war er ein Mensch und damit unvollkommen.«

Ich war ziemlich sicher – bin es immer noch –, dass er direkt mit mir sprach.

»Aber wir müssen sein Leben von seiner Kunst trennen, so gut es geht. Wir haben die Kunst isoliert, haben eine Nische für sie geschaffen, sie als etwas Anderes deklariert. Daran müssen wir uns nun auch halten.«

BradLee, überlegte ich, war irgendwie ein Mistkerl. Aber er war auch ein Mensch, den ich mochte. Und außerdem der beste Lehrer, den ich je hatte.

»Kritiker haben alles Mögliche über Pound gesagt. Wir werden uns ein paar Beispiele anschauen und entscheiden, ob sie Recht hatten. Und damit werden wir unsere Einheit zum Langgedicht abschließen.«

Ich wette, darüber wäre Jackson froh gewesen. »Das Beste an Gedichten ist, dass sie kurz sind«, hatte er vor langer Zeit mal gesagt. Jackson war jedoch in dieser Woche gar nicht in der Schule gewesen. Er musste sich an der Uni einer ganzen Batterie von psychologischen Tests unterziehen. Was man eben so machen muss, wenn man im kTV-Computerraum erwischt wird und behauptet, man wollte sich nur deshalb in die Teleprompter-Texte hacken, weil sie so viele Tippfehler enthielten. Und den Befehl dazu habe man von einem Engel erhalten.

»Dabei glauben wir nicht mal an Engel«, hatte Mr Appelman schockiert zu Protokoll gegeben.

Mitten im Finale hatten sie ihn aus dem Computerraum gezerrt, während er sich mit Händen und Füßen wehrte und etwas von »das und dass mit Doppel-s« schrie. »Gott hasst den Tippfehlerteufel!«, hatte er die nächsten sechs Stunden skandiert.

Ein schwer gestörtes Kind. Oder ein Held.

»Hier kommt unser erster Kritiker«, sagte BradLee.

Ihr habt jetzt schon einige Englischstunden mitgemacht, ich erspare euch also die Einzelheiten. Ich werde euch nicht verraten, was wir von Hugh Kenner hielten, der die Ansicht vertrat, kein zeitgenössischer Dichter finde mehr Anklang bei denen, die lieber über Dichter redeten, als sie lasen, und zwar auf Grund der »schieren Schönheit der Sprache«.

Ich werde nicht von meinem wilden Winken und Auf-dem-Stuhl-Hüpfen berichten, das meine Ablehnung von Philip Larkin begleitete. So spricht Larkin: »Niemand kritisiert E. P. dafür, dass er zu literarisch ist, was für mich jedoch den Kern seiner Kraftlosigkeit darstellt – der Gedanke, dass Dichtung aus Dichtung besteht und nicht aus Lebendigsein.«

In Pounds Werken findet sich eine Menge literarischer, schwieriger, bedeutungsschwerer Mist. Aber so spricht Ethan: Wenn man genau hinschaut, findet sich auch eine Menge literarischer, schwieriger, bedeutungsschwerer Mist im Leben.

Von meinem Lieblingskritiker muss ich euch aber erzählen. Er heißt Macha Rosenthal und hat geschrieben, es habe den Anschein, »die ganze herrliche Vitalität und die ganze glänzende Verderbtheit unseres Menschheitserbes in seiner schwelgerischen Vielfalt manifestierten sich gleichzeitig« in Ezra Pound.

Ich will Pound nicht abwerten, aber beschreibt das nicht irgendwie auch *For Art's Sake*? Diese unerträgliche, unwiderstehliche Show? Denn sie war wirklich voll herrlicher Vitalität. Voll mit Geschichten, die Millionen Amerikaner jeden Freitagabend um neun mit dem Hintern auf die Couch locken konnten. Geschichten über Menschen mit Zielen, die etwas erreichen wollten, und wenn das nicht herrlich und vital ist, weiß ich auch nicht.

Aber zugleich war sie verdorben, außen glänzend und im Kern verdorben. Der Sendung ging es nicht um die Kunst. Die Kunst war Mittel zum Zweck. Es ging um Geld, es ging um Gier, es war kommerzialisiert und falsch. Da habt ihr sie: die bemerkenswerten Überschneidungen zwischen Ezra Pound und Reality-TV.

Herrliche Vitalität, glänzende Verderbtheit, die schwelgerische Vielfalt von beidem: Das war unser Schuljahr gewesen. Es hatte perfekte Momente gegeben, zum Beispiel, wenn ich mit Maura Heldsman im Tanzflur saß und die Druckerpatrone des Lebens gerade gewechselt worden war, so dass alle Farben nur so leuchteten, und ich begriffen hatte, wie man lebt und wie man liebt, und nichts, absolut nichts jemals so schön sein konnte wie das Grün ihrer Augen und die Linie ihres Rückgrats. Aber zu anderen Zeiten machte mich die Verderbtheit der Welt auch fast blind. Als Mayonnaises Fell sich sträubte und ich wusste, dass ich ein fühlendes Wesen in den Tod geschickt hatte. Als Luke uns in der Mensa zuwinkte und sich dann woanders hinsetzte.

Aber Vollkommenheit? Verderbtheit? Kann man solche Kategorien überhaupt aufmachen? Denn unter meiner Erinnerung an Mauras Schönheit liegt die Erkenntnis, dass ich sie nie richtig geliebt habe. Und Mayonnaises Tod wird immer aufgewogen durch sein selbstloses Opfer. Er wusste nicht, was er tat, er glaubte nicht an die Auferstehung, er glaubte auch nicht *nicht* an die Auferstehung; er tat nur, was er tun musste. Er dachte nicht über Sachen nach. Er wollte nicht endlos schreiben und schreiben und schreiben und sich vorstellen, dass er am Ende irgendwelche Antworten hätte. Er wusste nicht, wie verwirrend es war, so viel zu schreiben und so angestrengt nachzudenken und immer noch nichts Genaues zu wissen.

Ich glaube, was ich zu sagen versuche, ist Folgendes: Ich hatte gedacht, es würde Auflösungen geben. Ein paar Antworten. Vielleicht ist das die wichtigste Erkenntnis, dass es keine Antworten gibt. Sondern nur Fragen. Und das Wichtigste ist, Fragen zu stellen, nicht, sie zu beantworten.

Aber das ist ja eine Antwort!

Also, die Schlussfolgerung? Hier ist meine Schlussfolgerung. Nicht gar nichts, nur das hier, was ganz und gar nicht das Gleiche ist wie nichts:

Ich weiß es nicht.

Ein mögliches Ende

Es war das letzte Wochenende vor Ende des Schuljahrs.

»Ethan«, sagte meine Mutter, die am Küchentisch saß, »Mrs Weston hat mich eben angerufen.«

Ich war gerade erst aufgewacht. Es war halb zehn, barbarisch früh für samstags, aber ich musste zu einem Leistungskurs Anatomisches Zeichnen, um Zusatzpunkte zu sammeln. (»Die Kunst der Ausscheidung« hatte mir eine beschissene Vierteljahresnote eingetragen.)

Ich war benommen und brauchte eigenartig lange, bis ich begriffen hatte, dass Mrs Weston die Mutter von Luke Weston war.

»Okay«, sagte ich und schlurfte zum Schrank mit den Frühstücksflocken.

»Sie hat mir sehr seltsame Dinge über *For Art's Sake* erzählt.«

»Oh ja, darüber könnte ich dir auch seltsa… AAH! MACHT DAS NIE WIEDER!«

»ÜBERRASCHUNG!«

Ich hatte mich gebückt und den Frühstücksschrank geöffnet, in dem ich aber keine Cheerios fand, sondern zwei kleine Mädchen, die jetzt gehässig kicherten.

»Wir wussten, du fällst drauf rein!«

»Weil du dumm bist! D-U-M-M!«

»Wer hat euch denn das Doppel-M beigebracht?«, murmelte ich. Mein Herzschlag beruhigte sich allmählich. »Ich habe nur den Frühstücksschrank aufgemacht. Das zählt nicht als ›reingefallen‹.«

»Das ist nicht mehr der Frühstücksschrank. Sondern der Geheimclubschrank.«

»Und wo sind die Frühstücksflocken?«

»In der Speisekammer.«

»Ich wollte ihr zu Lukes Auftritt bei *For Art's Sake* gratulieren.«

»Gratulieren?«

»Genau das hat sie auch gesagt! In sehr düsterem Tonfall! Da gäbe es nichts zu gratulieren, hat sie gesagt. Und dass sie ausgebeutet worden seien.«

»Hat er ihr das erzählt?« Ich öffnete die Speisekammertür. »Das wäre nämlich blanke Ironie – AAH! OLIVIA, ICH HASSE DICH!«

»Das zählt aber als reingefallen«, stellte Lila klar.

»Gebt mir die Cheerios, oder ich löffele euch die Augäpfel raus«, sagte ich.

»D-U-M-M, dumm!«, sangen die Mädchen. Aber sie rückten die Cheerios raus.

»Und jetzt verschwindet«, sagte meine Mutter. »Ethan und ich versuchen uns zu unterhalten.«

»Das hättest du auch vor drei Minuten sagen können«, sagte ich.

»Du sahst so aus, als könntest du einen kleinen Wachmacher gebrauchen.«

»Ja, wach bin ich jetzt ganz sicher.«

»Mrs Weston ist jedenfalls auf den Barrikaden. Und ich habe das Gefühl, ich bin total hinterher. Luke hat also nicht gewonnen?«

»Nein.«

»Und die Einzelheiten habe ich nicht ganz mitbekommen, aber offenbar kriegen jetzt alle Teilnehmer Stipendien?«

»Ja.«

»Aha. Nachdem sie sechs Wochen herumgeeiert sind, haben sie jetzt zumindest festgestellt, dass Luke keinen Anspruch darauf hat. Weil er nicht von Anfang an Kandidat der Show war.«

»Ach.«

Dieser Coluber. Die schleimige Kröte. *Den Finalisten, die ihr ganzes Schuljahr diesen achtzehn Folgen der Show gewidmet haben …*

Und nicht denen, die nur das halbe Schuljahr dabei waren. Also nicht Luke.

»Und sie hat jetzt die anderen Eltern angerufen, um Hintergrunddetails zu erfahren. Du weißt ja, wie Mrs Weston ist, wenn sie es auf etwas abgesehen hat.«

»Wie eine hungrige Bulldogge?«, schlug ich vor.

»So weit würde ich nicht gehen. Aber – ich verstehe schon, was du meinst. Und sie hat einige erstaunliche Dinge über die Sendung in Erfahrung gebracht. Du hättest mal hören sollen, was sie mir von Mrs Heldsman berichtet hat.«

Stolper. (Das war mein Herz.)

»Dieses reizende Mädchen – wie heißt sie noch, Schatz?«

»Laura? Maura? Irgend so was.«

»Ich glaube auch. Maura. Sie wurde da als vollkommenes – Flittchen dargestellt. Das ist doch gewissenlos, wie sie ihren Ruf in den Dreck gezogen haben. Und jetzt macht sich Mrs Weston Gedanken: Wieso haben die Eltern das überhaupt zugelassen?«

»Interessant«, sagte ich.

Der Direktor und sein Vize glaubten vielleicht, sie würden die Schule leiten, aber nur so lange, bis sie sich einer wütenden und mobilisierten Elternschaft gegenübersahen. Denn Schulen brauchen Kinder. Kunstschulen brauchen talentierte Kinder. Und wer zeugt solche Talente und füttert sie und fährt sie durch die Gegend? Eltern.

Es schien fast so, als hätten sie eine Liste von all den Dingen gehabt, die wir durch IMAGE, VORTEX und EZRA zu erreichen versucht hatten. Angeführt von Mrs Michelle Weston setzte der Elternrat Folgendes durch:

1. Kein kTV mehr an der Selwyn. Es geht das Gerücht, dass *For Art's Sake* nach einer anderen Gastgeber-Schule sucht, aber Mrs Weston hat öffentlich gelobt, alles in ihrer Macht Stehende zu tun, um das zu verhindern. (Wer würde im Zweikampf gewinnen, Mrs Weston oder Trisha Meier? Das wäre ein Duell für die Ewigkeit. Und übrigens eine richtig gute Reality-Show.)

2. Kein Coluber mehr an der Selwyn. Jawohl, er ist weg. Seltsamerweise erhielt der gesamte Elternrat eine anonyme E-Mail mit unscharfen Abbildungen gewisser Dokumente. Und auch wenn der Absender – Schlangenkiller@gmail.com – offensichtlich wenig vertrauenswürdig war, bot die Mail doch genügend Anlass, die finanziellen Transaktionen zu überprüfen, und Colubers Unterschlagungen und verdeckte Bezahlungen flogen auf. Jackson hatte Recht: kTV zahlte ihm fünfzehn Prozent der Einkünfte aus *For Art's Sake*. Er trat von seinem Amt zurück. Der Elternrat hat rechtlichen Beistand hinzugezogen und wird über eine Klage entscheiden.

3. Willis Wolfe hingegen ist noch da. Ich glaube, alle stimmen überein, dass er keinen Schimmer hat. Und außerdem ist er so hübsch mit seinen glitzernden Zähnen über dem markanten, gebräunten Kinn.

Ein anderes mögliches Ende

Springen wir ein paar Wochen zurück: Mitte Mai. Wir saßen im Appelbau. Die letzten beiden Wochen hatten wir Klausuren geschrieben, und ich war zwar überzeugt, sie würden negative Noten einführen, um bewerten zu können, wie schlecht ich in Bio gewesen war, aber jetzt waren die Prüfungen Gott sei Dank vorbei. Der Amoklauf des Elternrates lag noch vor uns, aber kTV hatte schon eingepackt und war über den Sommer nach Südwesten gezogen. Kein Mensch sprach mehr über *For Art's Sake*. Jetzt wurden wieder die alten Debatten geführt: *Die Hexen von Oz* oder *Frühling für Hitler*. Monet oder Manet. Erdnussbutter-Sandwich oder Billigbier.

»Jackson«, sagte Mrs Appelman, »Honigsenf muss noch mal raus.«

Die Fenster standen offen, der Frühling von Minnesota wehte herein.

»Wir kommen mit«, sagte Elizabeth.

Aber als wir in den dunklen Garten traten, fiel uns auf, dass die Frühlingsluft immer noch ziemlich winterlich war, und Elizabeth und ich beschlossen, lieber auf der Veranda zu zittern, als Jackson und Honigsenf in die hinterste Ecke des großen Grundstücks zu folgen.

»Wie läuft's mit Maura?«, fragte sie.

»Keine Ahnung.« Ich hatte sie seit der Englischklausur nicht mehr gesehen, bei der wir zwei Stunden Zeit hatten, drei Essays zu schreiben. Maura schrieb achtunddreißig Minuten. Dann klappte sie ihr Klausurenheft zu, spießte den mittelharten Bleistift durch ihren Haarknoten und machte ein Nickerchen. Anscheinend legte die Juilliard nicht so viel Wert auf Testergebnisse.

»Heißt das, du bist über sie hinweg?«

»Na ja.«

»Hätte ich auch nicht gedacht.« Sie hüpfte die Stufen hinunter in den Garten und breitete die Arme aus. »Frühling! Frühling! Du wirst auch nicht über sie hinwegkommen, oder?«

»Ich weiß gar nicht, ob ich will.«

Sie gluckste belustigt. »Nur zu wahr.«

»Ich werde sie abhaken, wenn sie zu studieren anfängt.«

»Dann wirst du jemand anderes zum Anbeten finden.«

»Wahrscheinlich«, sagte ich ausweichend. Ich schaute die Sterne an, die hier in Minnesota besser zu sehen sind als zum Beispiel in New York, habe ich gehört.

Himmelslicht / Meer der Nacht.

»Und wenn du das neue Mädchen dann unerreichbar gemacht hast, wirst du dich wieder so simuliert verlieben.«

»Genau. Du hast die Tiefen meiner Seele ergründet.«

»Ethan der Idiot«, sagte sie, aber ganz nett. Sie schlug ein paar Räder auf dem Rasen. Ich schaute sie statt der Sterne an. Dann spulte ich zurück.

»Moment mal. *Unerreichbar gemacht hast?* Diese Mädchen – sind doch unerreichbar.«

»Nicht so unerreichbar, wie du denkst.« Wir setzten uns auf die oberste Stufe. Wir hörten noch schwach, wie Jackson Honigsenf zum Kacken aufforderte. Es war höchst romantisch. Das Dunkel der Nacht, das Glitzern der Sterne, »Na komm, Junge, drück einen raus, ich friere mir hier den Arsch ab.«

»Wie meinst du das?«

»Gute Frage. Ich habe mich ungenau ausgedrückt. Ich hätte sagen sollen: Sie sind nicht unerreichbar. Sie sind vielmehr erreichbar.«

»Aber unerreichbar ist doch mein Typ.«

»Maura Heldsman war nicht unerreichbar.«

»Wenn du in der Google-Bildersuche ›unerreichbar‹ eingibst, siehst du Maura Heldsman.«

»Los jetzt, Honigsenf, ich weiß, dass es kalt ist, aber du musst jetzt einfach machen.«

»Ich glaube, sie stand ein bisschen auf dich.«

»WAS?«

»Bloß so eine Theorie.« Elizabeth lächelte. »Mir ist saukalt. Ich gehe wieder rein.«

Bereit für eine Enttäuschung? Was glaubt ihr, wer nie wieder ein Wort mit Maura Heldsman gewechselt hat?

Genau: ich.

Wäre das hier eine Sendung auf kTV, hätten wir uns unsere gegenseitige Zuneigung gestanden. Wir hätten zwar tragischerweise keine Zukunft, aber doch immerhin das bittersüße Wissen, was hätte passieren können.

War ein Witz. Wäre das hier eine Sendung auf kTV, hätten wir rumgeknutscht. Minimum.

Aber in dieser Hinsicht enttäuscht einen das wahre Leben nun mal immer. Es gab kein großes Live-Finale. Stattdessen ging ich zur Abschlussfeier und sah sie mit einem komischen Hut.

Und es hat mich zwar gereizt, die Sache umzuschreiben, aber dies ist die wahre Auflösung der Maura-Heldsman-Episode in meinem Leben.

Ein drittes mögliches Ende, mit dem dann wirklich Schluss ist (nehme ich an)

Es war Samstag. Der Tag nach EZRA, der Tag nach dem Finale von *For Art's Sake*.

Früher am Abend war ich zu Jackson rübergefahren. Ich hatte ein frostiges Päckchen in der Tasche. Mayonnaise.

Na ja, Mayonnaises Leiche. Das war nicht wirklich er. Man sollte meinen, weil ich das ja wusste, hätte ich den Drillingen einen ungeheuer befriedigenden Streich spielen können. »Wollt ihr ein Eis am Stiel, Mädels?« – »JA!« – »Vorsichtig aufmachen!«

Aber das brachte ich nicht übers Herz. Mayonnaise hatte zu viel für mich getan.

Die Nacht hatte er in einer Plastiktüte mit Verschluss neben den Fischstäbchen verbracht. Ich hatte ihm das Fell glatt gestrichen, die Augen zugedrückt und ihn in eine Briefpapierschachtel gelegt, auf ein weiches Bett aus Holzspänen und Rosinen. Seine Vorderbeine waren nicht lang genug, um sie über der Brust zu kreuzen, aber ich versuchte es trotzdem.

Dann radelte ich zu Jackson. Es war einer der ersten richtig frühlingshaften Tage. Elizabeth machte auf ihrer Vorderveranda Hausaufgaben. Nachdem sie sich von ihrem Lachanfall erholt hatte – anscheinend sehe ich auf einem Fahrrad witzig aus? –, ging sie mir zum Appelbau hinterher.

Jackson führte uns hinaus zum Basketballkorb. Mir gefiel die Kontinuität: Jedes Haustier, das die Appelmen im letzten Vierteljahrhundert besessen hatten, lag hier begraben, vom geliebten dreizehnjährigen Golden Retriever Honig bis zum Jahrmarktsgoldfisch Pico de Gallo, der rekordverdächtige sechs Minuten nach der Freilassung aus der Plastiktüte schon mit dem Bauch nach oben im Glas schwamm. Es gefiel mir, dass ihre Körper hier versammelt blieben, während ihre Gewürzseelen aufstiegen zur großen Kühlschranktür im Himmel. Mir gefiel das Gewicht und die Geschichte, die jedes einzelne Tier dadurch verliehen bekam, selbst diejenigen, die in ihrem kurzen Leben gar keine große Liebe geweckt hatten.

Ich reichte Jackson den Sarg.

»Ich habe die Schaufel schon hier«, sagte er. »Aber ich dachte mir, ich warte mit dem Graben, bis ihr da seid.«

»Wir wechseln uns ab«, sagte Elizabeth.

Ich zuckte die Achseln und nickte. Eigentlich hatte ich alles allein machen wollen. Ich hatte so eine Vorstellung gehabt, wie ich allein da draußen die Grube aushob und meinen Kummer in Schweiß ertränkte.

Aber Mayonnaise war winzig. Es würde keine große Mühe werden. Elizabeth bückte sich einmal mit der Gartenschaufel, dann Jackson, und der reichte sie an mich weiter. Die schwarze, lehmige Erde ließ sich leicht zerteilen. Dies war der fruchtbarste Boden auf der ganzen Welt. Mit den drei Spatenstichen hatten wir schon unser Grab, und ich legte Mayonnaises Sarg hinein.

»Sag was«, forderte Elizabeth mich auf. Aber ich konnte nicht.

»Moment«, sagte Jackson und raste ins Haus. Er kam mit seiner Ausgabe der *Cantos* wieder. So wie der Rücken aussah, hatte er das Buch kaum jemals aufgeschlagen. Er gab es mir. »Lies irgendwas.«

»Welche Stelle?«

»Woher soll ich das wissen?«

Elizabeth sah mich an. »Du weißt schon.«

Ich wusste es.

»*Was du innig liebst, ist beständig*«, las ich, »*der Rest ist Schlacke. / Was du innig liebst, wird dir nicht weggerafft / Was du innig liebst, ist dein wahres Erbe / Wessen Welt? Meine? Ihre? / Oder ist sie von niemand?*«

Jackson hob die Gartenschaufel und begann Mayonnaise mit Erde zu bedecken. »Er war eine außerordentliche Rennmaus.«

»Er war tapfer«, sagte Elizabeth. »Er war ein Held.«

Ich war froh, dass sie etwas sagten, denn Mayonnaise verdiente mehr als bloß Ezra Pound. Philip Larkins Gerede, dass die *Cantos* zu literarisch seien – das war Quatsch. Aber selbst wenn Pounds Dichtung aus dem Lebendigsein gemacht wäre, wäre sie doch immer noch Kunst, die dem Leben entspringt. Und nicht das Leben selbst. Und wenn man stirbt, dann will man bestimmt richtiges Leben, reines, wahres Leben, unpoetische und chaotische Lobreden, tränenverschmiert und voller Allgemeinplätze, mit Klischees besudelt, solche Sachen, die Menschen ernst meinen.

»Er war gut und freundlich, kühn und wahrhaftig«, sagte Jackson.

»Er war loyal«, sagte Elizabeth.

»Er war ein echter Freund«, sagte ich.

Und dann tauchte auf der kleinen Anhöhe, die den großen Garten vom Vorgarten scheidet, Luke auf. Als wir seine Schritte hörten, drehten wir uns um.

»Ich dachte mir, ihr würdet ihn jetzt begraben«, sagte er. Ich weiß nicht, ob er verlegen war oder bloß der Umstände halber die Stimme senken wollte, weil sein Selbstvertrauen auf Sparflamme lief. »Ihr beerdigt eure Haustiere immer bei Sonnenuntergang.«

»Stimmt«, sagte Jackson.

Sonst sagte niemand etwas. Luke stellte sich neben uns und schaute auf das kleine Fleckchen aufgewühlter Erde. Mehr war nicht zu sehen. Beim nächsten Regen würde sich die Erde mit dem umgebenden Boden vermischen, und bald schon würden Gräser und Kräuter so wild draufloswachsen, wie sie es in Minnesota nun mal tun, und ihre Wurzeln in seinen Leichnam bohren.

»Danke, Mayonnaise«, sagte Luke.

»Danke, Mayonnaise«, wiederholten wir, und dann drehten wir uns alle vier um und gingen zum Haus zurück.

Danksagungen

Ein großer Teil der Informationen über Ezra Pound stammt aus John Tytells hervorragender Biografie *Ezra Pound: The Solitary Volcano*. Die Öffentliche Bibliothek von Cincinnati und Hamilton County stellte mir unverzichtbare Hilfsmittel zur Verfügung; ich stehe (ganz wörtlich) in ihrer Schuld.

Ich bin vielen Menschen dankbar für ihre Großzügigkeit, Geduld und gute Gesellschaft. Dazu gehören meine Eltern Ellen und Charlie Hattemer; meine Geschwister und Erstleser Spencer, Derek, Lucy, Emma, Rebecca, Peter und Henry Hattemer; sowie meine Freunde, Kollegen und Schüler. Ich entschuldige mich bei allen, dass ich ihre Sätze geklaut habe. Vielen Dank an Heather Daugherty, Michael Trudeau, Artie Bennett, Kelly Delaney und das ganze Team von Random House. Und meinen herzlichsten Dank an meinen Agenten Uwe Stender und an meine Lektorin Erin Clarke, die beide so treffende Vorschläge gemacht und so bemerkenswerte Begeisterung aufgebracht haben. Ich bin von Menschen umgeben, die ebenso freundlich wie intelligent, ebenso verständnisvoll wie witzig sind, und ich kann mich sehr glücklich schätzen.